HARD CASE

CRIME

Allan Guthrie

ABSCHIED OHNE KÜSSE

Übersetzt von
Gerold Hens

HARD CASE CRIME

Rotbuch Verlag

ISBN 978-3-86789-024-3

1. Auflage

Titel der Originalausgabe: »Kiss Her Goodbye«

Typografie und Satz: Andreas Fack, Berlin
Druck und Bindung: CPI Moravia Books GmbH

Die Reihe »Hard Case Crime« in deutscher Sprache ist eine internationale Kooperation der Winterfall LLC und Rotbuch Verlag GmbH.
Das Logo und der Name »Hard Case Crime« sind Markenzeichen der Winterfall LLC und lizenziert für die Rotbuch Verlag GmbH.

Ein Verlagsverzeichnis schicken wir Ihnen gern:
Rotbuch Verlag GmbH
Neue Grünstraße 18, 10179 Berlin
Tel. 01805/30 99 99
(0,14 Euro/Min. aus dem deutschen Festnetz,
abweichende Preise für Mobilfunkteilnehmer)

www.rotbuch.de

Für Miker

ERSTER TEIL

1

Am Tag, als Joe Hope erfuhr, dass seine Tochter tot war, war er bei Cooper und schaute sich die Pferderennen auf Channel 4 an. Joes Stute lag ein paar Längen zurück und hatte keine Viertelmeile mehr zu laufen. Joe gähnte und hielt sich die Hand vor den Mund. Sie hatten Überstunden gemacht. Jetzt war früher Nachmittag, und Joe war kaum zum Schlafen gekommen. Das Adrenalin von letzter Nacht war inzwischen fast vollständig abgebaut. Ihm war heiß, er war müde, und er überlegte, ob er sich nicht verabschieden und nach Hause gehen sollte.

Das Telefon klingelte, und Joe schaute zu seinem alten Freund hinüber. Cooper wandte den Blick nicht vom Fernseher – so einem neuen Flatscreen-LCD-Teil, das er sich erst letzte Woche für zwei Riesen zugelegt hatte. Zwei Riesen für ’ne Scheißglotze! Joe hatte nichts gesagt, und vielleicht lag es ja an seinen übermüdeten Augen, aber das Bild zog irgendwie ständig Schlieren, und ihm wurde ganz schwummrig beim Hinschauen.

Joe gähnte noch einmal. In seinem Alter steckte er eine Nacht ohne Schlaf nicht mehr einfach so weg.

Am vorigen Abend hatten sie einen Kunden von Cooper besucht, so ein junges Arschloch mit großer Klappe namens Billy Strachan. Billy war mit seinen Rückzahlungen ziemlich im Rückstand, was ihn nicht weiter zu stören schien. Aus sicherer Quelle wussten sie, dass er in seiner Stammkneipe Cooper einen Wichser genannt und damit angegeben hatte, er denke nicht im Traum dran, auch nur einen einzigen Penny zurückzuzahlen. Cooper solle nur kommen und es ihm zeigen, wenn er das Zeug dazu hatte.

Cooper war ein Kredithai. Joe arbeitete für ihn.

Regel Nummer eins beim Schuldeneintreiben: Wenn du einigermaßen sichergehen willst, dass dein Klient zu Hause ist, such ihn bei Nacht auf, wenn er eigentlich schön kuschelig im Bett liegen sollte. Regel Nummer zwei: Nimm stets eine Waffe mit.

Joe und Cooper, beide mit Baseballschläger bewaffnet, waren um zwei Uhr morgens bei Billy Strachan aufgekreuzt. Billy war aufgewacht von dem Lärm, als sie seine Haustür eintraten, trotzdem hatte er es kaum bis zur Schlafzimmertür geschafft, als sie schon ins Wohnzimmer stürmten. Mit einer Hand rieb er sich die Augen, mit der anderen hielt er sich eine Decke mit Blumenmuster vor die Brust. »Was soll'n ...?«, brüllte er noch, als Joe auf ihn zurannte, dann machte er kehrt und hechtete durch die Tür, während Joe einen Fuß auf das nachschleppende Ende der Decke setzte. Sie wurde Billy aus der Hand gerissen und fiel zu Boden. Nackt stolperte er, hellwach jetzt, auf sein leeres Bett zu und schaute sich um.

»Jetzt kannst du nicht weglaufen«, sagte Cooper. »Kannst dich nicht mehr verstecken, Billy, was?«

»Vielleicht denkst du ja, das ist nur'n böser Traum«, sagte Joe. »Aber du schläfst nicht, Billy.«

»Noch nicht«, sagte Cooper.

Billy stand am Bett und hielt sich schützend die Hände vor die Eier.

Cooper hob den Zeigefinger der linken Hand und bewegte ihn hin und her. »Genau das machen deine Augen grade. Weißt du, wie ich das nenne? Das Panikblinzeln.«

Joe machte einen Schritt auf das Bett zu. Cooper war drauf und dran, einen seiner Vorträge vom Stapel zu lassen. Joe machte noch einen Schritt, gleich würde Cooper wieder seine Stillhaltenummer abziehen. Billy bibberte, als hätte er eine Woche lang in der Tiefkühltruhe gesteckt. Sein Blick zuckte von Cooper zu Joe und wieder zurück zu Cooper.

»Na, wo bleibt denn jetzt deine große Klappe, Billy?«, sagte Cooper.

Joe atmete abgestandenen Rauch ein. Auf einem Nachttisch stand ein randvoller Aschenbecher versteckt unter einem Origamibuch und einem Päckchen Marlboros.

»Man kann einen Mann danach beurteilen, wie lange er stillhalten kann«, sagte Cooper. Er schloss die Augen und stand vollkommen ruhig.

Joe beobachtete ihn eine halbe Minute lang. Cooper verharrte reglos. Das ging jetzt so, bis Joe in drei oder vier Minuten das Spielchen abbrach. Nicht ein einziger überzüchteter Muskel in Coopers ein Meter fünfundsechzig großem Körper zuckte. Er schien das Atmen eingestellt zu haben.

Billy Strachan las Origamibücher, Scheiße noch mal. Gleich pinkelte sich das arme Schwein in die Hose.

Joe packte seinen Schläger fester und drosch Billy damit auf die Finger. Ächzend sank der Junge zu Boden, wo zuvor die Decke gelegen hatte. Joe schlug ihm in rascher Folge auf Knöchel, Kniescheibe, Ellbogen. Kurze, schnelle Beidhänder. Ohne allzu viel Power dahinter. Brach ihm dabei vermutlich nicht mehr als ein, zwei Knochen.

Billy brüllte.

Cooper machte die Augen auf und blickte zu Joe. »Das waren im Leben keine fünf Minuten.« Er schüttelte kurz den Kopf und ging auf Billy Strachan zu. »Jetzt machen wir dich kalt, du kleiner Wichser.«

»Das ist nicht nötig.« Joe legte Cooper die Hand an den Ellbogen.

Billy schluchzte. Er fing wieder an zu schreien.

»Zwei Minuten höchstens«, sagte Cooper.

»Er hat's kapiert.«

Cooper schüttelte Joes Hand ab und holte weit aus. Ein Knirschen war zu hören, als der Schläger auf Billys Gesicht traf, und Billy hörte auf zu schreien. »Jetzt hat er's geschnallt.«

Joe nickte. Billy hatte es kapiert, okay. Wahrscheinlich träumte er gerade. Wenn er konnte, dann zahlte er jetzt seine Schulden. Wenn nicht, kamen Joe und Cooper noch einmal.

»Du solltest lieber nicht über andere Leute herziehen«, sagte Joe mit ruhiger Stimme zu der reglosen Gestalt.

Er rechnete nicht damit, dass Billy sich in nächster Zeit noch einmal in irgendeiner Kneipe das Maul über Cooper zerrisse. Jedenfalls nicht, bis sein Gebiss wieder repariert war.

Joe und Cooper ließen Billy auf dem Boden des Schlafzimmers liegen und fuhren zu einem Luxuspuff in New Town. Der *Real Gentlemen's Club* war eingerichtet wie ein viktorianisches Freudenhaus. Es wurde gemunkelt, dass alleine die Vorhänge elf Riesen gekostet hätten. Im Salon entschied Cooper sich für ein schlankes junges Mädchen namens Yvette, und Joe suchte sich eine etwas fülligere und beträchtlich ältere Hure aus, die sich Annabella nannte.

Sie stiegen ein paar Treppen hinauf. Cooper verschwand mit Yvette in einem Korridor. Joe und Annabella erklommen eine weitere Treppe. »Hier rein«, sagte Annabella. Sie öffnete die Tür und knipste das Licht an. Im Zimmer stank es nach Räucherstäbchen. Ein Papagei in einem Käfig krächzte einmal und war dann still. Offenbar wusste er, wann er den Schnabel zu halten hatte.

Um acht Uhr morgens verließen Joe und Cooper um sechshundert Mäuse leichter den *Real Gentlemen's Club* und verbrachten die folgenden vier Stunden im *Phoenix* auf der Broughton Street, wo sie ein paar Bier mit Whisky hinunterspülten, um runterzukommen.

Leute zusammenschlagen war gar nicht so einfach.

Das klingelnde Telefon in Coopers Wohnzimmer erinnerte Joe daran, dass er am Abend zuvor sein Handy ausgeschaltet hatte, falls Ruth anrufen sollte, während er arbeitete, und dass er es noch nicht wieder eingeschaltet hatte. Er fischte es aus seinem Mantel und drückte die Einschalttaste. Das Handy war schon ein paar Jahre alt, ein klobiges Ding mit dunkelgrauer Plastikschale. Cooper bequatschte ihn ständig, es sei Zeit, sich ein neues anzuschaffen. Nach ein paar Sekunden klingelte es, und Joe rief seine Mailbox ab. Die sexy Stimme einer Mittelschichtstussie meldete ihm, er habe sechzehn Nachrichten. Scheiße. Ruth hatte sich selbst übertroffen. Normalerweise hinterließ sie nicht mehr als zehn. Musste ein ziemlich öder Abend gewesen sein. Die ganze Latte würde er sich jetzt garantiert nicht antun. Er schaltete das Handy aus und steckte es wieder ein.

Coopers Telefon klingelte immer noch. Wenn es sein Haus gewesen wäre, hätte Joe den Scheißhörer vermutlich abgenommen. Wahrscheinlich irgendein Wichser, der einem doppelverglaste Fenster andrehen wollte. Aber es war ganz bestimmt nicht Joes Aufgabe, Coopers Anrufe zu beantworten, auch wenn ihm das endlose Geklingel voll auf den Sack ging.

Schließlich drehte Cooper sich um und meinte: »Wo ist'n die kleine Schlunze?«

Joe ging mal davon aus, dass Cooper Sally, seine siebzehnjährige Freundin, meinte. »Die ist mit dem Baby spazieren«, sagte er.

Cooper verrenkte sich fast den Hals, als er sich in der Wohnung umschaute. Sein linkes Bein, das er bequem über der Armlehne seines olivgrünen Sessels liegen hatte, nahm er allerdings nicht runter. »Sally«, brüllte er.

»Ich hab sie rausgehen sehen«, sagte Joe. »Beim letzten Rennen.«

Cooper glaubte ihm anscheinend nicht. »Sally?«

Joe hatte Kopfschmerzen. Im Bordell hatte er, die Hände hinter dem Kopf verschränkt, wach gelegen und Annabellas rasselndem Schnarchen zugehört. Länger als eine Stunde hatte er bestimmt nicht geschlafen.

Er schloss die Augen und bemühte sich, Coopers Rufen und das unablässige Klingeln des Telefons zu überhören. Hinter seinen Lidern blitzten gelbe Lichter. Die Müdigkeit dämpfte die diversen Hintergrundgeräusche. Er hätte auf der Stelle einschlafen können.

»Sally?«

Joe riss die Augen auf. »Ich hab sie gehen sehen, Cooper.« Manchmal war sein Freund echt ein bescheuertes Arschloch.

»Meinst du, ich denk mir das aus?« Auf dem Bildschirm sah Joe, wie sein Pferd vom dritten auf den zweiten Platz vorrückte. Nur noch eine halbe Länge hinter dem ersten, und es holte immer weiter auf. »Na los«, brummte er. Nicht mal mehr eine Achtelmeile.

Cooper trommelte mit dem Fingernagel auf dem Rand seiner Bierdose. »Sie hätte ja was sagen können.«

Das Klingeln brach ab. Joe atmete aus und merkte erst jetzt, dass er den Atem angehalten hatte. Im nächsten Moment fing das Telefon wieder an zu läuten. Er hörte zu atmen auf. Nach ein paar Sekunden schnalzte er genervt mit der Zunge. »Willst du nicht mal rangehen?«

»Mach dir bloß nicht ins Hemd.« Cooper griff nach dem Telefon auf dem wenige Zentimeter entfernten Tisch. Er sagte kein Wort, sondern runzelte irgendwie verwundert die Stirn und reichte Joe den Hörer, den er so fest gepackt hielt, dass seine Knöchel weiß hervortraten. »Ruth«, sagte er.

Joe verdrehte die Augen. »Kannst du mich nicht in Ruhe lassen?«, sagte er zu seiner Frau. Auf dem Bildschirm ging gerade sein Pferd in Führung. »Was ist?«

Sie hörte sich hysterisch an. Ihre Sätze verschwammen. Er verstand kaum ein Scheißwort von dem, was sie sagte. Verdammte Scheiße, er war die ganze Nacht unterwegs gewesen. »Was soll denn der Aufstand?«, fragte er.

Am anderen Ende der Leitung waren wimmernde Geräusche zu hören, als sänge ein unmusikalisches Kind eine verzwickte Melodie.

War sie eifersüchtig? Dachte sie, er hätte mit einer anderen Frau geschlafen? Er schnitt ihr das Wort ab. »Red mal langsam.«

Vor langer Zeit hatte sie einmal gesagt: *Fick mit wem du willst, bei mir läuft jedenfalls nichts.* Wie lange war das her? Zehn Jahre?

Die Geräusche verstummten. Joe hörte, wie sie nach Atem rang. »Gem«, sagte sie. Keuchte. Versuchte zu sprechen. Hustete. Machte einen neuen Versuch. Brach wimmernd ab.

Um Himmels Willen. »Nur die Ruhe«, sagte er. »Nur die Ruhe.«

Sie dachte wohl, er würde mit ihr sprechen. »Komm nach Hause. Bitte.«

»Ich komm so schnell ich kann.« Joe legte auf. »Ruth ist total ausgerastet. Was hat sie zu dir gesagt?«, fragte er Cooper.

»Hab nicht viel mitgekriegt.« Cooper schnippte mit den Fingern an die Bierdose. »Hab sie doch gleich an dich weitergegeben, nicht?«

»Hat sie was von Gem gesagt?«

»Kann sein. Kann's echt nicht sagen.«

»Ich muss los.«

»Sauber.« Cooper wies mit der Bierdose zum Fernseher.

Hundert Mäuse bei vier zu eins. Nicht übel für'n bisschen Rumhocken und Biersaufen, dachte Joe. Gar nicht übel.

2

Auf der Fahrt durch halb Edinburgh fragte sich Joe, was seine Kleine wohl diesmal angestellt hatte, dass sich ihre Mutter so aufregte. Gemma war neunzehn, ein intelligentes Mädchen. Aber schon nach einem Jahr Uni hatte sie beschlossen, das Studium hinzuschmeißen. Hatte eines Tages verkündet, sie würde Edinburgh verlassen und eine Weile bei Adam Wright wohnen, einem entfernten Cousin ihrer Mutter. Als Adams Eltern vor ein paar Jahren bei einem Autounfall gestorben waren, hatte er einen Haufen Geld geerbt und sich ein hässliches altes Lagerhaus außerhalb von Kirkwall auf den Orkney Inseln gekauft. Mit nichts vorzuweisen als ein paar Storys, die er in den Neunzigern in Frauenzeitschriften veröffentlicht hatte, richtete er dort ein Domizil für Schriftsteller ein und ließ sich als eine Art literarischer Guru nieder. Ruth konnte ihn nicht ausstehen. Vermutlich weil er ihr einmal auf einer Hochzeitsfeier Rotwein übers Kleid geschüttet hatte. Gem, die sich in den Kopf gesetzt hatte, Dichterin zu werden, fand ihn toll. Und Adam seinerseits mochte sie auch.

»Du kannst doch das Studium nicht einfach so abbrechen«, hatte Ruth an dem Abend gesagt, als Gemma ihnen ihre Pläne eröffnet hatte.

Gem hatte mit einem alten Schulatlas auf den Knien dagesessen. Sie zeigte auf Edinburgh und zog mit dem Finger eine gerade Linie nach Norden. Jenseits der schottischen Küste stieß sie auf die Inselgruppe, wo Adams Schriftstellerdomizil lag. Sie hob den Kopf. »Weiter im Osten, als man denkt.« Sie lächelte Joe an.

Ruth stürmte aus dem Zimmer.

»Die Orkneys werden dir bestimmt gefallen«, sagte Joe.

Sie schlug den Atlas zu. »Ich schau besser mal nach Mum.
Ein paar Tage vor Gems Abreise hatte Joe Adam angerufen und ihn ermahnt, sich gut um sie zu kümmern. Adam versprach, dass sie sich keine Sorgen zu machen brauchten. *Im Ernst*, hatte er gesagt, *Gem kommt in außerordentlich fähige Hände*. Die Orkneys seien ein ganzes Stück sicherer als Edinburgh. Da rannten kaum irgendwelche Arschlöcher mit Baseballschlägern rum.

Als Joe ihm klarmachte, was passieren würde, wenn Gem irgendetwas zustieße, hatte er aufgelegt.

Joes Finger kribbelten, als er aus dem Auto stieg. Er schloss ab. Fummelte mit den Hausschlüsseln herum. Ließ sie fallen. Fluchend hob er sie vom Straßenpflaster auf.

Er rannte die Stufen hinauf. Konnte nicht anders.

Ruth öffnete die Tür, kaum dass er den Schlüssel ins Schloss gesteckt hatte. Sie sah fürchterlich aus. Ihre Augen hatten den Anschein, als hätte sie sie in eine Dose Tomaten getunkt und wieder eingesetzt. Sie schniefte. Wischte sich mit dem Handrücken die Nase. »Gem«, sagte sie. Sie wandte den Kopf ab. Strähnen braun getönter Haare fielen ihr ins Gesicht.

Er packte ihre Hand. Rotz glitschte unter seinen Fingern. »Sag mir, was los ist.«

Ihre Hand entglitt seinem Griff. Sie schaute ihn mit verzerrten Lippen an, er konnte ihr wülstiges rosa Zahnfleisch sehen. Er hätte schwören können, dass sie grinste. Im linken Mundwinkel hing ein Spuckefaden. »Sie ist tot«, sagte sie.

Er machte eine Faust, knallte die Knöchel in die offene Handfläche. Er versetzte der Tür einen Tritt. Ließ die Hände sinken. Ruths Schultern bebten. Ihr Kinn zitterte. Sie sah furchtbar alt aus.

»Red keine Scheiße.« Joe wischte sich die Hand an der Hose ab. »Du verlogene Kuh.« Er wandte ihr den Rücken zu.

»Geh nicht.« Sie hielt ihn am Ärmel fest. »Ich brauch dich.«

Er schlug ihre Hand von seinem Hemd weg. Galle stieg ihm hoch in den Mund. Er ging ins Bad. Schloss ab. Spuckte ins Waschbecken. Ihm war schwindlig. Seine Achselhöhlen juckten. Er setzte sich auf die Toilette und rief durch die Tür: »Wann ist es passiert?«

»Komm raus.«

Der Uringestank war zum Kotzen, er musste sich fast übergeben. Er torkelte zur Tür.

Mit der Faust packte er eine Handvoll Haare und zerrte so sehr, dass seine Kopfhaut schmerzte. Er zog fester. Der Schmerz tat ihm gut. Er schrie auf. Dann sah er sich im Spiegel und ließ los. Er gab ein lächerliches Bild ab. Ein achtunddreißigjähriger Mann, der versuchte, sich die Haare mit den Wurzeln auszureißen. Total lächerlich. »Wenn ich so weit bin«, knurrte er.

Er lehnte sich ans Waschbecken. Der Kaltwasserhahn tropfte. Er drehte ihn fester zu, doch er tropfte noch immer. Das Scheißding brauchte eine neue Dichtung. Er hatte es schon vor einer Weile reparieren lassen wollen. Er schaute zu, wie die Wassertropfen auf dem grauen Email explodierten. Faszinierende kleine Flüssigbomben. Als er den Kopf hob und sich im Spiegel sah, wurde ihm übel. Ihm war, als hätte er einen Kübel Rotz geschluckt.

Mit feuchten Händen drehte er den Türknauf und stieß die Tür auf. Ruth kauerte in der Ecke. »Was ist passiert?«, fragte er sie.

Sie schaute ihn nicht an. »Tabletten.«

»Tabletten«, nickte er. »Tabletten. Was für Tabletten?«

»Paracetamol.«

Er studierte die geschwollenen Adern auf seinen Handrücken. Vielleicht hatte er ein paar Pfunde zugelegt. In letzter Zeit saß sein Ehering zu eng. Er räusperte sich. Er konnte es nicht aussprechen.

Nach einer Weile sagte Ruth es für ihn: »Sie hat sich umgebracht.«

Du stehst auf der Ziellinie, den Hasen an die Brust gedrückt, kannst ihn nicht loslassen, der fünfunddreißig Kilo schwere Windhund rast auf dich zu. Der Hund knallt dir in den Bauch.

Wumm! Joe rang nach Luft. Dann sagte er keuchend: »Das würde sie nicht machen. Nicht Gem. Nicht meine Tochter.«

Ruth schaute ihn an. Aus ihren roten Augen rannen ihr Tränen übers Gesicht. »Die Polizei hat gesagt, es hätten keine Verdachtsmomente vorgelegen.«

Er steckte sich einen Knöchel in den Mund und biss zu. Es schmeckte nach Salz.

»Sie hatte Depressionen, Joe.«

Er zog den Finger aus dem Mund.

»Sie müssen eine Obduktion machen«, sagte Ruth.

»Wieso denn das, Scheiße noch mal?«

»Reg dich nicht auf. Das ist Vorschrift. Sie machen es immer, wenn ... «

»Ich will's gar nicht wissen.« Fast hätte er sich wieder ein Büschel Haare ausreißen wollen, er konnte sich gerade noch beherrschen. Er steckte die Hände in die Taschen, wo sie keinen Schaden anrichten konnten. Die Beine gaben unter ihm nach. Er musste sich setzen. »Wann ist das passiert?«

»Gestern Nacht.«

Mit gespreizten Fingern fuhren seine Hände aus den Taschen. »Und du hast mir nichts gesagt?« Seine Finger waren so angespannt, dass es wehtat.

»Wie denn?« Sie drückte den Rücken an die Wand. »Ich hab's ja versucht.« Sie legte den Kopf in die Hände und sprach in ihren Schoß. »Dein Handy war abgeschaltet.« Sie hob den Kopf und schrie. Joe hob die Hände. Scheißkrach. Nach einer Weile hörte sie auf und atmete mehrmals hastig ein. »Ich wusste nicht, wo du bist«, sagte sie dann ruhig.

»Du hättest's bei Cooper versuchen können.«

»Da ist niemand ran.«

»Was, die ganze Nacht nicht?«

»Es ist niemand ran.«

»Du hättest 'ne Nachricht hinterlassen können.«

»Ich hab hundert Scheißnachrichten auf deinem Scheißhandy hinterlassen.« Sie fing wieder an zu schreien. Als sie aufhörte, schnappte sie nach Luft.

»Du hättest eine Nachricht bei Cooper auf den AB sprechen können«, sagte er geduldig.

»Ach ja? Klar. Hi Sally. Wenn du Joe siehst, kannst du ihm dann ausrichten, seine Tochter ist tot? Grandios, Joe. Wo zum Teufel warst du überhaupt?«

Er zuckte die Achseln. »Unterwegs.«

»Was, die ganze Nacht?« Sie machte sich lustig über ihn.

»Kommt schon mal vor. Das weißt du doch.«

Jetzt grinste sie eindeutig. »'Ne junge, was? War sie jung? Hübsch?«

»Fang nicht damit an, Ruth.«

»Dunkle Haare? Neunzehn? Blaue Augen? Hat sie dich an deine Tochter erinnert, Joe?«

»Hör auf.«

»Hat sie dich an Gem erinnert?«

»Hör auf«, schrie er. Er ging auf sie zu. »Du bist einfach widerlich.«

»War sie gut, Joe? War sie's?«

»Hör auf mit dem Scheiß«, schrie er.

Sie reckte ihm das Gesicht entgegen. »Los, sag schon. War sie gut im Bett, Joe?«

Er riss die Tür auf und stürzte nach unten auf die Straße. Ruth windelweich prügeln war das Letzte, was er wollte. Es war nicht ihre Schuld, dass ihre Tochter tot war.

Es war die Schuld von diesem Wichser, der versprochen hatte, sich um sie zu kümmern. Adam Wright hatte sein Wort gebrochen. Und jetzt war Joe dran, etwas zu brechen, aber etwas ganz anderes als sein Wort.

3

Joe wusste nicht, was mit dem Rest des Nachmittags passiert war. Er hatte einen Drink nötig, um zu entscheiden, was er mit Adam machen sollte, deshalb klapperte er ein paar Bars in Grassmarket ab und trank in jeder ein, zwei Whiskys. Dann machte er sich auf durch die Victoria Street und die High Street. In *The World's End* kippte er zwei weitere Whiskys. Er hatte sich wieder einigermaßen beruhigt, bis ein mickriger Typ versuchte, sich mit ihm anzulegen. Weil er den kleinen Wichser nicht umbringen wollte, ging er.

Arschloch.

Draußen wurde es schon dunkel, als er wieder zu seinem Auto ging. Er fischte nach seinen Schlüsseln. Das verfluchte Handy war im Weg. Er zog es aus der Tasche, öffnete die Autotür und stieg ein. Er schaltete das Handy ein, saß da und dachte über die Nachrichten nach, die Ruth hinterlassen hatte. Er hatte sie immer noch nicht abgehört. Scheiß drauf. Scheiß auf Ruth. Er ließ den Motor an und machte sich auf den Weg nach Leith.

Regentropfen sprenkelten die Windschutzscheibe, als er im Schneckentempo über die Restalrig Road kroch. Es war noch zu früh. Die Telefonzelle am Ende der Straße, die Tina immer als »Fickbox« bezeichnete, war leer. In ein, zwei Stunden würde sich eine Gruppe von Huren darum drängen, um die sexuellen Transaktionen zu verbergen, die sich im Innern abspielten. Etwas weiter kam ein dürftig bekleidetes Trio auf Pfennigabsätzen auf sein Auto zugewankt, als er langsam vorbeifuhr. Eine der drei sah aus wie etwa vierzehn. Auf ihrer glänzenden Unterlippe klebte eine nicht angezündete Zigarette. Die beiden anderen waren älter und rauchten richtig. Drei Meter entfernt stand unter einem Regenschirm ihr Zuhälter, zu dessen Füßen ein Rottweiler kauerte. Joe fuhr weiter. Keine Spur von ihr. Vielleicht war sie noch gar nicht da.

Seit die Polizei im letzten November den Rotlichtbezirk abgeschafft hatte, war es schwieriger, sie aufzuspüren. Heutzutage stand sie unregelmäßig an immer anderen Stellen in Leith. Normalerweise rief er sie auf dem Handy an. Wenn sie Kundschaft hatte, hinterließ er eine Nachricht, und sie rief zurück, wenn sie konnte. Aber ... Scheiße, heute Abend wollte er nicht warten. Er würde zum Shore runterfahren, es dort versuchen.

Er wollte gerade aufs Gas treten, als er Tinas glänzend weiße Handtasche im Scheinwerferlicht aufleuchten sah. Er schaute der Frau ins Gesicht, um sicherzugehen, dass sie es war. Dann drückte er auf die Hupe. Sie erkannte das Auto und lächelte. Wahrscheinlich dachte sie, das Glück hätte ihr gelacht. Erst acht Uhr, und da war Bob mit der Kohle. Tja, Bob. Das war der Name, unter dem sie ihn kannte. Sie winkte kurz, und dabei rutschte ihre Bluse hoch, und das Aufblitzen ihres nackten Bauchs jagte Joe einen Schauer über den Rücken.

Er hielt neben ihr. Beugte sich über den Sitz, um die Tür zu öffnen.

Sie kam ihm zuvor und stieg ein. »Du bist ja früh dran.« Sie zupfte an ihrem Rock. Hob den Hintern. Zupfte wieder.

»Wenn dir der Rock unbequem ist«, sagte er, »zieh ihn ruhig aus.«

»Soweit kommt's noch.«

Er antwortete nicht. Nach einer Weile lehnte sie sich zurück und seufzte. Den Rock hatte sie immer noch an.

»Schön warm hier drinnen«, sagte sie. »Richtig gemütlich.«

Er fuhr schweigend weiter, vorbei an mehreren Mietskasernen aus dem vorletzten Jahrhundert, ein, zwei Zeitungskiosken, einem Pub.

Sie rutschte auf ihrem Sitz herum. »Probleme?«, fragte sie.

»Könnte man so sagen.«

»Mit der Gattin?«

Er sagte nichts.

»Wieso lässt du sie nicht sitzen? 'N netter Kerl wie du. Wieso bleibst du bei ihr?«

»So einfach ist das nicht.«

Sie legte ihm die Hand auf den Oberschenkel und massierte sein Bein. Ihre abgekauten Fingernägel waren grün lackiert. »Du riechst nach Schnaps«, sagte sie. »Bist du besoffen? Dann solltest du nicht fahren, weißt du?«

»Ich war noch nie im Leben so nüchtern.«

Sie drückte ihm den Schenkel. Sein Bein zitterte unter ihren Fingern. »Du bist früh dran heute Abend«, sagte sie.

Er wollte ihr schon erzählen, dass er eine Zeit lang weg sein würde, als ein paar Meter vor ihnen zwei betrunkene Arschlöcher auf die Straße liefen. Der eine zeigte mit dem Finger auf sie und machte eine Geste, die wohl bedrohlich wirken sollte. Joe zeigte direkt auf ihn zurück, ohne zu bremsen. Wieso auch, verdammt noch mal? Die Stoßstange traf den Schwachkopf seitlich am Bein. Joe sah im Rückspiegel, wie er sich noch umdrehte, bevor er zusammenbrach. Der Kerl hielt sich das Knie. Sein Freund fuchtelte wütend mit den Armen.

»Halt an.« Tina griff nach hinten. »Hast du deinen Schläger noch dabei?«

Joe bremste und hielt an. »Lass sie in Ruhe, Tina.«

»Dauert keine Minute.« Tina holte Joes Baseballschläger hinter dem Fahrersitz hervor und sprang aus dem Auto. Joe öffnete die Tür auf seiner Seite, stieg aus und lehnte sich ans Dach. Der unverletzte Mann fluchte, was das Zeug hielt. Um seinen Freund kümmerte er sich nicht. Tina ging auf ihn zu und rammte ihm das Ende des Schlägers in den Magen. Als er sich nach Atem ringend vornüberkrümmte, trat Tina zurück, holte aus und traf ihn voll aufs Kinn. Der Schläger erzitterte beim Aufprall. Der Mann kippte zur Seite auf den Boden und verstummte.

Sein Freund hielt immer noch mit beiden Händen sein Knie. Er starrte Tina an. »Mein Gott«, sagte er.

Ohne ihn zu beachten, packte Tina seinen bewusstlosen Freund am Hosenbein und zerrte ihn halb auf den Gehsteig. Joe ging langsam auf sie zu. Sie mühte sich mit dem leblosen Körper ab. Er legte ihr die Hand auf den Arm. »Lass mich das machen«, sagte er.

Sie schüttelte seine Hand ab. »Nimm den hier.« Sie reichte ihm den Baseballschläger, packte das andere Bein und zog den armen Scheißer vollends von der Straße. Tina streckte dem Kumpel des Bewusstlosen die Hand hin. Er schüttelte den Kopf und rappelte sich alleine auf. Er wankte zum Bürgersteig, legte die Hand über die Augen und fing an zu flennen.

»Jetzt alles in Ordnung?« Joe streckte die Hand aus, und Tinas Finger streiften die seinen. »Komm«, sagte er. Sie gingen zum Auto zurück. Sie bestand darauf zu fahren. Er lehnte sich zurück, schloss die Augen und lauschte dem Brummen des Motors.

»Nimmst du das Ding da weg?«, fragte sie ihn.

Er schlug die Augen auf und sah, dass sie auf den Baseballschläger starrte, der zwischen seinen Knien steckte. Er warf ihn über die Lehne auf den Rücksitz.

Sie fuhr sich mit der linken Hand durch die Haare. Sie hatte dichtes Haar. Nicht wie Ruth, deren Haare so dünn waren, dass man an einigen Stellen ihren Schädel sehen konnte. Kam wahrscheinlich von der jahrelangen Färberei.

Er legte die Hand auf Tinas nacktes Bein. Es war kühl und glatt. Er ließ die Hand aufwärts unter ihren Rock wandern.

»Soll ich anhalten und dir einen blasen? Du zahlst dafür, Bob. Du solltest's mal ausprobieren.«

Er schüttelte den Kopf. Am liebsten wäre er nach Hause in sein Bett gegangen. Er wollte sich an sein verrücktes Weib kuscheln und einfach nur einschlafen. Aber das war ja wohl kaum möglich, oder? Eigentlich wollte er mit jemandem reden, der Gemma kannte. Tina war in Ordnung, aber sie kannte seine Tochter nicht. Cooper vielleicht? Wenn jemand Gemma kannte, dann Cooper. Er und Joe waren seit ihrer Schulzeit Freunde. Genau, er würde Cooper besuchen, jetzt gleich. Er kramte in seiner Tasche, holte die Brieftasche heraus und öffnete sie. Er zählte tausend Pfund in Zwanzigern ab.

»Ich verschwinde für 'ne Weile aus der Gegend«, sagte er.

»Du wirst mir fehlen. Na ja, vielleicht.«

»Vielleicht?« Er lachte. »Du sagst ja nette Sachen.« Er machte weiter, zählte Geldschein um Geldschein. Genau eintausend. Behutsam löste er ihre linke Hand vom Steuer und drückte ihr das Geld hinein.

»Wofür is'n das?«

»Weil du so scheißnett zu mir bist«, sagte er.

Sie beugte sich zu ihm und küsste ihn auf die Wange.

Zärtlichkeit. Man holt sie sich, wo man kann. Selbst wenn man dafür zahlen muss.

Sie fuhr zu ihrer Wohnung, weil sie das Geld, das er ihr gegeben hatte, dort »vergraben« wollte. Wahrscheinlich meinte sie es wörtlich. Sie wollte die Kohle unter den Bodendielen oder sonst wo vergraben.

Sie lud ihn ein reinzukommen. Er ließ sich darauf ein. Cooper konnte warten. Joe war erst ein Mal in Tinas Wohnung gewesen, und da war er so besoffen gewesen, dass er sich an ihr Schlafzimmer erinnern konnte, aber an viel mehr nicht.

Im Flur knipste sie das Licht an, dann schob sie den Minirock hoch und wackelte mit dem Hintern, als sie Richtung Wohnzimmer ging.

»Lass das«, befahl er ihr.

Sie warf ihm einen Blick zu, den er nicht recht einschätzen konnte. Hätte jemand nachgebohrt, hätte er wahrscheinlich gesagt, sie sei enttäuscht, aber das konnte ja wohl nicht sein, oder? Dafür kannten sie sich doch schon zu lange. Und überhaupt, sie war 'ne Nutte. Sie zog den Rock wieder runter, und er folgte ihr ins Wohnzimmer. Viel zu ordentlich. Es sah unbewohnt aus. Ins rechte Drittel des Zimmers war eine Einbauküche gezwängt worden. Die Arbeitsflächen waren makellos sauber, und es roch überhaupt nicht nach Essen. Vielleicht kochte sie ja nie. Ging jeden Abend aus. Immer mit 'nem andern Freier.

»Was zu trinken?« Sie stand über den Kühlschrank gebeugt und hielt eine Miniflasche Stella hoch. Er nickte. Sie schloss die Kühlschranktür und inspizierte wahllos ein paar Schubladen, bis sie gefunden hatte, was sie suchte. »Da ist ja das Scheißding.« Joe lächelte, als sie den Flaschenöffner schwenkte. Sie öffnete den Kronkorken, und das Bier schäumte hoch. Joe ließ sich aufs Sofa fallen. Sie legte den Öffner wieder in die Schublade und reichte ihm die Flasche. »Ich bring nur noch das Geld in Sicherheit«, sagte sie und verschwand aus dem Zimmer.

Joe drückte sich die kalte Flasche an die Wange und starrte auf den leeren Fernsehschirm. Es dauerte nicht lange, und Tina kam zurück und setzte sich zu ihm aufs Sofa. Er gähnte. »Soll ich ein Fenster aufmachen?«, fragte sie. »Die frische Luft macht dich vielleicht wach.«

Er schüttelte den Kopf. »Haste 'ne Kippe?« Er trank einen Schluck Bier.

Sie klappte ihre Handtasche auf und fischte eine Packung Silk Cut heraus. »Hab gar nicht gewusst, dass du rauchst.« Sie reichte ihm die Packung.

Er nahm sich eine Zigarette und steckte sie sich zwischen die Lippen. Er hatte vor über zwei Jahren mit dem Rauchen aufgehört. »Feuer?«

Sie hielt ihm ein orangefarbenes Feuerzeug hin. Er beugte sich vor, zog an der Zigarette. Der Rauch kratzte in seiner Kehle. Er hustete mit Tränen in den Augen. Er hustete noch einmal. Sie lachte ihn aus.

»Scheiße«, sagte er. »Ist lange her. 'Ne Ewigkeit. Rauch du sie.«

Sie nahm ihm die Zigarette ab und steckte sie sich zwischen die Lippen. »So machen wir Profis das.« Sie legte den Kopf zurück, spitzte den Mund und ließ einen Rauchkringel an die Decke steigen.

Seine Kehle fühlte sich an wie mit Sandpapier ausgestopft, aber zumindest musste er nicht mehr husten. Er wischte sich die Augen und nahm einen großen Schluck Bier.

»Was ist denn los?«, fragte sie. »Willst du's mir nicht erzählen?«

»Hast du noch'n Bier?« Er hätte ihr wirklich gerne alles erzählt, aber bald musste er los. Mit Cooper reden. Über Gem.

Sie holte noch ein Bier aus dem Kühlschrank. Nahm den Flaschenöffner, brachte ihm beides. Sie setzte sich und streifte die Schuhe ab. Die Riemen hatten Schwielen an ihren Füßen hinterlassen. Ihre Zehennägel waren grün wie ihre Fingernägel. »Na und?«

»Ich hab da so 'ne Kleine auf'm Strich gesehen. Als ich nach dir gesucht habe. Die sah aus, als sollte sie eigentlich in der Schule sein. Oder Hausaufgaben machen.«

»Das wird Kylie gewesen sein. Ist aus Dundee abgehauen.«

»Ich hab noch nie'n Kind anschaffen sehen, Tina.«

»Die sind letzten Monat hier aufgekreuzt. Gleich drei Stück.« Aus ihrem Mund stieg Rauch in die Luft. Sie befeuchtete sich die Lippen. »Die beiden anderen kenn ich nicht. Die behaupten, sie sind sechzehn.«

»Das waren nicht die beiden, die heute Abend bei ihr waren. Die waren alt genug, um selbst Entscheidungen zu treffen.«

»Das waren sie nicht. Die beiden anderen sehen auch aus wie Schulmädchen. Ich schätze, die sind von hier.«

»Scheiße«, sagte Joe. »Was geht'n da ab?«

Sie legte den Kopf zurück und nahm einen tiefen Zug. »Die älteren Girls sagen, das hätt's fast nie gegeben, bevor die Polizei den Rotlichtbezirk abgeschafft hat.« Sie blies Rauch an die Decke. »Auf 'nem ausgewiesenen Strich konnten keine Minderjährigen arbeiten. Die wären damit nicht durchgekommen.«

Die Polizei hatte die Toleranzpolitik in den Achtzigerjahren eingeführt. Wenn man eine Nummer schieben wollte, ging man in die Coburg Street nach Leith. Lief fast zwei jahrzehntelang tadellos. Dann hatten im letzten Jahr Anwohner die Polizei gezwungen, einen neuen Rotlichtbezirk in der Salamander Street zu deklarieren. Für Joe war das eine scheißlästige Sache gewesen. Es dauerte kaum zwei Wochen, bevor die Polizei den

Strich endgültig dichtmachte. Was für Joe eine noch scheißlästigere Sache war.

Aber trotzdem kam er damit klar. Viel schlimmer war, dass sich jetzt, nachdem es seit fast zwanzig Jahren in der Stadt kaum Kinderprostitution gegeben hatte, durch die Abschaffung des offiziellen Strichs etwas breitmachte, bei dem sich Joe der Magen umdrehte.

»Kinder«, murmelte er. Er schaute Tina auf dem Sofa an und fühlte sich mit einem Mal so deprimiert, dass er am liebsten losgeheult hätte. Er wechselte das Thema, bevor er sich zum Affen machte. »Als meine Frau mir gesagt hat, das sie schwanger ist«, sagte er, »da war ich stinksauer.«

»Überrascht mich nicht«, meinte sie. »Soll keine Beleidigung sein, aber du bist nicht mehr der Jüngste.«

»Ich red von vor zwanzig Jahren. Etwa zu der Zeit, als die Polizei den ursprünglichen Rotlichtbezirk eingerichtet hat.«

»Mein Fehler.« Sie griff nach seinem Bier, nahm einen Schluck und gab es ihm zurück. »Erzähl weiter.«

»Ich wollte kein Baby«, sagte er. »Ich war zu jung für'n Kind, weißt du? Zu verantwortungslos. Ich wollte kein Vater sein, sondern meinen Spaß haben.«

»Drunten in der Coburg Street.«

»Red kein Scheiß. Damals doch nicht.«

»Red selber kein Scheiß«, sagte sie. »Das Baby war nicht geplant, schätze ich.«

»Wohl kaum.«

»Wart ihr verheiratet?«

»Fast'n Jahr.«

»War's gut?«

Er schaute Tina an. In den letzten Jahren trafen sie sich mindestens einmal die Woche, aber ihr Gesicht hatte er sich noch nie richtig angesehen. Ihre Lippen wirkten durch den glänzenden orangefarbenen Lippenstift voller. Ihre Nase war zu groß und an zwei Stellen gebrochen gewesen. Ihre Augen waren mit dunkelblauem Mascara geschminkt. Sie war nicht gerade das, was man als hübsch bezeichnete. Hübsche Mädchen arbeiteten in der Bauchtanzbranche, wenn sie konnten. In der *Fantasy Bar, Bottoms Up, Hooters*. Am allerbesten war die *Western Bar*, wo die Girls das ganze Geld behalten durften, das sie verdienten. Er musterte Tina. Nein, besonders hübsch war sie nicht, aber sie wusste sich zu helfen. Mit dem Baseballschläger in der Hand hatte sie einfach Spitze ausgesehen.

»Hör auf zu glotzen.«

»Halt's Maul«, sagte er. »Noch'n Bier?«

»Du bist ja wahnsinnig unterhaltsam heute Abend.« Sie stand wieder auf. Öffnete die Kühlschranktür. »Das ist das letzte.«

»Manchmal frag ich mich, wieso Ruth mich geheiratet hat«, sagte er, als sie ihm das Bier brachte.

»Die Frage ist doch wohl eher, wieso du sie geheiratet hast.«

»Da würd ich dir zu viel verraten.« Er trank in einem Zug die halbe Flasche aus.

»Wieso frag ich überhaupt?« Sie legte den Arm um ihn, und er ließ den Kopf an ihre Schulter sinken. »Du sagst mir ja nicht mal deinen richtigen Namen, Bob.« Sie roch nach billigem Parfüm und Rauch. »Und das, obwohl ich dir meinen verraten habe.«

Er richtete sich auf und trank den Rest des Biers. »Mir ist Tina lieber.«

»Und was ist verkehrt an Ruth?«

»Das willst du gar nicht wissen.« Ruth, dachte er. Mit Ruth sollte er sprechen. Nicht mit Cooper. Wenn er mit jemandem sprechen wollte, der seine Tochter kannte, dann sollte er mit seiner Frau sprechen. Vielleicht, dachte er, als er aufstand, war er nur ein bisschen beschwipst.

4

Ruth, sein Weib, sein herrliches Weib, war in der Küche. Ach, gottlob, sie hatte sich umgezogen, der kleine Wonnekloß. Sie saß vornübergebeugt am Tisch, als hätte sie Magenkrämpfe, einen Becher Tee an den Busen ihres schwarzen Kostüms gepresst. Mann, konnte die leiden. Ihre Augen waren knallrot. Sie schaute nicht zu ihm hoch. Vor ihr auf dem Tisch verstreut lag ein halbes Dutzend Reiseprospekte. Joe konnte nur die Titel von dreien erkennen: Andalusien, Marokko, Tunesien. Ihre Lieblingsurlaubsorte. Genau die richtige Zeit zum Weglaufen, nicht wahr? Ihre Tochter war tot, und Ruth schmiedete Urlaubspläne. Sie hatte sich noch nie etwas stellen können. *Scheiße. Jetzt mach sie nicht so fertig, du Arsch.*

Er zog einen Stuhl ran, setzte sich ihr gegenüber und versuchte nett zu sein. Seine Zunge fühlte sich geschwollen an. »Du solltest nicht allein sein.«

Langsam hob sie den Becher an den Mund. Sie schlürfte, keuchte, setzte den Becher wieder ab. Schaute ihm in die Augen. »Wie fürsorglich.«

Er wartete einen Moment ab. »Was ist mit Gem passiert?«, fragte er dann.

Sie hielt seinem Blick ein, zwei Minuten stand. Dann schaute sie in ihren Becher. »Das ist einfach nicht zu fassen.« Sie senkte den Kopf, und ihm fiel auf, dass sie oben auf dem Schädel eine riesige kahle Stelle bekam. Ihr Kopf zuckte hoch. Spucke kam aus ihrem Mund geflogen, als sie sprach: »Das ist doch einfach unglaublich, verdammt noch mal.« Ihr Gesicht war verzerrt, alt, hässlich. »Du bist'n beschissener« – mit gespreizten Fingern zuckten ihre Hände hoch – »Drecksack, Joe.«

Er fuhr sich mit den Händen übers Gesicht und rieb sich die Augen. Als er die Hände wieder wegnahm, war das Deckenlicht unnatürlich hell. Er schaute hoch und zuckte zusammen. Als er den Blick wieder senkte, starrte sie ihn an, und ihre Oberlippe bewegte sich, als sei ihr schlecht. Sie war immer noch alt und hässlich.

»Macht's dir gar nichts aus, dass deine Tochter tot ist?«, fragte sie mit bebenden Lippen.

»Ich frag dich ja«, sagte er. »Was ist passiert?«

»Du hast echt Nerven. Du weißt genau, dass es deine Schuld ist.«

Er hielt einen Moment inne. »Ich war überhaupt nicht in ihrer Nähe. Wieso soll es dann meine Schuld sein?«

»Deinetwegen ist sie doch fort.«

»Schwachsinn.«

»Und was glaubst du, weshalb sie sonst fort ist?«

Er stand auf. »So 'ne Scheiße muss ich mir nicht anhören.«

»Das hättest du gerne, Joe. Das hättest du gerne, verflucht noch mal.«

»Was meinst du damit, sie ist meinetwegen fort?« Er setzte sich wieder.

»Sie war unglücklich. Und du hast nicht mit ihr darüber geredet.«

»Das hätte ich doch.« Er fuhr sich mit der Hand durchs Haar. Es fühlte sich dünn an, jeden Tag mehr wie das von Ruth. »Hätte ich doch. Wie meinst du das? Worüber mit ihr geredet? Was soll der Scheiß? Ich hab nicht gewusst, dass sie reden will. Sie hat nie ein Wort gesagt.«

»Das musst du doch gemerkt haben.«

Er tippte sich mit den Fingern an die Stirn. »Wieso – wieso hat sie nichts gesagt? Wieso hast du mir nichts gesagt?«

»Was glaubst du, warum sie die Uni geschmissen hat? Was glaubst du, warum sie von zu Hause weg auf eine gottverlassene Insel gezogen ist, zu einem Verwandten, den sie kaum gekannt hat?« Speichel sammelte sich in ihren Mundwinkeln. »Weil sie hier glücklich war?«

Joe wandte sich ab. »Was war denn hier so schlimm für sie?«

»Ich weiß nicht.« Ruth presste ihren Becher zwischen den Händen. »Irgendwas ist passiert. Sie wollte mir nicht verraten, was.«

»Mir hätte sie's auch nicht ... «

»Dir hätte sie's gesagt. Du beschissenes, blödes Arschloch. Du weißt genau, dass sie dir alles gesagt hätte.«

»Wenn sie dir nichts gesagt ... «

»Joe, sie hat dich geliebt.« Ruth schlug sich mit der Faust an die Brust. »Weiß Gott, weshalb, aber sie hat dich geliebt.«

Ihm war, als sei alles Blut aus seinem Körper gewichen. »Wieso hat sie nichts gesagt? Wenn's ein Problem gab«, er schluckte schwer, »dann hätte sie was sagen sollen.«

»Du hast ja nie gefragt.«

»Ich hab's nicht gewusst. Verdammte Kacke. Ich hab nicht gewusst, dass irgendwas nicht stimmt. Wieso hätte ich fragen sollen?«

»Hättest du aber.«

»Okay, ich hab's nicht getan, verdammte Scheiße, du blöde Kuh. Wie oft soll ich's dir noch sagen.«

»Wenn du dich um sie gekümmert hättest, vielleicht wäre sie dann nicht tot.« Ruth sprang auf und schleuderte den Becher nach ihm. Er knallte hinter ihm gegen den Herd und zerschellte. Sein Gesicht war auf einer Seite nass. Er streckte die Zunge nach der Wange heraus. Kalter, starker, schwarzer Tee. Rinnsale dunkelbrauner Flüssigkeit zogen sich über den Kieferntisch und sammelten sich am unteren Ende von Ruths Reiseprospekt von Marokko. Er blickte zur Seite auf den Fußboden. Auf dem Linoleum waren Teepfützen.

»War das'n voller Becher?«, fragte er. »Oder hab ich so 'ne Verschwendung nicht verdient?«

Ihre Schultern zuckten, das einzige Anzeichen, dass sie vielleicht lachte. Natürlich konnte sie auch genauso gut weinen. »Ehrlich gesagt«, antwortete sie, »hab ich kaum was davon getrunken.«

Er konnte ihre Stimmung nicht einschätzen, was nichts Neues war. Jetzt blickte sie auf ihre nervösen Finger. Er wischte sich die Wange mit der Handfläche ab.

»Ich hab da kürzlich 'ne Sendung gesehen.« Sie schaute ihn aus feuchten Augen an. »Eine Frau hatte ihre Tochter verloren. Autounfall. Sie hat gesagt, ihre größte Angst sei gewesen, dass sie nie mehr zu weinen aufhört.«

Joe wartete ab. »Was willst du mir damit sagen?«, fragte er schließlich.

»Egal.« Sie senkte den Kopf. »Du warst nicht da für Gemma.«

»Was hätte ich denn machen sollen?« Joe stampfte mit dem Fuß auf und ärgerte sich über sich selbst, weil die Geste so kindisch war. Knurrend riss er sich zusammen. »Ich hab nicht gewusst, dass da was nicht stimmt.«

»Man könnte ein Buch schreiben über die Sachen, die du nicht weißt.« Sie drehte den Kopf zur Seite und starrte an die Wand.

Er beugte sich über sie, packte mit den Fingern ihr Kinn und zwang sie, ihn anzusehen. Sie senkte den Blick, weigerte sich, ihm in die Augen zu blicken. Ihr Gesicht war grau und von Tränenspuren durchzogen. »Was gibt es sonst noch, was ich nicht weiß?«, fragte er ruhig.

»Ich bin nur gemein«, sagte sie und schaute zu Boden. »Scher dich nicht drum.« Ihr Kinn bewegte sich zwischen seinem Finger und dem Daumen. »Dürfte dir nicht allzu schwerfallen.«

Er ließ sie los. »Ich geh zu Cooper.«

»Super«, sagte sie. »Beim kleinsten Anlass wirfst du dich in die liebenden Arme deines besten Freundes.«

»Hör auf mit deiner Eifersuchtsscheiße.« Joe war drauf und dran, seine Frau zu schlagen. Er wusste nicht, ob er sich würde beherrschen können, wenn er noch länger blieb.

»Glaub mir, ich hab nichts, worauf ich eifersüchtig sein könnte«, antwortete sie.

»Bye, Liebling«, sagte er, während er die Tür zuknallte.

5

Nur noch ein bisschen stärker, dann hätte er die Scheißklingel durch die Wand gedrückt.

Ein leichter Nieselregen fiel auf das beleuchtete Namensschild, das einen orangefarbenen Schimmer auf Joes Handrücken warf. Gerade hell genug, damit er seine Uhr erkennen konnte. Es war noch früh, zwanzig nach eins. Was machte Cooper um diese Uhrzeit im Bett? Er nahm den Finger kurz von der Klingel, um sich die feuchte Stirn zu wischen. Das Auto hatte er zu Hause gelassen und war zu Fuß hergekommen. Wie Tina gesagt hatte, hatte die frische Luft ihm gutgetan.

Es ging ihm gut. Klarer Kopf. Ruhig. Der Streit mit Ruth war so gut wie vergessen.

Er drückte noch ein paar mal auf den Klingelknopf, dann ließ er das Scheißding nicht mehr los.

Das Summen klang wie eine Bassbegleitung zu dem versoffenen Gröhlen, das von vorn um die Ecke zu hören war. Offenbar brachten ein paar Fans der Hearts ihre Verachtung gegen den heimischen Rivalen zum Ausdruck. *Steh auf, wenn du die Hybees hasst!* Dem steigenden Lärmpegel nach zu urteilen, kamen sie auf ihn zu. Ziemlich krass drauf, diese Fußballfans, die mit dem Krach das gesamte Viertel aufweckten. Joe sah, wie sie herangewankt kamen. Er zählte sechs Mann. Fünf von ihnen trugen Schals in Rotbraun und Weiß. Der andere hielt seinen Schal zusammengeknüllt in der Hand. Das einzig Harte an ihnen waren die Konsonanten in ihren Sprüchen.

Der mit dem nackten Hals entdeckte Joe. »Sing mit, Alter, Scheiße noch mal!«

Joe nahm den Finger nicht von der Klingel.

Ein anderer packte beide Enden seines Schals mit der Hand

und streckte den Arm über den Kopf. Er ließ die Zunge aus dem Mundwinkel hängen und den Kopf zur linken Seite fallen. Joe war sich sicher, dass er den dürren Wichser ohne Probleme in zwei Teile reiße, den einen Teil in die Broughton Street und den anderen in den Leith Walk werfen konnte.

Der Rest der Bande lachte pflichteifrig. Der Witzbold ließ den Schal los und fing an zu singen: *»Du fährst gleich mit dem Notarzt heim.«* Aha, dachte Joe, die hatten's tatsächlich geschafft, zwei Lieder zu lernen. Sofort fielen die anderen ein. *»Du fährst gleich mit dem Notarzt heim«*, plärrten sie ihren unmelodischen Einzeiler und zeigten dabei auf Joe.

Coopers Stimme krächzte aus dem Lautsprecher. »Wer is'n da, verflucht?«

Joe nannte seinen Namen.

»Was'n das für'n Radau?«

»Der Hearts-Gesangverein.« Der Summer ertönte, und Joe stieß die Tür auf. Er schloss sie hinter sich, was den Aufschrei von der Straße dämpfte, mit dem die Bande, die ihr Opfer verschwinden sah, zum Angriff überging. Zu spät. Die Gelegenheit für ein bisschen Spaß war verpasst. Joe klopfte mit den Knöcheln sachte an die Hauswand und ging weiter. Einer von den kleinen Wichsern hämmerte hinter ihm gegen die Tür. Er dachte daran, umzudrehen und dem Krawallbruder die Faust in die Fresse zu rammen, ließ es aber bleiben.

Cooper wohnte im Erdgeschoss nach hinten raus.

Er erwartete Joe im Türrahmen mit nichts am Leib als schwarze Boxershorts. Nicht mal die waren durchgehend schwarz. HENGST stand in gelber Schrift darauf. Er rauchte, den Daumen der freien Hand unter den Bund der Unterhose gesteckt. »Was willst'n du hier um diese Zeit, verflucht?«

»Ich muss mit dir reden.«

»Seit wann?« Cooper schnippte die Asche auf den Boden. »Du liest zu viele Scheißbücher.« Er zog die Augenbrauen hoch. Als Joe nicht reagierte, fügte er hinzu: »Scheißschwuchtel.«

»Es geht um Gem.«

Über Coopers Gesicht huschte etwas wie Besorgnis. Dann

riss er sich zusammen, als erinnerte er sich, wer er war, und er setzte wieder die übliche gelangweilte Miene auf. Er zog an der Kippe, nahm den Daumen aus dem Bund und steckte die Hände in die Unterhose. Einen Moment lang kratzte er sich an den Eiern, was ihm wohl dabei half, einen Entschluss zu fassen. »Du kommst besser rein«, sagte er.

Joe folgte ihm durchs Wohnzimmer. »Hoffentlich hab ich Gary nicht aufgeweckt«, sagte er in Coopers Rücken.

»Der Kleine würde noch 'ne Massenvergewaltigung verschlafen.«

»Da kommt er ja ganz nach seinem Vater.« Joe wusste nicht, wohin mit seinen Händen. Ihm war unbehaglich zumute.

»Sag das noch mal.« Cooper knipste eine Lampe an und ließ sich in seinen Lieblingssessel plumpsen. Ein nacktes Bein ließ er über die Armlehne baumeln. »Hat sich angehört, als hättest du Zweifel, ob ich noch einen hochkriege.«

»Würde mir nicht im Traum einfallen.« Joe war gekommen, um sich auszusprechen. Das Problem war, er wusste nicht, wo anfangen. Er setzte sich und sagte: »Irgend'n Typ hat mir was von so Apparaten erzählt. Ich dachte, die könntest du mögen.«

Cooper wirkte interessiert.

»Mösenschnorchel heißen die. Die haben so Dinger, die man sich in die Nase stopft.« Joe demonstrierte es mit den Händen. »Und solche Schläuche, die man hinter die Ohren klemmt.« Er berührte seine Ohren.

Cooper wirkte etwas verdattert.

»Sie helfen einem beim Atmen«, erklärte Joe. »Beim Fotzentauchen.«

Coopers Gesicht hellte sich auf. »Mösenschnorchel.« Er schlug mit der Hand auf die Armlehne. »Fantastisch. Mösenschnorchel. Fürs Fotzentauchen.« Er brüllte vor Vergnügen. »Und die Dinger gibt's wirklich?«

»Glaub schon. Ich hab 'ne Adresse. Ich kann'n paar zum Testen besorgen.«

»Na klar«, sagte Cooper. »Scheiß die Wand an. Das muss man doch mal ausprobieren, was?«

»Dachte ich mir, dass dir das gefällt.« Joe nahm den gläsernen Aschenbecher, den Cooper vor ein paar Jahren in der *Boundary Bar* geklaut hatte, und hielt ihn Cooper hin.

»Und dafür hast du mich aufgeweckt?« Cooper starrte auf die Asche, die schlaff von dem Filter in seiner Hand herunterhing, und drückte die Zigarette mit zwei Drehungen des Handgelenks aus. »Um mir was von Mösenschnorcheln zu erzählen?«

Joe stellte den Aschenbecher wieder auf den Tisch. Die Zigarettenkippe qualmte noch. »Ich dachte nicht, dass du schon schläfst.«

»Vatersein ist harte Arbeit«, gähnte Cooper. »Müsstest du doch wissen. Ich meine, Gemma muss doch ... «

»Gemma ist tot.« Joe sprach es so leise aus, dass er sich nicht sicher war, ob Cooper es gehört hatte. Aber Cooper hatte zu reden aufgehört.

Als Joe zu ihm blickte, sagte Cooper: »Jetzt verarschst du mich doch.«

Joe sagte nichts und wandte den Blick ab.

»Du verarschst mich nicht«, sagte Cooper.

Joe vergrub seinen Kopf in den Händen. Als er ihn wieder hob, stand Cooper direkt vor ihm. Joe blickte genau auf das Wort HENGST und sagte: »Nimmst du bitte mal dein Gehänge aus meinem Gesicht?«

»Ich zieh mich um. Willst du 'nen Drink oder so was?«

»Bring mir gleich die ganze Flasche.«

»Ich hab 'nen Bunnahabhain da.«

Joe starrte in seine Hände. Kurz darauf hörte er das Geräusch klirrender Gläser. Als er hochschaute, schraubte Cooper, immer noch nur in Unterhosen, den Verschluss von einer Whiskyflasche.

»Ich mach das schon«, sagte Joe. »Zieh du dir was Anständiges an.«

Cooper zuckte mit den Achseln.

»Was is'n hier los?«, fragte eine verschlafene Mädchenstimme.

Joe drehte sich in seinem Sessel zu Sally um und hob sein leeres Glas hoch. »Auch einen?« Coopers Freundin stand in der Tür. Sie hatte nur ein T-Shirt an.

»Hi, Joe«, begrüßte Sally ihn mit einem gezwungenen Lächeln. »Lieber nicht, danke.«

»Leg dich wieder hin«, sagte Cooper.

»Kommst du?«

Cooper packte sie am Arm. »Nur zum Anziehen. Mein Riesenspecht ist Joe peinlich.«

Sie musste sich auf die Zehenspitzen stellen, damit sie den Kopf auf seine Schulter legen konnte. »Ich bin müde, Chicken.«

Joe musste husten und schenkte sich ein Glas ein. Das Gluckern des Whiskys war ein herrliches Geräusch. Voller Wärme. Cooper brachte Sally zurück ins Bett.

Als Cooper in schwarzen Chinos und einem ausgewaschenen T-Shirt mit der Aufschrift SCHWEINE und darunter dem Bild eines Schweins in Polizeiuniform zurückkam, sagte Joe: »Was ist? Hast du kein T-Shirt mit einem Huhn gefunden?«

»Fick dich.« Cooper ließ sich in den Sessel fallen. »Bist du sauer, weil für dich niemand 'nen Spitznamen hat?«

»Was soll das eigentlich mit dem Chicken?« Joe schenkte Cooper ein Glas ein und reichte es ihm.

»Keinen blassen Schimmer.« Cooper schlürfte seinen Bunnahabhain. »Sie hat beschlossen, dass sie mich Chicken nennen will. Das ist ein Kosename, Joe, falls du das noch nicht kapiert hast.« Er nahm noch einen Schluck. »Und kann mich nennen, wie sie will. Einer der Vorteile, wenn man die Mutter von meinem Sohn ist.«

»Geht in Ordnung.« Joe trank seinen Whisky aus und schenkte sich noch einen nach. Er wollte Cooper die Flasche reichen, doch der streckte den Arm aus, und Joe füllte ihm das Glas.

»Also«, sagte Cooper. »Was ist passiert?«

Joe lehnte sich zurück. Sein Unterkiefer fühlte sich taub an. »Du kennst Gemma genauso gut wie ich.«

»Ich bin praktisch ihr Onkel.«

»Sie würde sich nicht umbringen, stimmt's?«

»Wer weiß schon, warum Kinder unglücklich sind, Joe?«

Trauer flutete durch Joes Adern und vermischte sich mit dem Whisky. Sogar sein bester Freund hatte mitbekommen, dass Gemma unglücklich war. Joes Finger krampften sich um das Glas. Es zerbrach, aber er rührte sich nicht, sondern saß einfach nur da und blickte starr auf den herabtröpfelnden Whisky, die Glasscherben, den kleinen Splitter in seiner Handfläche. Er wunderte sich, wie scharf das Glas war und wie wenig es schmerzte.

»Das setz ich dir auf die Rechnung«, sagte Cooper. »Das ist'n scheißteurer Whisky, den du da grade verschüttet hast.«

Joe zog den Splitter aus seiner Hand, worauf dunkles Blut aus der Wunde kam. Er brachte die Hand zum Mund und saugte.

Cooper griff zur Fernbedienung und schaltete den Fernseher ein. »Ich könnte wetten, dass nichts läuft.«

Joe stand auf und ging leicht schwankend zur Toilette. Er hielt die Hand unter den Kaltwasserhahn. Das kalte Wasser betäubte seine Hand. Drang durch bis zum Knochen. Es fühlte sich ziemlich gut an. Er krümmte die Finger. Die Blutung hatte nachgelassen. Er trocknete die Hand mit Klopapier ab, damit kein Blut ans Handtuch kam, dann durchsuchte er das Schränkchen über seinem Kopf. Er fand eine Schachtel mit Mickymaus-Pflastern. Sonst nichts. Scheißegal. Er klebte ein Pflaster auf die Hand und trottete zurück ins Wohnzimmer.

Auf dem Tisch lagen noch immer Glasscherben. Cooper schaute sich eine Autowerbung an. Channel 5. Das sah man am schlechten Empfang. »Henry«, sagte Cooper. »Das ist vielleicht 'ne Nummer.« Er kicherte. »Wa-wa-wa-wumm«, sagte er.

Joe tappte durch die Küche, nahm sich eine Küchenpapierrolle und ging damit zurück ins Wohnzimmer. Er sammelte die Glassplitter zusammen und wickelte sie in mehrere Lagen Küchentuch. Er wischte den verschütteten Whisky auf, trug das Bündel mit dem Glas durch die Küche und entsorgte es im Abfalleimer im Wandschrank.

Es wurde ihm bewusst, dass er dieses Haus fast so gut kannte wie sein eigenes. Er wusste sogar, dass der Abfalleimer im Wandschrank war. Er hatte nicht mal drüber nachdenken müssen. Es verging kaum ein Tag, an dem er nicht hier war. Wo stand eigentlich der Abfalleimer bei ihm zu Hause? Es dauerte einen Augenblick, bevor ihm einfiel, dass Ruth ihn unter der Spüle hatte. Er überlegte, ob er nicht lieber nach Hause gehen sollte. Aber er fühlte sich zu schwach. Als hätte er literweise Blut verloren. Er warf einen Blick auf sein Mickymaus-Pflaster. Der Weg nach Hause kam ihm wie eine halbe Weltreise vor, ein gewaltiges Unternehmen, zu dem er einfach nicht in der Lage war. Nicht jetzt. Und warum auch? Die verrückte Schlampe würde ihn doch nur anschreien und ihn als Schwuchtel beschimpfen. Und Cooper hatte gleich zwei leere Gästezimmer. Wäre doch eine Schande, wenn er nicht in einem übernachten würde. Oder Joe könnte sich einfach in den gemütlichen Sessel verkriechen und einduseln.

Als er ins Wohnzimmer kam, schaute Cooper hoch und drückte mit dem Daumen auf die Fernbedienung. Der Bildschirm wurde dunkel. »Alles klar?«

Joe ließ sich auf den Sessel sinken und führte Cooper das Pflaster vor.

»Allerliebst«, sagte Cooper. »Und, was ist jetzt mit Gem passiert?«

Joe brauchte zehn Minuten, um die Umstände zu schildern. Die ganze Zeit über würzte er seine Erzählung mit Drohungen gegen Adam. Das Gespräch mit Cooper machte ihm selbst klar, bei wem die Schuld lag. Adam hätte sich um sie kümmern müssen. Adam hatte Scheiße gebaut.

Erstaunlicherweise war Cooper nicht seiner Meinung. »Steiger dich da nicht rein.«

Joes Hand fühlte sich starr an. »'Nen besseren Rat hast du nicht?«

»Da gab's nichts, was du hättest machen können, Joe.

Gemma war unglücklich. Da hätte niemand was machen können.«

»Wenn ich mit ihr geredet hätte, vielleicht hätte ich dann herausgefunden, warum sie depressiv war.«

»Steiger dich da nicht rein, Joe. Es ist einfach passiert.«

»Vielleicht hätte ich's ihr ausreden können.«

»Du warst nicht da. Du hast es nicht wissen können.«

»Aber Adam war da. Er ist schuld. Oder nicht?«

»Du bist besoffen«, sagte Cooper. »Du kannst nicht vernünftig denken. Schlaf 'ne Runde. He, hör zu, wir reden morgen früh drüber.«

»Dann ergibt das alles mehr Sinn, oder? Willst du das damit sagen?«

»Find dich damit ab, Joe.«

»Einen besseren Rat hast du nicht? Wenn deinem Kleinen was passiert wäre, wenn Gary was passiert wäre, würdest du das von mir hören wollen? ›Find dich damit ab‹, verdammte Scheiße?«

»Wahrscheinlich nicht.« Cooper schüttelte den Kopf. »Ich bin nicht besonders gut bei solchen Sachen.«

»Echt nicht?« Joe hielt inne. »Noch'n Whisky?«, fragte er dann.

Eine Stunde und vier Whiskys später ließ Joe Cooper vor dem Fernseher sitzen und legte sich im Gästezimmer schlafen. Als sein Kopf aufs Kissen fiel, schloss er die Augen, und in diesem Moment wurde ihm in aller Deutlichkeit bewusst, dass sein einziges Kind tot war. Er konnte es leugnen, wie er wollte, und das würde er auch tun, sobald er wieder nüchtern war, denn er konnte nicht glauben, dass er Gem verloren hatte.

Er konnte nicht zulassen, dass es passiert war. Mann, er hörte sich schon wie Ruth an, um Himmels willen. Dieser Adam hätte es nicht zulassen dürfen. Der Mann war ein Totalversager. Dem sollte es gar nicht erlaubt sein zu leben.

Bevor er einschlief, kam Joe der Gedanke, dass Gem vielleicht mit Adam gesprochen hatte. Sie hatte ihn gemocht, da war es durchaus möglich, dass sie sich ihm anvertraut hatte.

Vielleicht wusste Adam ja, warum sie sich das Leben genommen hatte. Vielleicht sollte Joe mit Adam sprechen, bevor er ihn umbrachte. Ein, zwei Fragen konnten nichts schaden. Genau, ein, zwei Fragen. Dann würde er ihn kaltmachen.

6

Joe wachte mit einem üblen Geschmack im Mund auf und mit Kopfschmerzen, mit denen ein Student monatelang hätte angeben können. Er richtete sich auf, ließ die Beine über die Bettkante baumeln und wackelte mit den Zehen. Der Zustand seiner Eingeweide war prekär. Vielleicht sollte er etwas essen – andererseits, vielleicht doch lieber nicht. Beim Gedanken allein drehte sich ihm der Magen um. Vielleicht ein Drink? Diesmal rebellierte sein Magen nicht. Er atmete vorsichtig aus, stand auf, stöhnte, zerrte sich die Hose über, schlüpfte ins Hemd, ohne die Knöpfe zu schließen, und wankte einige Minuten später auf den Flur hinaus.

Nachdem er dies bewältigt hatte, sollte die Ersteigung des Mount Everest ein Klacks sein.

Er tappte in Richtung Küche. Sally saß am Tisch und gab Gary die Brust. Sie fuhr zusammen, als sie Joe sah.

»Oh«, sagte Joe. »Ich wollte nicht ... Entschuldige. Ich geh schon.«

»Schon gut«, sagte sie. »Ich hab nicht gewusst, dass du noch da bist. Ich dachte, du bist schon weg.«

»Ja«, sagte Joe. »Ja. Es ist was Schlimmes passiert. Ich hab mich zugeknallt. Bin umgekippt.« Alles wegerklären, als sei nichts gewesen. »Du weißt schon.«

»Cooper hat mir das mit Gemma erzählt«, sagte sie. »Es tut mir wirklich leid, Joe. Setz dich. Ich mach dir was zum Frühstück, wenn ich mit Cheetah fertig bin.«

»Ich krieg keinen Bissen runter.« Joe verzog das Gesicht und klopfte sich leicht auf den Bauch. »Danke trotzdem.« Er schaute zu, wie das Baby an Sallys Brustwarze saugte. »Cheetah?«

»Schau mal.« Sally steckte den Zeigefinger unter Garys Ohrläppchen. Joe trat einen Schritt näher. Die Ohrmuschel des kleinen Mannes war dicht mit einem dunklen Fell bewachsen. »Tarzan. Weißt du noch?«, fragte ihn Sally.

»Ach, der Schimpanse.« Joe lachte leise. »Cheetah. Gefällt mir.«

Sally streichelte mit der Hand über den Kopf des Babys und strich seine rabenschwarzen Haare glatt. »Mein Kosename für ihn, Joe. Sag's bloß Cooper nicht. Der fände das nicht lustig.«

»Was du nicht sagst.« Nach einer Minute fragte er: »Sind beide Ohren so?«

Sie nickte. »Das ist scheinbar nichts Besonderes. Die Haare fallen aus, wenn er älter wird. Er ist ja erst zehn Monate.«

»Wahnsinn«, sagte Joe, weil er nicht wusste, was er sonst sagen sollte. Er stand einen Augenblick vor ihr, merkte, dass er glotzte, was er angesichts dessen, wohin er glotzte, wahrscheinlich nicht durfte, und trat einen Schritt zurück. Er wandte sich zur Spüle um. »Ich hol mir nur was zu trinken, wenn das in Ordnung ist.«

»Na klar. Wie geht's dir, Joe?«

»Als wär ich mit dem Kopf gegen 'ne Wand gelaufen.« Er nahm ein Glas vom Trockenständer. »Mein Magen fühlt sich an, als hätte den jemand durch den Reißwolf gedreht.« Er füllte das Glas mit Leitungswasser. »Aber ansonsten bin ich voll fit.«

»Ich hab gemeint, du weißt schon ... «

Einen Moment lang war er verwirrt. »Ach so«, sagte er dann. »Versteh schon. Ich bin okay.«

»Echt?«

Er bemerkte das Mickymaus-Pflaster und erinnerte sich daran, dass er in der Nacht ein Glas zerbrochen hatte. Er pulte das Pflaster ab. Die Haut rund um den Schnitt war weiß und schwammig. »Mir geht's gut.« Joe stopfte das Pflaster in einen leeren Milchkarton, der auf der Arbeitsfläche stand. Ein bisschen frische Luft, dann würde sich auf der Wunde bald Schorf bilden.

»Wie kommt Ruth damit zurecht?«

Das Glas Wasser in der einen Hand, den Milchkarton in der anderen, ging Joe zum Abfalleimer. Er drückte den Karton zusammen und entsorgte ihn. »Ich geh jetzt besser.« Er hob das Glas an die Lippen und trank einen Schluck lauwarmes Wasser. »Ist Cooper da?«

»Der ist ins Krankenhaus gefahren.«

»Stimmt was nicht?«

»Er besucht da jemanden.«

»Hört sich gar nicht nach Cooper an. Wer ist denn krank?«

»So'n Typ namens Strachan hat er glaube ich gesagt. Billy vielleicht? Kennst du den?«

Joe zögerte. Die Erinnerung an letzte Nacht war verschwommen, aber an die vorletzte erinnerte er sich deutlich. Die Decke, die zu Boden gefallen war. Das Origamibuch. Joe trank sein Glas aus. Wieso war Cooper ins Krankenhaus gefahren? Konnte er den armen Wichser nicht in Ruhe lassen? Billy hatte seine Prügel bezogen. Es war nicht nötig, ihn jetzt zusätzlich noch fertigzumachen.

»Bei dem Namen klingelt's nicht bei mir«, meinte Joe. Er ging erneut zur Spüle, füllte das Glas noch einmal und stürzte das Wasser in einem Zug hinunter. Ihm war übel. Er zitterte. »Ich muss los«, brummte er.

Der Rauch war so dick, dass man ihn auf der Zunge spüren konnte. Joe musste husten und nahm die Hand vor den Mund. Er erinnerte sich an die Kippe, die er gestern Abend geraucht hatte. Nur ein einziger Zug. Zum Glück war ihm immer noch so schlecht, dass er über einen zweiten gar nicht erst nachdenken musste.

Er klimperte mit dem Kleingeld in der Tasche und näherte sich dem Getränkeautomaten in der Ecke. Er zählte die Münzen und schwankte zwischen Irn Bru und Coke. Als er das Geld in den Schlitz steckte, wurde ihm kurz so schlecht, dass er die Augen schließen musste. Er fluchte, öffnete die Augen wieder und drückte den Cola-Knopf. Eigentlich rechnete er damit, dass sich nichts tun würde. Er wusste schon nicht mehr, wie oft ihn diese Scheißautomaten um sein Getränk beschissen hatten.

Eine Coladose ratterte in den Ausgabeschacht.

Na bitte. Das Ding wusste genau, dass es sich heute besser nicht mit ihm anlegte.

Er holte die Dose heraus und zog den Verschluss auf. Er trank einen großen Schluck. Hätte kälter sein können. Er schaute sich um. Der Laden brummte wie ein mittleres Erdbeben. Nicht dass er schon selbst einmal eines erlebt hatte, aber er stellte sich vor, dass sich ein Erdbeben so ähnlich anhörte, wie das Getöse in diesem Wettbüro. Aus den Lautsprechern dröhnte der Bericht über das Rennen um 12 : 20 Uhr in Folkestone. Gerade ging das Anderthalb-Meilen-Rennen ins letzte Drittel. Jetzt wurde es interessant. Noch interessanter allerdings, wenn man Geld auf den Ausgang gesetzt hatte.

Im Raum verstreut befanden sich etwa zwanzig Männer. Mehr als die Hälfte von ihnen stand inzwischen. Während er sich umschaute, standen noch ein paar auf. Diejenigen, die noch saßen, waren alle im Rentenalter. Der Lärmpegel stieg. Wenn man genau zuhörte, konnte man individuelle Tonlagen ausmachen. Anfeuerungsgebrüll, ärgerliche Rufe, Wutausbrüche. Jeder einzelne Ausruf war gut zu hören. Gewinner wie Verlierer schwenkten geballte Fäuste. Alle Augen, bis auf die von Joe, waren starr auf die Reihe der Bildschirme über den Köpfen gerichtet, die Gesichter von einer Leidenschaft gezeichnet, wie Ehefrauen oder Freundinnen sie nur selten zu sehen bekamen. Oder Freunde, wenn man ganz pc die warmen Brüder noch einbeziehen wollte, dachte Joe mit Blick auf einen Typen mit rasiertem Schädel, einem engen weißen T-Shirt (zu dieser Jahreszeit) und weißen Socken. Worauf ihm Gemmas Stimme im Ohr dröhnte: »Das heißt nicht warme Brüder, Dad. Das heißt *Schwule.*«

Er legte die Hand auf den Getränkeautomaten und hoffte, dass er verflucht noch mal nicht hier losheulen musste. *Das liegt am Rauch, Leute. Da tränen mir die Augen.* Nach dem nächsten Schluck Cola stellte er die Dose auf dem Automaten ab und legte die Stirn gegen seinen Arm. Leise entschuldigte er sich bei seiner Tochter. Sie gab keine Antwort.

Sie war irgendwo auf den Orkneys. Er konnte sie sich nicht vorstellen, nackt, kalt, steif, verstaut in einer großen Scheißschublade. Mein Gott, wie gerne er jetzt ihre Stimme hören würde. Wie gerne er sie jetzt sehen würde.

Über den Lärm der letzten Achtelmeile des Folkestone-Rennens hinweg wurde ihm bewusst, dass sein Handy klingelte. Während er in die Tasche langte, ging er in Richtung Ausgang, um auf die Straße zu kommen, wo es relativ still war. »Hallo.«

»Na, endlich hast du dein Handy wieder eingeschaltet.«

Viel stiller als im Wettbüro war es hier auch nicht. Es war Adam. Über beide Fahrbahnen wälzte sich der Verkehr. Ein Motorrad schlängelte sich zwischen den Autos durch. Hier herrschte alles andere als Totenstille. Er steckte seinen kleinen Finger ins Ohr und sagte: »Hör zu, du Drecksack ... «

»Nein, du hörst zu. Wie konntest du das nur tun, Joe?«

»Adam, ich hatte dir gesagt ... «

»Versuch erst gar nicht, es abzustreiten. Ich habe Beweise.«

»Du hättest dich um sie kümmern sollen.«

»Du kannst sagen, was du willst! Ich weiß alles über dein kleines Geheimnis, du perverse Sau.«

»Ich hab keine Ahnung, wovon du redest, Adam, und es schert mich auch 'nen Scheißdreck. An deiner Stelle würd ich schon mal abhauen.«

»Sag mir einen Grund, wieso ich es nicht der Polizei melden soll.«

Was denn? Joe schwieg einen Moment.

»Weißt keinen, hm? Hätte mich auch gewundert.«

»Du hast Gemma sterben lassen«, sagte Joe. »Dafür wirst du bezahlen.«

»Du scheißarroganter Schwanzlutscher. Du weißt verflucht genau, dass das ganz allein deine Schuld ist.«

»Jetzt halt aber mal die Fresse.«

»Du bist schuld, Joe. Wenn Ruth nicht eh schon so fix und fertig wäre, würde ich ihr sagen, was ich weiß. Du bist schuld.«

»Halt die Fresse, verflucht«, flüsterte Joe. Seine Schultern bebten. Seine Selbstbeherrschung war dahin, er explodierte vor Wut. »Halt's Maul, du Sau«, brüllte er ins Telefon. Er schrie noch einmal in den Hörer, holte aus und warf das Handy so fest er konnte gegen die nächste Mauer. Die Schale zerschellte, und Plastiksplitter flogen auf das Pflaster. Zwei Passanten starrten ihn an, und mit einem mal war es ihm peinlich. Er las die größeren Stücke auf und schlenderte ein paar Meter weiter zum nächsten Abfallkübel. Total locker. Als sei Handyschleudern ein traditioneller schottischer Volkssport. Stück für Stück warf er die Splitter des zerbrochenen Handys in die Öffnung des Kübels. Adams Stimme hallte ihm noch im Ohr. Joe sah auf die Uhr und fragte sich, ob er heute noch einen Flug auf die Orkneys bekommen würde. Dann würden sie mal sehen, wessen Schuld es war.

7

Als Joe wieder auf die Uhr blickte, was es sieben Minuten nach sieben, und Flug 8899 der British Airways war gerade auf dem Flughafen von Kirkwall gelandet. Nachdem das Flugzeug zum Stillstand gekommen war, beschwerte Joe sich bei der Stewardess, dass der Flug zwei Minuten verspätet angekommen war. Natürlich machte es ihm nicht aus. Eine Verspätung um zwei Minuten war den Aufstand nicht wert. Bei seiner Beschwerde ging es lediglich ums Prinzip. Er war immer noch sauer darüber, dass der einfache Hinflug ihn 188,70 Pfund (*einschließlich der Flughafengebühr, Sir*) gekostet hatte. Angesicht der Tatsache, dass sie auch noch einen Umweg über Inverness flogen, war es kein Wunder, dass der Scheißflieger praktisch leer war.

Nachdem er sein Handy vor dem Wettbüro zu Kleinholz gemacht hatte, war Joe nach Hause gefahren und hatte über sein Festnetztelefon den Flug gebucht. Ruth war nicht da. Kein Zettel, keine Nachricht. Die übliche Scheißnummer, sie dachte nie an andere. Er versuchte es über ihr Handy und erreichte nur die Mailbox. Er hinterließ eine Nachricht, dass er auf die Orkneys fliege und nicht wisse, wann er zurückkomme, und wenn ihr das nicht passe, könne sie sich ins Knie ficken. Er brauchte eine Stunde, um die Sauerei wegzumachen, die sie in der Küche hinterlassen hatte. Angesichts der leeren Wodkaflasche mitten auf dem Tisch stutzte er. Komisch. Sie trank eigentlich nicht. Wahrscheinlich wollte sie ihm damit eins reindrücken. *Siehste, Joseph, du bist nicht der Einzige, der sich besaufen kann.* Allerdings wäre Joe eine halbleere Flasche schon mal viel zu wenig gewesen. Ruth dagegen ging es jetzt bestimmt miserabel. Sie war keine Trinkerin. Ein paar Kurze, und sie warf sich dem Erstbesten an den Hals. Er nahm die Flasche vom Tisch, goss den letzten Rest in den Ausguss und schmiss die Flasche weg.

In weniger als fünf Minuten packte er seine Reisetasche. Ein Buch, Unterwäsche, Hemden, Hose, Kulturbeutel. Er würde nicht lange bleiben. Er legte noch ein zweites Buch dazu. Für die Reise. Um sich abzulenken. Vielleicht. Ein bisschen Optimismus konnte nicht schaden.

Auf dem Flug hatte er gerade mal einen einzigen Satz gelesen, den dafür ein Dutzend mal. Als er auf dem Flugplatz von Kirkwall ausstieg, überkamen ihn kurz Zweifel. Der Wind peitschte ihm ins Gesicht, ließ die Aufschläge seines Mantels flattern, presste ihm die Hose flach an die Schienbeine. Er könnte sofort kehrtmachen und direkt zurück nach Hause fliegen. Wollte er das hier wirklich durchziehen? Na ja, groß entscheiden konnte er sich eh nicht. Der Flieger flog heute Abend bestimmt nirgends mehr hin. Und außerdem kostete es ihn noch mal hundertachtzig Eier, wenn er jetzt kniff. *Vergiss es. Ran an den Feind, und tu, was du auf den Orkneys zu tun hast.*

Seine Reisetasche – mehr Gepäck hatte er nicht mitgenommen – war so klein, dass sie als Handgepäck durchgegangen war. Sie wurde ihm von den Windböen fast aus der Hand gerissen.

Und außerdem, überlegte er, musste er mit Adam sprechen. Er musste den Mann zwingen, zu seiner Verantwortung zu stehen. Das war Joe seiner Tochter schuldig.

Das hier war ein Businesstrip. Joe hatte einen Job zu erledigen, und er würde ihn verdammt noch mal einfach durchziehen.

Er stolperte auf den Terminal zu, wobei er gegen den beständigen Gegenwind ankämpfen musste. Drinnen angekommen, ging Joe mit einem mal schneller, zielstrebiger. Es gab keine Security, und da er kein anderes Gepäck als seine Tasche hatte, folgte er direkt dem Ausgangsschild, verließ den Flughafen und sah einen Taxistand, wo ein einzelnes Taxi wartete.

Der Fahrer faltete seine Zeitung zusammen, als er Joe erblickte. Joe öffnete die hintere Tür, schob seine Tasche auf den Rücksitz und stieg ein.

Der Fahrer sagte etwas, das wie eine Frage klang. Er sagte es noch einmal. »Wo'n hin?« Er war klein, kahl, über fünfzig, und als er sich in seinem Sitz umdrehte, fühlte Joe sich an die steife, mechanische Bewegung einer Aufziehpuppe erinnert. Joe brauchte einen Moment, um den Akzent zu verstehen. Dann hatte er es.

»Kennen Sie das Wrighters' Retreat?«, fragte Joe.

»Das Haus von Adam Wright? Na klar. Cleverer Name, was?«

»Bringen Sie mich einfach hin.«

Der Fahrer ließ den Motor an, leckte sich die Lippen und fuhr eine Weile, ohne ein Wort zu sagen. Nach ein paar Minuten räusperte er sich und sagte: »Von Inverness raufgekommen?«

»Edinburgh.«

Der Fahrer schwieg wieder. Er fuhr ganz nach Vorschrift, beide Hände am Steuer. Joe sah ihn nicht länger an, sondern ließ den Blick über die weiten grünen Felder schweifen, die sich bis zu einem Streifen grauer See erstreckten, der in den dunkler werdenden Himmel überging. Das abendliche Dämmerlicht fiel auf die Mauern einiger verstreut liegender Hütten, die genauso stumpf und grau waren wie das Meer. Nach einer Weile fing der Fahrer wieder an. »Hoffe, Sie nehmen's mir nicht übel, wenn ich das sage«, fuhr er fort, ohne auf Antwort zu warten, »aber wie'n Schriftsteller seh'n Sie nicht aus.«

»Man weiß eben nie«, sagte Joe.

Der Fahrer nickte ruckartig, wie ein Automat. »Da ist kürzlich'n Mädchen gestorben. Dort bei Adam. Furchtbare Tragödie. Hat sich umgebracht.«

Joe erwiderte nichts.

»Muss schlimm sein für ihre Familie«, sagte der Fahrer. »Was meinen Sie, warum so'n kleines Mädchen so was macht?«

»Das kleine Mädchen hieß Gemma. Sie war neunzehn.«

Der Fahrer starrte Joe im Rückspiegel an. Zweifellos wunderte er sich, woher sein Passagier aus Edinburgh über die Einzelheiten der hiesigen Tragödie Bescheid wusste. Er blickte auf die Straße, schüttelte den Kopf und schaute wieder in den Spiegel. »Ich hab gewusst, dass Sie kein Schriftsteller sind. Sie sind ihr Vater, stimmt's?«

Joe sagte nichts.

»Noch das ganze Leben vor sich«, sagte der Fahrer. »Tragisch. Wenn ich irgendwas tun kann ...« Er zuckte mit den Achseln.

»Wenn Sie mir wirklich helfen wollen«, sagte Joe, »dann halten Sie einfach die Fresse.«

8

»Gibt's ein Sportgeschäft in Kirkwall?«, fragte Joe den Taxifahrer.

»Dachte, Sie wollen, dass ich die Fresse halte. Aber, wenn ich mich recht entsinne ... «

Joe beugte sich vor, legte eine Hand auf das Bein des Fahrers und drückte zu.

Der Fahrer zuckte zusammen. »Ja, es gibt eins in der Stadt.«

Joe zog die Hand zurück und schaute auf die Uhr. Es war schon zu spät. Wenn er nur einen früheren Flug erwischt hätte. Lange Öffnungszeiten am Abend? In diesem Kaff? Unwahrscheinlich. Er fragte dennoch. »Schon geschlossen, nehm ich an?«

Diesmal musste der Fahrer nicht eigens zu einer Antwort motiviert werden. »Da werden sie bis morgen warten müssen.« Rasch fügte er hinzu: »Interessieren Sie sich für Golf?« Vielleicht dachte er, Joe hätte seine Antwort als einen Hauch unverschämt empfunden, so als ob er ihn belehren wollte, was erlaubt war und was nicht. Vielleicht wollte er klarstellen, dass er wirklich nur hilfsbereit und nicht unhöflich sein wollte. Oder er hörte sich vielleicht nur gerne selbst reden. Oder er war einfach ein Idiot. Oder er war wirklich eine Aufziehpuppe, die, wenn sie einmal aufgezogen war, nicht mehr aufhören konnte.

»Angeln?«, fragte der Fahrer weiter, als Joe keine Antwort gab.

Joe wartete einen Augenblick. »Baseball«, sagte er dann.

»Ach so«, sagte der Fahrer. »Ungewöhnlich.« Er verstummte wieder. Wahrscheinlich wusste er nicht, was er sagen sollte. Sicher hatte er noch nie einen Schotten getroffen, der sich für Baseball interessierte und dachte, sein Fahrgast verarschte ihn. Oder er war ein total Irrer. Ein gefährlicher, Beine quetschender, Leute verarschender Irrer. *Klar*, dachte Joe, *das bin ich.*

»Hab noch nie ’nen Schotten getroffen, der Baseball spielt«, sagte der Fahrer nach ein paar Minuten.

»Hab das Spiel nie gespielt«, sagte Joe. »Ich finde nur die Schläger gut.«

»Toll.« Der Adamsapfel des Fahrers hüfte auf und ab. »Wir sind fast da.« Offensichtlich wollte er unbedingt das Thema wechseln. Er trommelte mit den Fingern auf das Steuer. Sein linkes Bein zitterte.

»Keine Angst.« Joe beugte sich zu ihm nach vorn. Der Fahrer zuckte zusammen. »Mit Ihnen hab ich keinen Streit«, sagte Joe. »Im Moment wenigstens nicht.« Er lehnte sich zurück. Was für’n Wichser, dachte er. Wenn er dem Fahrer wirklich den Hals hätte umdrehen wollen, dann hätte er es längst getan. Joe lehnte den Kopf an die Scheibe und dachte nach. Ehrlich gesagt, das mit dem Halsumdrehen war bloß Scheißangeberei. Er wollte, dass jeder dachte, er sei so hart drauf. In Wirklichkeit hatte Joe, auch wenn es ein paarmal fast dazu gekommen wäre, noch nie jemanden umgebracht. Bei der Vorstellung, bald wirklich einen umzulegen, wurde er ganz schön nervös.

Er hob den Kopf, setzte sich gerade hin, legte die Hand auf seine Tasche und zog den Reißverschluss auf. Er fühlte sich wie ein Jugendlicher vor dem ersten Sex. Er machte die Tasche wieder zu, legte die Hände aneinander und steckte sie zwischen die Knie. Einmal hatte er einen ins Koma versetzt, aber ein paar Wochen später war der Typ wieder aufgewacht. Einem Freier hatte er das Rückgrat gebrochen – der Mann war nicht gestorben, obwohl er vielleicht lieber krepiert wäre, als im Rollstuhl zu landen. Ein anderes mal hatte er einem Klienten mit ein paar Hilfsmitteln das Bein kaputtgemacht (der Typ war wirklich ein Arsch gewesen), und er wäre gestorben, wenn Joe nicht den Notarzt gerufen hätte, bevor er die Wohnung des Kerls verlassen hatte. Bei dem Schock und dem Blutverlust war es ohnehin Glückssache gewesen, obwohl die Sanitäter wirklich schnell da gewesen waren. Doch normalerweise engagierte Cooper jemand anderen, der dann übernahm, wenn Joe eine Sache zu heiß wurde. Einen Mann namens Park. Joe schätzte ihn nicht als einen typischen Auftragskiller ein. Park bezeichnete sich auch nicht als Killer, er hielt das für unseriös. Einen Mord kann jeder begehen, behauptete er. Man braucht einer Sechsjährigen nur eine entsicherte Kanone in die Hand zu drücken, dann hält sie das Ding schon irgendwem ins Gesicht und drückt ab. Einen Mord begehen kann jeder. *Quod erat demonstrandum*, soweit es Park anging. Er selbst bezeichnete sich als Beseitigungsexperte, was offensichtlich etwas ganz anderes war. Joe war sich nicht ganz sicher, wo der feine Unterschied lag, obwohl er auf der Universität gewesen war.

Doch der springende Punkt war, dass Park sich auch als beschissene Fee hätte bezeichnen können, ohne dass jemand gewagt hätte, auch nur mit der Wimper zu zucken. Joe hatte immer dann mit ihm zu tun, wenn irgendein schwachköpfiges Arschloch Cooper so auf den Keks ging, dass der Aufwand, ihn umbringen zu lassen, gerechtfertigt war. Drei mal war das bisher vorgekommen. Bei allen drei Treffen mit Park war Joe der Schweiß ausgebrochen. Joe verletzte Leute, fügte ihnen Schmerzen zu – damit konnte er leben. Aber er hatte ein Problem damit, Leute umzubringen. Und jemand, der damit kein Problem hatte, mit dem hatte Joe auch ein Problem. Cooper meinte, er solle sich besser einen Minderwertigkeitskomplex zulegen. Wie Park. Parks Schwanz war doch garantiert kaum groß genug, um eine Zwergin damit befriedigen zu können. Sah man doch schon auf drei Kilometer Entfernung, meinte Cooper. Vielleicht stimmte das sogar. Aber ganz egal, wie groß sein Schwanz war, Parks völlige Missachtung menschlichen Lebens war eines der wenigen Dinge, die Joe wirklich Angst machten.

Nein, Joe hatte noch nie jemanden umgebracht.

Dennoch, dachte er, als er die Hände zwischen den Knien hervorzog und die Finger streckte, es gab immer ein erstes Mal.

Am Stadtrand von Kirkwall bog das Taxi in eine Auffahrt zwischen ein paar Vorstadtvillen ein und fuhr auf eine große Parkfläche. Ein hässliches, leuchtend weißes, L-förmiges Gebäude lag dort am Rand eines ansonsten leeren Feldes. Vor dem Eingang parkten zwei Autos und ein Motorrad. Eine Fensterfront zog sich über die gesamte Länge der Fassade. Das Gebäude ähnelte eher einer Lagerhalle als Joes Vorstellung von einem Domizil für Schriftsteller. Aber er war am Ziel. Hier hatte Gemma gelebt.

Der Fahrer nannte ihm den Preis für die Fahrt.

Hier war sie gestorben.

Joe bezahlte und stieg aus. Der Fahrer reichte ihm das Wechselgeld durchs Fenster und hielt sich nicht damit auf, ihm Glück zu wünschen. Joe sah die Rücklichter des Taxis verschwinden, dann drehte er sich um und ging zur Tür. Das sechs Meter hohe, beschlagene Eichentor wirkte wie der Eingang zu einem Märchenschloss. Er warf einen Blick auf die Türklingel, entschloss sich aber, sie zu ignorieren. In das Eichenholz war eine Platte eingelassen, die ungefähr in einer Höhe von sechzig Zentimetern begann und etwa einen Meter zwanzig hoch war. In Augenhöhe ragte ein Messingknauf hervor. Es war eine kleinere Tür, der Eingang für gewöhnliche Sterbliche. Er drehte den Knauf und drückte. Die kleine Tür sprang auf. Er duckte sich, stieg über den Rand und trat ein.

Sofort hatte er das Gefühl, dass man ihn erwartete. Das hatte nichts mit Hellseherei zu tun, sondern war nur die logische Schlussfolgerung aus der Tatsache, dass gerade jemand das Licht ausgeschaltet hatte. Joe zog den anderen Fuß nach. Die Tür schlug zu, ging wieder auf und kam ihm knarrend entgegen. Einen Moment lang stand er nur da und horchte angestrengt, während seine Augen sich an die Dunkelheit gewöhnten. Das Blut wummerte in seinen Ohren, Adrenalin schoss ihm in die Adern. Sein Herz pochte heftig. Er warf seine Reisetasche in die Dunkelheit vor sich und hörte einen überraschten Schrei. Joe stürzte in die Richtung, wo jetzt tappende Schritte zu hören waren. Im nächsten Moment stolperte er über seine eigene Tasche und fiel der Länge nach hin. Er scheuerte sich das Handgelenk am Boden auf. Toller Start, verfluchte Kacke.

Die Schritte waren nicht mehr zu hören. »Bist du das, Joe?«, sagte eine Stimme.

Joe setzte sich auf und begutachtete sein Handgelenk. Durch die immer noch einen Spalt weit geöffnete Tür drang ein letzter Rest des verblassenden Tageslichts. Er konnte überhaupt nichts erkennen, verdammt noch mal. Vorsichtig berührte er die aufgeschürfte Haut. Adams Stimme war aus etwa sechs, vielleicht sieben Metern Entfernung gekommen. »Ich geb dir 'nen guten Rat«, schrie Joe in die Dunkelheit. »Hau ab. Und lass dich bloß nicht von mir erwischen.« Er hörte Schritte. Schwer und langsam. Sie kamen näher.

»Warum hast du es getan?« Adams Stimme klang, als sei er keine vier Meter mehr entfernt.

Joe hatte den blöden Wichser gewarnt, er hatte ihm alle Zeit der Welt gelassen, um abzuhauen. Das Arschloch wollte umgebracht werden, also sei's drum. Noch ein Schritt. Und noch einer. Joe hielt das rechte Handgelenk mit seiner Linken und bewegte die Finger der verletzten Hand. Sie fühlte sich leicht geschwollen an, war aber nicht gebrochen oder verstaucht. Damit konnte er Adam immer noch den Kopf abreißen. Der beschissene Idiot kam näher, seine Absätze klapperten auf dem gewienerten Boden wie Hufe. Joe, der ihn noch näher rankommen lassen wollte, fragte: »Was getan? Wovon redest du eigentlich, verflucht noch mal?«

Adams Stimme zitterte. »Ich bring's nicht mal über die Lippen.«

Viel mehr konnte Joe von dieser Scheiße nicht ertragen. Aber er spielte mit. Inzwischen war es fast vollkommen finster. Joe stand lautlos auf. »Willst du mir nicht sagen, was ich gemacht haben soll?« Den Mistkerl am Reden halten. Ihn näherkommen lassen. »Ich würd's wirklich gerne wissen.«

Vier hallende Schritte. Selbst am Klang von Adams Vorwärtsbewegung war zu spüren, wie aufgeregt er war. »Zuerst Gemma«, sagte er. »Und dann Ruth.«

Joe fluchte. Gegen seinen Willen wollte er wissen, um was es hier ging. Adam hatte seine volle Aufmerksamkeit. »Wovon redest du eigentlich?«

Ein einzelner Schritt. Adam stand schon fast neben ihm, seine Silhouette war vage auszumachen. Wenn Joe den Arm ausstreckte, konnte er ihn wahrscheinlich berühren. Aber er wollte ihn noch näher haben. Er wollte das Weiße im Auge seines Opfers sehen. Was er natürlich in der Scheißdunkelheit nicht konnte. Folglich musste er sich damit begnügen, den Atem des Wichsers zu riechen. Wenn er so nah war, würde Joe zuschlagen. »Tu mir den Gefallen«, sagte Joe. »Frisch mein Gedächtnis auf. Was soll ich noch mal gemacht haben?«

Leider hatte Adam dazu keine Gelegenheit mehr. In diesem Augenblick ging ein blendendes Licht an der Tür an und flutete den ganzen Raum. Joe kniff die Augen zusammen. Er bedeckte sein Gesicht mit den Händen und stolperte rückwärts gegen die Wand. Er hörte Schritte, die auf ihn zurannten, doch er konnte in dem gleißenden Licht nichts erkennen. Der Angriff kam von beiden Seiten. Jemand riss ihm den linken Arm vom Gesicht und drehte ihn ihm auf den Rücken. Ein anderer Typ machte dasselbe mit seinem rechten Arm. Er schrie auf, als der Mistkerl ihn direkt an seiner Schürfwunde am Handgelenk packte. Den Kopf gesenkt und zur Seite gedreht, versuchte Joe, die Augen von dem Scheinwerfer abzuwenden.

Er hörte noch mehr Schritte, die in das Gebäude eindrangen. »Es geht mir gut«, sagte Adam. »Machen Sie sich um mich keine Sorgen.« Dann eine gemurmelte Antwort. Joe konnte sie nicht genau hören, weil er vor Schmerz brüllte, als sich Handschellen um sein aufgerissenes Handgelenk schlossen.

Sie schalteten den Scheinwerfer aus. Nach ein paar Sekunden öffnete Joe die Augen. Jemand hatte die Lampe im Flur wieder angeknipst, und als seine Augen sich allmählich an das Licht gewöhnten, kam Adam in seinen Blick. Er hatte die Augen weit aufgerissen und wirkte wütend. Immer wieder wischte er sich mit dem Handrücken das Kinn, als würde ihm ständig Sabber aus dem Mund laufen. Seine andere Hand war zur Faust geballt. Ein paar Polizisten standen an seiner Seite, vor ihnen der Einsatzleiter. Dunkelblauer Anzug, fest geknotete, dunkelbraune Krawatte. Ein Blick von ihm, und die beiden Männer, die Joe festhielten, lockerten ihren Griff. Ihr Boss zog an seinen Jackettärmeln. »Joseph Hope?«

»Joe, bitte.«

»Wir möchten, dass Sie mit uns mitkommen.«

»Steigt irgendwo ’ne Party in der Nähe?«

»Sie sind nicht verpflichtet, etwas zu sagen.«

»Stumme Party, was? Ich hab gehört, dass die immer beliebter werden.«

»Es könnte aber Ihrer Verteidigung schaden, wenn Sie ... «

»Ich seh schon, worauf das rausläuft. Ich soll euch Bildchen malen, stimmt's?«

» ... während der Befragung etwas verschweigen, auf das Sie sich später vor Gericht berufen möchten.«

»Jetzt Moment mal, verflucht.« Wären Joe die Hände nicht auf dem Rücken gefesselt worden, hätte er sich am Kopf gekratzt.

»Alles, was Sie sagen, kann als Beweis gegen Sie verwendet werden. Haben Sie verstanden, was ich gerade gesagt habe?«

»Verhaften Sie mich?«

»Das übliche Verfahren in gewissen Fällen vor einer Befragung. Sie sind nicht verhaftet. Noch nicht. Aber Sie stehen unter Arrest, um uns bei unseren Ermittlungen zu helfen.«

»Bei welchen Ermittlungen?« Joe schlug sich mit den Handgelenken gegen den Rücken.

Der Polizist blickte Joe an. »Ermittlungen im Mordfall Mrs. Ruth Hope«, sagte er.«

»Was?« Joes Arme flatterten auf seinem Rücken wie gebrochene Flügel. Er musste sich abreagieren, aber er konnte nur mit den Füßen stampfen, und das kam nicht in Frage. Ruth war tot? »Was?«, wiederholte er.

»Du hast Glück, dass ich nicht gewalttätig bin, Joe«, sagte Adam. »Sonst hätte Detective Sergeant Monkman noch einen Mord ...«

Nein, es gab doch noch eine andere Möglichkeit, wie er sich abreagieren konnte. Joe senkte den Kopf und stürmte vorwärts, womit niemand gerechnet hatte. Er knallte gegen Monkman und warf ihn um. Er streifte einen von Adams vorrückenden uniformierten Leibwächtern. Zum Glück für Adam trat der andere zur Seite und ließ Joe ins Leere laufen, dann zog er ihm von hinten mit dem Gummiknüppel eins über. Joe brach direkt vor Adam zusammen, versuchte aufzustehen und sank erneut zu Boden.

Nach ein, zwei Minuten rollte Joe sich mit hämmernden Kopfschmerzen auf die Seite. Morgen würde er eine Scheißbeule haben, so groß wie Klöten eines alten Mannes. Er blickte hoch und sah Monkmans bleiches Gesicht mit den blauen Augen über sich aufragen. Mit zusammengekniffenen Lippen stierte der Typ ihn an. Joe fing an zu lachen. »Schaut euch den Bullen an«, sagte er. »Freut sich wie'n Schwein in der Scheiße.«

Monkman reckte den Kopf und holte mit einem auf Hochglanz polierten Schuh aus. »Da«, sagte er und trat Joe in die Rippen. »Da«, und er trat Joe noch mal. »Da«, und noch mal. Er hielt inne, dann fing er von vorne an. Noch ein halbes Dutzend Mal sagte er »Da«.

Joe stöhnte, aber es war nicht allzu schlimm. Er war schon viel übler zusammengetreten worden. Seine Rippen schmerzten wie der Teufel, aber er glaubte nicht, dass etwas gebrochen war. Trotzdem war er froh, als es vorbei war.

Monkman verschränkte die Arme. »Sonst noch jemand, der das witzig fand?«

9

Joe starrte an die Decke. Nachdem sie ihm die Handschellen abgenommen hatten, konnte er den rechten Arm um sich legen. Irgendwie half das. Er lag auf dem schmalen Bett in seiner Zelle, umfasste seine Seite und wärmte mit der Handfläche die Stelle, wo es ihm am meisten wehtat. Rein psychosomatisch, da war er sich sicher, aber die Wärme schien den stetigen dumpfen Schmerz zu lindern, der sich über seinen Brustkorb ausgebreitet hatte. In der vergangenen Stunde hatte er festgestellt, dass der Schmerz aufflammte, wenn er versuchte, sich aufzusetzen. Er hatte gelernt, sich hinzulegen und zu entspannen. Sich richtig entspannen konnte er allerdings nicht. Er konnte nicht tief einatmen, ohne dass ihm die Seite wehtat.

Trotzdem hatte er noch Glück gehabt. Für eine Tracht Prügel war diese hier ziemlich milde gewesen. Wenigstens hatte ihm keiner der Mistkerle gegen den Kopf getreten. Was auch nicht nötig gewesen war. Sein Kopf schmerzte auch so schon genug von dem Schlag mit dem Gummiknüppel, der ihn zu Boden gestreckt hatte. Ein weiterer Schlag hätte ernsthaften Schaden anrichten können. Doch alles in allem war es ziemlich zivilisiert abgelaufen. Genau genommen hatten die Polizisten, Monkman ausgenommen, Joe nicht davon überzeugt, dass sie mit vollem Herzen bei der Sache waren. Sie hatten einfach der Form halber mitgemacht. Bei einer Bewerbung für eine freie Stelle in der Geldeintreiberbranche hätten sie wenig Chancen gehabt. Keine Frage. Aufgrund dieser Vorstellung hätte Cooper sie nicht eingestellt – allerdings hätte Cooper sie gar nicht erst zu einem Einstellungsgespräch geladen, wenn sie nicht schon mal einen krankenhausreif geschlagen hätten. Trotzdem. Der springende Punkt war, dass Orkneys Freunde und Helfer keine Begeisterung an den Tag gelegt hatten. Sie waren zu vorsichtig, hielten sich zurück und hatten offensichtlich nur mangelhafte Erfahrung in puncto ungesetzlicher Gewaltakte gegenüber unschuldigen Opfern. Und machten sich eindeutig zu viele Sorgen um die Konsequenzen. Das hier war eine Ausnahme für sie gewesen.

Für Adam ebenfalls. Er hatte Joe überrascht. Selbst wenn er nicht gewalttätig war, auch wenn er Ruth nicht besonders leiden mochte, hätte man doch meinen können, dass er auch mal gerne zugeschlagen hätte. Aber nein, er hatte gekniffen, als er an der Reihe war. Aber das allein war es nicht gewesen. Joe erinnerte sich, dass er in einem kurzen Moment, als die diversen, identisch beschuhten Füße sich einmal nicht in seine Rippen bohrten, durch den Pulk von Angreifern einen Blick auf Adam erhascht hatte. Eine plumpe Hand über dem Mund, die kleinen Augen aufgerissen, der Körper starr. Adam hatte die Show nicht genossen. Am Ende war er dazwischengetreten, hatte »Entschuldigen Sie« zu dem Beamten gesagt, der gerade Tretdienst hatte, sich über Joes ausgestreckt daliegende Gestalt gebeugt und gesagt: »Er hat genug.«

Erfreut, seiner unliebsamen Pflicht entbunden zu sein, war der Beamte zurückgetreten.

»Sie wissen, was er seiner Frau angetan hat?«, sagte Monkman. Er wartete auf eine Antwort, öffnete die Arme, verschränkte sie wieder. »Ihrer Cousine?« Als von Adam keine Reaktion kam, sagte Monkman: »Ihnen ist klar, dass er Ihnen etwas Ähnliches antun wollte?«

Joe rang nach Atem. Angestrengt versuchte er Adams gemurmelte Antwort zu verstehen, und er hätte noch bei mickrigen sechs zu vier gewettet, dass Adam, der so leise sprach, dass seine Worte nur Joes Ohren erreichen konnte, gesagt hatte: »Ich weiß, was er seiner Tochter angetan hat.« Ihre Blicke trafen sich. Adam verzog den Mund und nickte. Joe wandte die Augen ab, schaute zu Boden und keuchte wie ein geprügelter Hund. Jeder Atemzug war wie ein Stich in die Seite.

»Okay«, sagte Monkman.

Zwei der anderen Polizisten halfen Joe auf die Füße, und halb zogen, halb trugen sie ihn zu dem wartenden Kleinbus. Er protestierte so ruhig wie möglich und hätte am liebsten noch auf der Stelle den Schaden begutachtet, wollte wissen, ob seine Rippen auch so übel aussahen, wie sie sich anfühlten. Doch er hielt sich zurück. Und mit den Handschellen konnte er ohnehin einen Scheiß nachprüfen. Sie schoben ihn hinten in den Bus. Einer der anderen Polizisten stieg neben ihm ein, und nach einer Weile gesellte Monkman sich zu ihnen.

Monkman machte es sich Joe gegenüber bequem. »Wie sieht's aus, brauchen Sie einen Arzt?«

Joe sagte kein Wort.

»Gute Antwort«, sagte der Bulle. Gleich darauf meinte er: »Wir lassen Sie schon noch untersuchen und verbinden.«

»Bloß keine Umstände«, sagte Joe.

Der Bus zuckelte dahin. Joe starrte auf Monkmans Schuhe. Eines Tages würde er sie dem Mistkerl ausziehen und zu fressen geben. Schweine waren doch Allesfresser, oder? Er schaute hoch. Was erwartete der Wichser denn? Dankbarkeit? Das Angebot ärztlicher Versorgung war doch nur ein Trick, um die eigene Haut zu retten. Wenn Joe in Polizeigewahrsam an einem Lungenriss oder etwas ähnlichem starb, sah Monkman ziemlich dumm aus. Vielleicht bereute er, dass er die Treterei angeordnet hatte. Joe überlegte, ob er ihm mit einer Anzeige drohen sollte.

»Was grinsen Sie'n so?«, sagte Monkman. »Sie haben grade Ihre Frau um die Ecke gebracht. Sie haben 'nen Scheißdreck zu lachen.«

Eine eisige Kälte stieg an Joes Rückgrat hoch. Er lächelte weiter. Es schien ihm wichtig, weiterzulächeln.

Monkman riss die Augen auf und schüttelte den Kopf. »Bei 'nem Vater wie Ihnen ist's kein Wunder, dass sich Ihre Tochter umgebracht hat.«

»Ist das offiziell? Gem hat sich selbst umgebracht?«

Es war offiziell, dachte Joe jetzt, als er sich an die schmerzende Seite fasste. Er lächelte nicht mehr, starrte nur noch an die magnolienfarbene Wand seiner Gefängniszelle. Aber das wusste er schon. Er wusste, dass Gem sich selbst umgebracht hatte, auch ohne Obduktionsbericht. Trotzdem ergab es keinen Sinn. Nichts ergab auch nur die geringste Spur von Sinn.

Eines Tag bringt sich deine eigene Tochter um. Und am nächsten Tag bringt jemand deine Frau um. Wie soll man darin einen Sinn erkennen?

Es machte die Sache nicht besser, dass die Polizei ihm so gut wie nichts gesagt hatte. Joe wusste nicht einmal, wie Ruth gestorben war. Von Monkman wusste er nur, dass sie ermordet worden war. Aber was bedeutete das? War sie erwürgt, erstochen, erschossen worden? Oder war sie das Opfer eines tödlichen Unfalls geworden, und der Verursacher hatte Fahrerflucht begangen? Und wo war es passiert? Zu Hause, auf der Straße, beim Einkaufen bei Safeway's? Nach allem, was Joe wusste, hätte ihr ein angesäuerter Angestellter im Gang mit den Dosensuppen den Hals umgedreht haben können.

Blasen. Joe sah überall Blasen.

Er schloss die Augen. Noch mehr Blasen. Eine einzelne gelbe Plastikente hüpft auf der Oberfläche des Badewassers. Seine Finger durchkämmen das lauwarme Wasser. Sie liegt schon zu lange hier drin. Seine Hand schießt nach vorn. Wumm. Ihr Kopf zuckt zurück. Ihre Augen weiten sich benommen. Seine Hand presst sich auf ihren Mund, drückt ihren Kopf nach unten. Seine Finger vibrieren von ihren Schreien. Ihre Beine treten um sich und verursachen eine wahre Sturmflut. Das Wasser schwappt über den Rand der Badewanne, bis seine Hose trieft. Ihre Hände grabschen nach ihm. Er lässt sie hochkommen, sieht sie keuchen, prusten, nach Luft ringen. Eins, zwei, drei. Noch mal. Sie strampelt mit Armen und Beinen. Sie kommt hoch. Diesmal überkommt ihn Mitleid. Eins, zwei, drei. Er knallt ihren Kopf rückwärts gegen die Wand. Ein dumpfes Geräusch. Wumm. Wie ein Schlag durch feuchte

Kleidung. Ihm läuft es kalt über den Rücken. Wie beim ersten Whisky am Tag. Sie stöhnt. Ihre Augen verschleiern sich. Sie gleitet ins Wasser zurück, der Kopf rollt zur Seite. Er packt sie am Hals und drückt ihr Gesicht unter Wasser.

Blasen. Er sieht Blasen.

Er schließt die Augen. Kann nicht hinsehen. Er zählt. Eins, zwei, drei. Er zählt bis zwanzig. Dreißig. Vierzig. Öffnet die Augen. Zweiundfünfzig, dreiundfünfzig. Eine einzelne Blase steigt an die Oberfläche. Platzt. Eine halbe Minute später – zweiundachtzig, dreiundachtzig – ist das Wasser fast glatt. Keine einzige Blase ist zu sehen, die Plastikente schwimmt auf dem leicht hin- und herschwappenden Wasser.

So hätte Joe es gemacht, wenn er sie umgebracht hätte. Aber er hatte es nicht getan, oder? Er war zu dieser Zeit ... na ja, er wusste nicht, wo er gewesen war. Scheiße, er wusste gar nichts mehr. Er wusste nicht mal, wann sie umgebracht worden war, oder doch? Er setzte sich jäh auf und fasste sich laut stöhnend an die Seite. Schweiß trat ihm auf die Stirn. Scheißrippen. Aber es wurde besser. Mindestens fünf Minuten lang hatte er überhaupt keinen Schmerz gespürt. Er blieb sitzen und horchte auf das Geräusch leiser Stimmen, das sich seiner Zelle näherte.

Deutlich hörte er schlurfende Schritte. Sohlen auf Beton. Die Schritte verhielten, und ein Schlüssel klirrte im Schloss. Die Tür öffnete sich, und Monkman betrat die Zelle, begleitet von einem Beamten in Zivil, den Joe noch nicht gesehen hatte.

»Aufstehen.« Monkman brachte ein Paar Handschellen zum Vorschein. Joe stand langsam auf, verzog das Gesicht. »Umdrehen. Hände auf den Rücken.« Joe tat wie geheißen, und Monkman ließ grob die Handschellen zuschnappen. Joe drehte sich zu ihm um. »Wird Zeit, dass wir uns mal 'nen bisschen unterhalten«, sagte der Polizist.

10

Der Vernehmungsraum hatte keine Fenster und stank nach Schweiß. Die kackgelben Wände waren alle völlig kahl. Ein langer Tisch mit zwei Plastikstühlen auf jeder Seite stand an die linke Wand gerückt. Auf dem Tisch stand ein teuer aussehender Kassettenrekorder, ein Doppelkassettendeck mit ein Paar netten Lautsprechern und einem Mikrofon auf einem billigen Plastikständer.

»Ach, gibt's jetzt Disko, Jungs?«, sagte Joe.

»Setzen Sie sich.« Als ob er ihm vorführen müsste, wie man sich setzt, zog Monkman einen Stuhl unter dem Tisch hervor und nahm Platz. Er legte einen Notizblock auf den Tisch und wedelte mit einem Bleistift zwischen den Fingern.

»Weiß nicht, ob ich das kann«, sagte Joe.

Monkman lehnte sich auf seinem Stuhl zurück. »Wieso nicht?«

»Haben Sie schon mal versucht, sich zu setzen, wenn Sie die Hände auf dem Rücken gefesselt haben?«, sagte Joe. »Ist verflucht schwer. Sie können's ja mal probieren, wenn Sie wollen. Können sich die hier ausleihen. Aber ich warne Sie, wahrscheinlich verlieren Sie das Gleichgewicht und knallen Hals über Kopf auf die Fresse.«

Monkman beugte sich vor und zeigte mit dem Bleistift auf Joe. »Setz deinen beschissenen Arsch da hin.«

»Kein Grund, gleich rot anzulaufen«, sagte Joe. »Darf ich Ihnen mal was ganz im Vertrauen sagen? Ich hab da seitlich so komische Schmerzen, die ich echt nicht verschlimmern möchte. Wenn ich mich jetzt so auf den Stuhl plumpsen lasse, dann brülle ich wie 'ne angestochene Sau.«

Monkman senkte den Kopf. Wackelte mit dem Bleistift.

»Sie sollten auf Ihren Blutdruck achten«, riet ihm Joe. »Ihr Hals ist schon ganz rot. Es lohnt sich, auf die Gesundheit zu achten, wissen Sie. Vielleicht ist der Job ja zu anstrengend für Sie. Sie könnten was weniger Stressiges anfangen. Irgendwas, was besser zu 'nem Proll von Polizisten passt.« Er tat, als würde er nachdenken. »Schweinezucht, zum Beispiel. Ich hab gehört ... «

Monkman hob den Kopf. Mit blutleeren Lippen und gespannten Wangenmuskeln bewegte er sich langsam auf Joe zu. Der andere Typ vom Criminal Investigation Department war jung, Anfang zwanzig vielleicht, mit einer kleinen Narbe über der linken Augenbraue. Er packte Joe am Ellbogen und dirigierte ihn auf die andere Seite des Tisches. Er stellte ihn vor einen der Stühle und drückte ihm dann auf die Schultern. Joes Arsch knallte mit einem Rumms, der ihm durchs Rückgrat schoss und die Rippen zum Klappern brachte, auf den Stuhl. Der heftige Schmerz ließ ihn fast ohnmächtig werden. Er brauchte ein paar Sekunden, um sich wieder zu fassen, dann lächelte er Monkman an und sagte: »Schalten Sie jetzt den Scheißrekorder ein, oder muss Ihnen jemand dabei helfen?«

Monkman zupfte an seinen Jackettärmeln herum. Zuerst am rechten, dann am linken. Dann drückte er auf den Aufnahmeknopf des Kassettenrekorders. Er nannte die Namen aller Personen, die sich im Raum befanden. Der stumme Beamte war, wie sich dabei herausstellte, ein einfacher Constable namens Mc Givern.

Mc Givern setzte sich zu Monkman auf die andere Seite des Tisches.

»Weshalb haben Sie Ihre Frau umgebracht, Mr. Hope«, sagte Monkman.

»Sollten Sie bei einer Vernehmung nicht sachte auf diese Frage hinarbeiten?«

»Beantworten Sie sie einfach.«

Joe holte tief Luft, legte den Kopf zurück und blickte eine Weile an die Decke. Als er fand, sie hätten lange genug gewartet, sagte er: »Sie hat mich genervt.«

»Aha«, sagte Monkman. »Und wie hat sie Sie genervt?«

»Ich hatte einen offiziellen Termin.« Joe leckte sich die trockenen Lippen. »Sie hat sich geweigert, mir mein Hemd zu bügeln.«

Monkman warf seinem Kollegen einen Blick zu. McGivern hob die Achseln. »Und das sollen wir Ihnen glauben? Ihre Frau hat sich geweigert, Ihr Hemd zu bügeln, und das hat Sie so gereizt, dass Sie sie umgebracht haben?«

»Sie sind der Detective. Beeindrucken Sie mich mit Ihren deduktiven Fähigkeiten.«

Monkman griff nach seinem Notizblock und schlug damit auf den Tisch. »Wissen Sie, was mir Sorgen macht?«

»Ihre Persönlichkeit?«

»Es scheint Sie überhaupt nicht zu kümmern, dass Ihre Frau tot ist.«

»Kein Kommentar«, sagte Joe.

»Na schön.« Monkman ließ den Notizblock los, damit er den linken Ärmel seines Jacketts einen Millimeter weiter auf sein Handgelenk ziehen konnte. »Können Sie mir dann Folgendes beantworten? Es ist eine ganz einfache Frage.« Er räusperte sich. »Haben Sie Ihre Frau umgebracht, Mr. Hope?«

»Also, Sie reden wirklich nicht um den heißen Brei herum, was? Das gefällt mir, deshalb bekommen Sie eine Antwort. Nein, ich habe meine Frau nicht umgebracht, Detective Sergeant Monkman.«

»Haben Sie eine Vermutung, wer Ihre Frau umgebracht haben könnte?«

»Ich habe nicht den blassesten Schimmer.«

»Den was?«

»Nein.«

»Aber Sie waren es nicht.«

»Wie ich bereits sagte.«

»Mr. Hope. Womit verdienen Sie Ihr Geld?«

»Aha, ich verstehe. Ein Wechsel in der Vernehmungstaktik. Soll den Verdächtigen verwirren, was? Sehr intelligent. Ich bin schon ganz durcheinander. Wie war noch mal die Frage?«

»Ihr Beruf, Mr. Hope.«

»Geschäftsführer von IBM Belgien.«

»Mr. Hope, Sie sind arbeitslos. Und das, wie es aussieht, schon seit Sie Ihr Studium abgeschlossen haben. Das ist eine recht lange Zeit.«

Joe hob die Achseln. »Gibt keine Arbeit. Was soll man machen?«

»Und dennoch besitzen Sie ein Haus.«

»4 minus für Recherche. Das Haus gehört Ruth.«

»Aber jetzt besitzen Sie es, Mr. Hope. Sie ist tot, falls Sie sich erinnern. Das Haus gehört Ihnen.«

»Hatte ich ganz vergessen. Danke, dass Sie mich erinnern.« Joe sagte nichts mehr. Das Schweigen zog sich in die Länge. Niemand sprach ein Wort. War das wieder so eine billige Verhörtaktik? Die meisten Menschen mögen keine Stille. Sie ist ihnen unbehaglich. Daher reden sie. Sagen alles, was ihnen gerade durch den Kopf geht. Die Polizisten würden das Schweigen nicht brechen. Monkman würde herumsitzen und mit seinem Bleistift spielen, während sein Kollege mit den Füßen scharrte und nervig an seinen Zähnen herumsaugte. Die Stille schleppte sich dahin.

Mc Givern fing an, leise auf den Tisch zu trommeln.

Joe hatte genug. Er konnte nicht herausfinden, was mit Ruth passiert war, solange er hier auf seinem Arsch saß und Mc Giverns nervtötenden Geräuschen lauschte. »Wenn Sie mich nicht festnehmen«, sagte er, »können Sie mich nur sechs Stunden lang festhalten. Eine Stunde haben Sie mich schon in der Zelle schmoren lassen. Das heißt, Sie haben keine fünf Stunden mehr, und Sie sitzen hier herum und vergeuden sie wie ein Paar bescheuerter Wichser.« Er hielt inne, um ihre Reaktion zu beobachten. Monkman wirkte empört, Mc Givern gelangweilt. »Ich bin schon öfter verhört worden. Ich kenne die Regeln. Ich kenne die Tricks. Wieso machen wir nicht einfach weiter, verdammt noch mal?«

Monkman kratzte sich mit dem stumpfen Ende seines Stifts am Ohr. »Was ist mit Geld? War das Ihr Motiv?«

»Sie meinen, ich hätte sie wegen des Hauses kaltgemacht?«

»Ich weiß nicht. War's so?«

»Das Haus war, ehrlich gesagt, 'ne Zugabe. Der Hauptgrund war, wie gesagt, dass sie mir die Hemden nicht gebügelt hat.«

»Sehr witzig«, sagte Monkman.

»Und was ist mit Adam Wright?«

Joe drehte sich zu dem Mann um, der gerade gesprochen hatte. »Constable McGivern«, sagte er. »Erfreut, Ihre Bekanntschaft zu machen.« Der Polizist reagierte nicht darauf, sondern gab nur ein schnalzendes Geräusch von sich, das ein bisschen nach einem zwitschernden Vogel klang. »Was soll mit Adam sein?«, sagte Joe.

»Sie sind von einem Moment auf den anderen in ein Flugzeug gestiegen und haben ein Taxi direkt zu seinem Wohnsitz genommen«, sagte McGivern. »Lässt darauf schließen, dass Sie's irgendwie eilig hatten, finden Sie nicht?«

»Ich wollte dem Mann ein paar Fragen stellen. Ist ja nicht verboten, oder?«

»Wieso konnten Sie ihn nicht am Telefon fragen?«

»Anstatt an seinem, wie nannten Sie es, seinem Wohnsitz?« Joe hielt einen Moment inne und sagte dann: »Zu unpersönlich. Ich wollte ein Gespräch unter vier Augen.«

»Der Taxifahrer, der Sie am Flughafen mitgenommen hat, sagt, Ihr Verhalten sei bedrohlich gewesen.«

»Mit dem haben Sie schon geredet? Das war flott.«

»Haben Sie den Taxifahrer bedroht, Mr. Hope?«

»Ich bin kräftig gebaut. Ich habe eine imposante körperliche Präsenz. Ich verstehe schon, dass manche Menschen mich als bedrohlich empfinden.«

»Haben Sie den Taxifahrer bedroht, Mr. Hope? Ja oder nein.«

»Hab ihm nicht ein Härchen auf seinem Kopf gekrümmt.«

»Der Fahrer hat, wie Sie sehr gut wissen, eine Glatze«, sagte Monkman. »Beantworten Sie jetzt die Frage des Constables. Bitte.«

»Ich habe den glatzköpfigen Taxifahrer nicht bedroht. Ich darf hinzufügen, dass ich auch Adam in keinerlei Weise bedroht habe. Und ich habe meine Frau nicht umgebracht. Möchten Sie, dass ich noch etwas bestreite? Ah, ich weiß. Nur fürs Band.« Er zwinkerte. »Ich bin von den örtlichen Polizeikräften nicht getreten worden. Darf ich jetzt gehen?«

»Mr. Hope«, sagte Monkman. »Was braucht es, damit Sie diese Sache hier ernst nehmen?«

»Fünfzig Mäuse?«

»Mr. Hope.«

»Für weniger kann ich's nicht machen. Letztes Angebot.«

»Ihre Frau ist tot.«

»War mir total entfallen. Nochmals danke, dass Sie mich daran erinnern, Sergeant.«

Monkman bohrte den Bleistift so heftig in den Notizblock, dass die Spitze abbrach. »Scheiße«, sagte er und starrte auf die einen halben Zentimeter lange Mine, die sich von dem Bleistift gelöst hatte. Er wischte sie vom Block und blickte starr auf den unbrauchbaren Stift. Dann fiel ihm wohl plötzlich ein, dass er auf dem Band geflucht hatte, denn er sagte: »Entschuldigung.« Er warf den Stift auf den Tisch, der auf den Tischrand zurollte.

McGivern stand auf.

»Lassen Sie ihn, Constable.«

Der Stift fiel zu Boden, und McGivern setzte sich wieder.

»Okay, Mr. Hope«, sagte Monkman. »Okay.«

»Wissen Sie, irgendwie habe ich das Gefühl, dass wir uns doch ziemlich nahegekommen sind«, sagte Joe. »Ich hätte überhaupt nichts dagegen, wenn Sie mich Joe nennen würden.«

»Freut mich, aber ich werde Sie weiterhin Mr. Hope nennen, Mr. Hope. Nun, lassen Sie uns mal für einen Augenblick annehmen, Sie hätten Ihre Frau nicht umgebracht.« Monkman verschränkte die Arme. »Was Sie ja behaupten.« Er löste die Arme und beugte sich vor. »Würden Sie nicht gern wissen, wer es getan hat?«

»Hören wir mit diesem Schwachsinn auf«, sagte Joe. »Ich beantworte Ihre Fragen unter einer Bedingung.«

»Und die wäre?«

»Sie sagen mir, wie sie gestorben ist.«

Monkman schaute zu McGivern. McGivern senkte den Blick zu Boden. »Angenommen, ich sage es Ihnen«, sagte Monkman, »wer garantiert mir, dass Sie dann mit uns kooperieren?«

»Schalten Sie das Band aus«, sagte Joe.

Monkman beugte sich zum Mikrofon und sagte: »Mr. Hope bat um neun Uhr elf darum, das Band anzuhalten.« Er drückte die Pausetaste.

»Gewalttätige Übergriffe im Dienst«, sagte Joe. »Ich könnte Sie anzeigen.«

»Weswegen?«

»Wegen vorhin.«

»Nur zu.«

»Sind Sie sicher?«

»Ganz sicher«, sagte Monkman.

»Liegt bei Ihnen«, sagte Joe. »Sie glauben, ich komme damit nicht durch? Kann schon sein, aber angenehm wird das für Sie bestimmt nicht.«

»Ihr Wort gegen das von einem halben Dutzend Beamter. Sie haben nicht die geringste Chance.«

»Ich habe einen Zivilisten als Zeugen.«

Monkman verschränkte die Finger und legte die Hände hinter den Kopf. »Meinen Sie das im Ernst? Adam Wright würde nicht reden.«

»Würden Sie Ihren Job darauf wetten?«

Monkman blickte Joe direkt in die Augen. »Ja.«

Joe blickte zurück und sagte: »Scheiße, Sie haben ihm was über mich gesagt, stimmt's? Er hat perverse Sau zu mir gesagt. Was für Lügen habt ihr ihm erzählt? Ihr seid doch bloß ein Haufen verlogener Scheißkerle.«

»Da gab's nichts zu lügen«, sagte Monkman. »Ich habe Adam mitgeteilt, dass Sie wahrscheinlich seine Cousine ermordet haben. Ich schätze mal, da ist er sauer geworden.« Er schüttelte traurig den Kopf.

»Er war schon sauer, bevor er das mit Ruth wusste.«

»Da kann ich Ihnen nicht helfen«, zuckte Monkman die Achseln. »Aber lassen Sie mich hinsichtlich unseres kleinen Gerangels im Wrighters' Retreat was erklären. Nehmen wir an, Adam würde wirklich für Sie aussagen wollen. Da ist immer noch der Fall eines toten Mädchens auf seinem Anwesen. Haben Sie vielleicht davon gehört? Könnte sehr unangenehm für jemanden werden, der eine Schriftstellerpension betreibt.«

»Wenn Sie wollen, können Sie den Rekorder wieder einschalten«, sagte Joe. »Aber ich weigere mich, weitere Fragen zu beantworten.«

»Kapieren Sie endlich, wie tief Sie in der Scheiße stecken?«

»Kein Kommentar.«

»Bis zur Halskrause, Joe«, sagte Monkman. »Ich glaube, es wird Zeit, dass Sie ein Geständnis ablegen.«

11

Als DC McGivern den Kopf seitwärts neigte, stellte Joe sich Schleudertrauma vor. Er lächelte bei der Erinnerung, die aus dem Nichts aufgetaucht war. Da tanzte sie, den Kopf zur Seite geneigt, einen weißen Schal fest um den Hals geschlungen. Bis über die Hüften hingen die Fransen hinunter, die um ihre Handtasche herumwirbelten, während sie mit ihrer Freundin tanzte. Wie hatte sie noch geheißen? Lesley, Lindsey? Joe konnte sich nicht mehr richtig an ihren Namen erinnern. Er hatte sie immer Schleudertrauma genannt. Sie war Ruths beste Freundin an der Universität gewesen. Nachdem Gemma auf die Welt gekommen war, hatten sie sich noch ein paar Monate lang regelmäßig getroffen. Dann hatten sie sich aus den Augen verloren. Wie ihr Name auch gewesen war, solange Joe sie kannte, hatte sie immer diesen weißen Schal getragen. Fest um den Hals geschlungen wie einen Gipsverband.

Die beiden waren Joe zum ersten Mal aufgefallen, als sie mitten auf der fast leeren Tanzfläche einer Uni-Disko mit den Ärschen wackelten. Schleudertrauma sah aus, als hätte sie einen Unfall gehabt. Die andere streckte die Handgelenke in die Luft, als wollte sie jemanden auffordern, sie zusammenzubinden. Joe war betrunken. Kein gutes Omen. Das gute Omen war, dass die beiden genauso betrunken waren. Er schlenderte zu ihnen hin und fing an zu quatschen. Redete zuerst mit Schleudertrauma. Zeigte auf ihren Hals und fragte sie, ob die Verletzung ernst sei und lachte. Natürlich verstand sie bei der Musik kein Wort von dem, was er sagte. Er zuckte mit den Achseln und wandte sich an das andere Mädchen. Er bemühte sich nach Kräften, witzig und cool zu sein, aber da er schreien musste, um sich verständlich zu machen, kam er, wie nicht anders zu erwarten, weder witzig noch cool rüber. Er erinnerte sich, dass er ihr gesagt hatte, sie sehe ein bisschen wie Sean Connery aus. Was stimmte. Immer noch. Der gleiche Mund. Sie hätte Connerys Tochter sein können. So eine Bemerkung ging leicht in die Hosen. Es war schließlich nicht gerade schmeichelhaft, einer jungen Frau zu sagen, sie sehe aus wie ein Mann. Auch nicht, wenn der Mann sehr gut aussieht. Zum Glück fand sie, als sie ihn endlich verstanden hatte (er musste schreien, den Mund so nahe an ihrem Ohr, dass seine Lippen ihre Haut streiften), den Vergleich lustig. Nach ein paar Songs gingen sie eine Weile nach draußen, um sich abzukühlen. Die Stille war genau das, was sie beide brauchten. Schleudertrauma folgte ihnen. Das dritte Rad am Wagen. Sie beachteten sie nicht. Sie tauschten ihre Namen aus. Ruth griff seinen Witz auf und ahmte Connerys schleppenden Akzent nach, wobei sie sein Markenzeichen, das genuschelte ›s‹ bei ihrem Nachnamen übertrieb. Shimpshon. Der Versuch war gar nicht schlecht.

Irgendwann kapierte Schleudertrauma, das sie überflüssig war. Sie ging kurz nach Mitternacht auf die Toilette und kam nicht wieder zurück. Joe tanzte mit Ruth Simpson, bis die Musik um zwei Schluss machte. Beim letzten Tanz klebten sie Hüfte an Hüfte, und Joe hatte einen Ständer groß wie das Scott Monument. Er lud sie auf sein Zimmer ein.

Sechs Studenten teilten sich Küche und Bad, aber wenigstens hatte jeder ein eigenes Zimmer.

»Genau wie bei mir«, sagte Ruth, als er ihr die Tür aufhielt und das Licht anknipste. Ein Einzelbett, ein Schreibtisch und ein Kleiderschrank. Grob geschätzt die Größe seiner Zelle auf dem Polizeirevier von Kirkwall.

Joe erinnerte sich, dass er die Schreibtischlampe einschaltete, die er auf einen Bücherstapel auf dem Boden neben dem Bett gestellt hatte. Ruth knipste das Deckenlicht aus. Sie hüpfte durch das Zimmer, kniete auf dem Teppich neben Joes Bücherstapel nieder und fing an, die Titel auf den Buchrücken zu lesen. *Die Tragödie der Rächer, Der Wechselbalg, Frauen fürchten Frauen, Schade, dass sie eine Hure war, Der Missvergnügte, Die Herzogin von Malfi.* Noch ein paar andere vielleicht. Sie sagte nichts dazu, sondern las die Titel nur laut vor. Joe konnte nicht sagen, ob sie die Worte absichtlich nuschelte, oder ob sie nur zu viel getrunken hatte. Sie kam auf John Fords *Schade, dass sie eine Hure war* zurück und fuhr mit dem Finger über den Buchrücken. »Ist das gut? Hast du das gelesen?«

Joe, der neben ihr auf dem Boden kniete, sagte: »Als Untersatz für meine Lampe sind die gut. Wenn du dich echt dafür interessierst, kannst du jederzeit eins ausleihen, wenn du es wirklich lesen willst.« Er nahm ihre Hand und drückte sie an seine Brust. Er küsste sie auf die Stirn. »Aber ich finde nicht, dass wir jetzt über Theaterstücke reden sollten.«

Sie schmiegte sich an ihn und holte tief Luft, wobei sich ihr schmaler Brustkorb hob. »Ich hab das erst einmal gemacht«, sagte sie.

Joe nahm sie in die Arme und zog sie an sich. Sie zitterte. »Komm, wir geh'n ins Bett«, sagte er.

Sie kämpften sich aus ihren Klamotten und warfen die abgelegten Stücke auf den Boden. Nackt bis auf die Unterhose und mit einem Steifen, der pochte wie ein rasendes Herz, warf Joe so unauffällig wie möglich einen Blick auf sie. Sie saß, nur in Unterwäsche, die Hände zwischen die Knie geklemmt, auf dem Bett. Sie sah so verängstigt aus, als würde sie im Morgengrauen vor ein Erschießungskommando gestellt.

»Du erkältest dich noch«, sagte er.

Sie zog die Decke zurück und kroch ins Bett. »Mach das Licht aus.«

Joe tat wie geheißen und schlüpfte zu ihr. Schnell hatten sie festgestellt, dass in dem Bett nicht genügend Platz für zwei war. Nachdem sie verschiedene Positionen ausprobiert hatten, kamen sie zu dem Schluss, dass es am besten klappte, wenn sie mit den Gesichtern zueinander beide auf der Seite lagen. Joes Unterhose war feucht. Er kündigte an, dass er sie ausziehen werde. Er stieg aus dem Bett, entledigte sich seiner

Unterhose und kletterte wieder hinein. Nahm seine Seitenlage wieder ein. Ihre Hand streichelte sein Bein, glitt an seinem Oberschenkel aufwärts, kreiste auf seinem Bauch und bewegte sich auf seinen Unterleib zu.

Er wartete, die Bauchmuskeln angespannt wie ein gedehntes Gummiband. Hoffte. Erwog sogar zu beten.

»Stimmt was nicht?«, fragte sie.

»Nicht schon wieder«, brummte er. Kaum hatte sie seinen Schwanz berührt, war er schlaff geworden.

Joe massierte sich die Handgelenke und starrte das Telefon an. Für jemanden, der normalerweise so entschlussfreudig war, bereitete es ihm beachtliche Schwierigkeiten, zu entscheiden, wen er anrufen sollte. Als er zu dem Schluss kam, dass die Antwort ihn nicht aus dem Telefon anspringen würde, egal wie heftig er es anstarrte, hob er den Kopf. Monkman war verschwunden, als der Apparat in den Verhörraum gebracht worden war, und noch nicht wieder zurückgekehrt. An der Tür hinter dem leeren Stuhl ihm direkt gegenüber hatte ein uniformierter Polizist Aufstellung genommen. Er war es auch gewesen, der das Telefon gebracht und es eingestöpselt hatte. Mit gespreizten Beinen und hinter dem Rücken verschränkten Armen stand er da und sah aus, als würde er bei einem Pornoshooting darauf warten, dass er an die Reihe kam. Er schaukelte auf den Fersen, möglicherweise in der Hoffnung, dass DC Mc Givern ihm einen blasen würde. Ihm stand allerdings eine Enttäuschung bevor. Mc Givern schien nicht im Geringsten interessiert zu sein. Der Constable pfiff durch die Zähne vor sich hin und klopfte sich auf die Schenkel wie ein angeödeter Teenager. Oralsex mit einem Kollegen war vermutlich das Letzte, was ihm durch den Kopf ging. Zu schade. Mit vollem Mund hätte der Mistkerl vielleicht Ruhe gegeben. Joe massierte sich erneut die Handgelenke und stellte sich vor, welchen Spaß es machen würde, Mc Givern die Faust in die Fresse zu rammen und dieses verfluchte Gepfeife ein für alle Mal abzustellen. Junge, die Melodie kam ihm so beschissen bekannt vor.

Ehe er es sich noch anders überlegen konnte, wählte er Coopers Nummer.

Sally nahm ab.

»Ich muss mit Cooper sprechen.«

»Joe? Geht's dir gut? Wo bist du?«

»Ich muss mit Cooper reden, Sally.«

»Ich hol ihn.«

Er hörte sie »Chicken?« rufen. Im Hintergrund rief Cooper etwas zurück. Mc Givern pfiff einige weitere Takte der bescheuerten Melodie, und nachdem er scheinbar endlos am Telefon gewartet hatte, brüllte Cooper ihm ins Ohr: »Was hast du da bloß angestellt, Joe?«

Einen Augenblick lang wusste Joe nicht, was er sagen sollte. Sein bester Freund wusste schon Bescheid. Genau wie Adam. Offenbar hatte Joe es wieder mal als Letzter erfahren. Und Cooper hielt ihn für schuldig. Das verschlug ihm die Sprache. Fantastisch. Ein echter Tritt in die Rippen. Bei dem Gedanken flammte der Schmerz in seiner Seite auf, und er schloss die Augen.

Cooper sprach weiter: »Mann, Joe. Du steckst ganz schön in der Scheiße. Was ist denn passiert? Ich meine, warum zum Teufel hast du das gemacht, hm?«

Joe überlegte, ob er den Hörer hinknallen sollte. Stattdessen sagte er ruhig, immer noch mit geschlossenen Augen: »Kannst du mir 'nen Anwalt besorgen?«

»Den hast du auch scheißnötig, das kann ich dir flüstern.«

Joe riss die Augen auf. »Besorg mir 'nen Anwalt, Cooper.«

»Okay. Jetzt mach dir mal nicht ins Hemd. Willst du, dass ich dich vertrete?«

»Ich brauch 'nen richtigen Anwalt, keinen Komiker.«

»Also, das nehm ich dir übel. Ich war fast ein Jahr lang auf der Uni und hab den Scheiß studiert. Wär doch blöd, wenn's ganz für die Katz gewesen wäre.«

»Einen Anwalt, Cooper.«

»Geht klar. Wo bist du jetzt?«

»Im Knast. In Kirkwall ...«

»Das ist doch da, wo Gemma ... «

»Sie fliegen mich zurück nach Edinburgh.«

»Wann?«

»Mehr weiß ich nicht. Besorg mir 'nen Anwalt. Er soll hier anrufen und nachfragen.«

»Geht klar. Noch was?«

»Sag dem Anwalt, dass ich unschuldig bin. Ich hab nichts gemacht.«

»Wie du meinst. Ist ja deine Kohle. Hast du den Wichser wenigstens erwischt?«

»Wen?«

»Du weißt schon, den Typen, der sich um sie hätte kümmern sollen.«

»Noch nicht«, sagte Joe. »Ich muss ihm zuerst noch'n paar Fragen stellen.«

»Du suchst also nach einem, dem du die Schuld geben kannst?«

»Was soll das denn heißen?«

»Vergiss es. Hör zu, ich hör mich mal um. Ich besorg dir den besten Anwalt, den ich kriege.«

»Tu das.« Joe legte auf, und sofort fiel ihm ein, dass er vergessen hatte, Cooper zu fragen, wie Ruth gestorben war.

Mc Givern hob die Augenbrauen.

»Arschloch«, sagte Joe zu Mc Givern.

»Sie haben ja 'ne hohe Meinung von Ihren Freunden.«

»Haben Sie was zu rauchen?«

»Rauchen verboten.« Mc Givern durchforschte den Raum nach einem Schild, das ihm das Rauchverbot bestätigte. Es war nirgends eins zu sehen.

»Kommen Sie schon«, sagte Joe. »Das hält mich bei Laune, oder? Damit ich Ihnen was erzähle. Meine Geheimnisse.«

Mc Givern zögerte, dann holte er eine Schachtel Gitanes aus seiner Hosentasche. Er öffnete sie und hielt Joe die halbleere Schachtel entgegen.

»Schick.« Joe nahm sich eine Zigarette und musterte sie.

Die Hand des Polizisten verschwand wieder in der Tasche

und förderte ein goldenes Feuerzeug zutage. Er ließ die Kappe aufschnappen, und eine Flamme loderte auf. Er beugte sich über den Tisch und hielt das Feuerzeug einige Zentimeter vor Joes Gesicht. »Moment mal«, sagte er. »Was wollen Sie als Aschenbecher benutzen?«

»Ich find schon was.« Joe beugte den Kopf zu McGivern und brachte die Hand – die Zigarette zwischen die Finger geklemmt – zum Mund. Er hielt in der Bewegung inne, kurz bevor die Zigarette die Lippen berührte, lehnte sich zurück. McGivern hob den Daumen, und die Flamme erlosch. Joe fasste die nicht angezündete Zigarette an beiden Enden und brach sie entzwei. McGiverns Gesicht wurde bleich. Joe warf die beiden Hälften der zerbrochenen Zigarette nacheinander nach dem Polizisten. »Kann ich noch eine haben?«, sagte er.

12

Als DS Monkman zurück in den Verhörraum kam, bestand er darauf, dass Joe die Handschellen wieder angelegt wurden. DC McGivern ging um den Tisch herum und befolgte den Befehl.

»Können Sie mir die Hände nicht wenigstens vor'm Bauch fesseln?«

»Geht nicht«, sagte Monkman. »Dann hätten Sie eine tödliche Waffe. Ein schönes massives Stück Stahl, das Sie einem arglosen Beamten beidhändig über den Kopf ziehen können.« Monkman nahm auf dem leeren Stuhl Joe gegenüber Platz. Als McGivern sich wieder setzte, erhob Monkman ohne jede Einleitung offiziell Anklage gegen Joe wegen Mordes an Mrs. Ruth Hope.

»Sie beschuldigen mich?«, sagte Joe, als Monkman fertig war.

»Soll ich's wiederholen? Ich dachte, ich hätte mich vollkommen klar ausgedrückt. Vielleicht sollte ich Sprechunterricht nehmen.«

»Ich war's nicht, verflucht noch mal.« Joe stand auf und stieß mit den Oberschenkeln gegen die Tischkante. Als ihm seine angeknacksten Rippen einfielen, war es schon zu spät. Er hielt den Atem und machte sich auf qualvolle Stiche gefasst. Doch über seine Seite breitete sich nur ein Brennen aus. Das war schmerzhaft, aber es setzte ihn nicht außer Gefecht. Erleichtert atmete er aus. Wenn er derart schnell aufspringen konnte, dann hatte sich sein Gesundheitszustand in der letzten Stunde oder so deutlich verbessert. Vielleicht waren seinen Rippen ernsthafte Prellungen erspart geblieben. Weder angebrochen noch gebrochen. Vielleicht war er aber auch einfach so wütend, dass sein Körper nichts mehr spürte. »Sie liegen falsch.«

»Wir schicken Sie nach Edinburgh, und ich werde mit Vergnügen dabei zusehen, wie Sie einfahren.«

»Da wett ich drauf.« Dann wurde ihm klar, was Monkman gerade gesagt hatte. »Was?«

»Sie glauben doch nicht ernsthaft, dass wir Sie ohne Begleitung zurückfliegen lassen?«

»Aber wieso Sie? Es bedarf doch nicht der herausragenden Fähigkeiten von Orkneys bestem Detective Sergeant, um einen unbewaffneten Gefangenen in Handschellen zu eskortieren. Das kann doch jeder Schwachkopf. Und von der Sorte haben Sie hier ja mehr als genug.«

»Es ist gesetzlich vorgeschrieben, dass Sie von zwei Beamten eskortiert werden«, sagte Monkman. »DC McGivern hat sich bereit erklärt, uns zu begleiten. Er wird morgen zurückfliegen. Ich allerdings bleibe in Edinburgh.«

»Sie haben mir immer noch nicht gesagt, wieso. Wenn man mich in Edinburgh verhören will, sollte man doch meinen, dass jemand von dort herkommt und mich abholt.«

»Normalerweise schon«, sagte Monkman. »Aber ich habe den Kollegen drunten im Süden meine Dienste angeboten. Sie meinten, es sei ihnen eine Ehre, wenn ich ihnen bei den Ermittlungen helfe.«

»Die wollen doch nur Flugkosten sparen«, sagte McGivern. »Dreckige Geizhälse.«

»Gefällt Ihnen wohl nicht, der Auftrag?«, fragte Joe. »Oder stinkt es Ihnen, dass Sie der Sergeant hier postwendend wieder nach Hause schickt, während er die Gelegenheit beim Schopf packt und in der großen Stadt mächtig Eindruck schindet?« Joe wartete nicht auf Antwort. Er blickte Monkman an. »Verraten Sie mir eins, Orkneyboy. Ist das hier Ihre große Chance, *die* Chance für ’nen Bullen aus ’nem kleinen Scheißkaff?«

»Ich komme nicht aus der Gegend«, sagte Detective Sergeant Monkman. »Obwohl mein Dad in Stromness geboren wurde.«

»Und wo kommen Sie her?«, fragte Joe.

»Brora«, sagte Monkman.

»Gibt's dort einen Supermarkt?« Joe setzte sich, während er auf Monkmans Erwiderung wartete. Nach einer Weile meinte er noch: »Mehr hab ich dazu nicht zu sagen.«

DC McGivern fuhr sie zum Flughafen. Draußen vor der Stadt schien nur noch gelegentlich ein Licht in der Ferne. Ansonsten war die Nacht dunkel und formlos. Niemand sagte einen Ton während der Fahrt. Joe fragte sich, ob DS Monkman eingeschnappt war. Im Flughafen wurden sie von einem Vertreter der Fluglinie empfangen, der sie anblaffte, weil sie sich verspätet hatten, und dann zum Flugzeug führte. Außer Joe und den beiden Polizisten saßen dort schon ein Dutzend Passagiere ganz warm und gemütlich beieinander. Sie verstummten, als Joe zwischen Monkman und McGivern nach vorn geführt wurde. Joe konnte in das enge Cockpit sehen. Der eingezwängte Pilot drehte sich um, nickte Monkman und McGivern zu. Joe ignorierte er. Noch so ein Arschloch in Uniform. Von einer Stewardess keine Spur.

»He«, sagte Joe zum Piloten, »hab ich hier keinen Anspruch auf 'nen Gratisdrink?«

ZWEITER TEIL

13

Mit vorgehängter Kette öffnete sie die Tür und linste durch den Spalt. Vor ihr stand ein kleiner, muskelbepackter Mann mit einem bohrenden Blick, hinter ihm ein größerer, gelangweilt wirkender Freier. Beide waren Ende dreißig oder Anfang vierzig. Beide trugen dunkle Anzüge.

»Wir haben ein paar Fragen«, sagte der Kleine. »Hätten Sie wohl eine Minute Zeit?«

»Polizei?«, fragte sie.

Der Kleine zeigte ein breites Grinsen. »Zeugen Jehovas«, sagte er.

Keine Polizei. Keine Freier. Zeugen Jehovas? Der machte wohl Witze.

Sie glaubte ihm nicht und drückte die Tür wieder zu. Es dauerte allerdings nicht lange, bis sie merkte, dass die beiden nicht verschwanden. Einige Minuten später konnte sie ihre gedämpften Stimmen immer noch hören. Hartnäckige Wichser. So hartnäckig, dass sie echt sein konnten. Genau, das war's auch. So ernsthaft, wie der Kleine sie angeschaut hatte, glaubte der wahrscheinlich wirklich, dass er in direktem Kontakt mit Gott stand. Tina hatte ihre Probleme mit der Religion. Ihre Kindheit war voll davon gewesen. Als die Briefklappe ratterte, trat sie einen Schritt von der Tür zurück.

Dicke Wurstfinger hielten die Klappe von außen offen, und die Stimme des Kleinen dröhnte durch die Öffnung. »Eine Minute, Tina. Eine Minute von Ihrer Zeit.«

Scheiße. Sie kannten ihren Namen. Ihren Arbeitsnamen. Na klasse, schön für sie. Von ihren Kunden hatte sicher keiner irgendwelche Bedenken, ihren Namen zwei bescheuerten, Bibelsprüche klopfenden, fundamentalistischen Arschlöchern zu geben, die auf der Suche nach Sündern waren, die sie bekehren konnten. Solange ein paar Pfund die Hände wechselten, natürlich. Und wenn sie erst einmal ihren Namen hatten, war es nicht schwierig herauszufinden, wo sie wohnte. Man musste nur herumfragen, ihren lieben Kolleginnen noch ein paar Pfund zustecken. Verdammte Nutten. Sie musste endlich lernen, ihren Mund zu halten.

»Kein Interesse.« Mein Gott, ihre Stimme klang viel zu schrill. Himmel. »Gehen Sie.«

»Wir möchten nur mit Ihnen reden«, sagte der Kleine. »Es dauert nicht lange. Ein, zwei Minuten. Dann gehen wir wieder.«

»Ich kaufe nichts.« Heute nicht. Und überhaupt nie. Oh, Gott. »Verzieht euch, oder ich ruf die Polizei.« Entschlossen. Das müsste reichen.

»Tina«, sagte der Kleine. »Ich glaube nicht, dass Ihre Beziehungen zu den Jungs in Blau allzu freundschaftlich sind. Sie wollen sie doch nicht unnötig verärgern, oder?«

»Verpisst euch«, sagte Tina. Die Briefklappe schnappte zu, und sie hörte erneut Gemurmel. Kurz darauf öffnete die Klappe sich wieder, und ein Stück weißer Pappe erschien in dem Schlitz.

»Für Sie«, sagte der Kleine.

Sie war bereit, ein kleines Opfer zu bringen. Wenn sie die beiden loswurde, indem sie sich ein paar von ihren Schriften andrehen ließ, dann nahm sie das Zeug halt in Gottes Namen. Einen Zettel zu lesen war zweifellos nicht ganz so schlimm wie eine Kreuzigung.

Die Pappe knitterte unter ihren Fingern, und sie merkte, dass sie ein Foto in der Hand hielt. Sie drehte es um und erblickte das vertraute Gesicht eines Mannes in Nahaufnahme. Es schien ihm unangenehm gewesen zu sein, dass ihn jemand fotografiert hatte. Der in Richtung Kamera erhobene Whisky wirkte wie ein schwacher Versuch, sich hinter dem Glas zu verstecken. Nicht, dass sie das überraschte. Bei all seiner Angeberei war Bob schüchtern. Sie betrachtete sein gezwungenes

Lächeln und erinnerte sich, wie er gesagt hatte, er würde für eine Weile verschwinden, und wie schnell er dann aufgebrochen war. Nachdem er ihr die tausend Pfund gegeben hatte.

Die beiden vor der Tür waren also doch keine Missionare. Gott sei gelobt.

Die Stimme des Kleinen dröhnte erneut durch den Schlitz. »Kennen Sie den Kerl auf dem Foto?«

»War das ein Witz?«, sagte Tina.

Nach einem Moment fragte er: »Äh, wie bitte?«

»Das mit den Zeugen Jehovas.«

Der Kleine lachte. Es dröhnte in seinem Brustkasten. Nach ein paar Sekunden ging das Lachen in ein Husten über. »Ich und Gott«, sagte er, »wir sind eigentlich nicht so auf Du und Du.«

Tina vertraute den beiden ein bisschen mehr, weil sie jetzt wusste, dass es keine religiösen Spinner waren. »Was wollen Sie?«

»Erkennen Sie ihn? Auf dem Foto?«

»Was geht Sie das an?«

»Wir sind Freunde von ihm. Joe steckt in Schwierigkeiten. Er braucht Ihre Hilfe.«

Joe. Nun erfuhr sie endlich seinen Vornamen. War doch schon mal ein Anfang. Jetzt musste sie nur noch den Nachnamen aus den Arschlöchern rausleiern, und dann boten sich ihr so einige finanzielle Möglichkeiten. Sie hatte immer angenommen, dass Bob, hoppla, Joe reich war. Schickes Auto, schicke Klamotten. Wenn er nicht betrunken war, roch er nach Geld. Und er schmiss mit der Kohle um sich, als hätte er eine eigene Druckerei. Sie war nicht drauf aus, den armen Hund zu erpressen, aber wenn sich mal die Gelegenheit bot, würde sie nicht so tun, als wisse sie nichts. Das letzte Mal, als Tina sentimentale Gefühle zugelassen hatte, war sie sechs gewesen.

Sie konnte sich genau an den Moment erinnern.

Neunzehnhundertneunzig. Ein paar Wochen vor Weihnachten. Einen Monat lang hatte sie ihre Mutter bekniet und gebettelt, bis diese schließlich nachgegeben hatte und sie zusammen in ein Tierheim gegangen waren. Eine Pflegerin hatte sie zu einer Reihe von Zwingern geführt. Hand in Hand liefen Tina und ihre Mutter an den Käfigen entlang. Dutzende von Hündchen krabbelten unter- und übereinander, sprangen gegen den Maschendraht und bellten das kleine Mädchen und seine Mutter an und jaulten und fiepten und heulten. Es waren Dutzende in jedem Käfig. Sieben Käfige später kamen sie ans Ende der Reihe. Drei weitere Reihen warteten auf sie.

»Ich weiß nicht, ob ich da noch hin möchte«, sagte ihre Mutter. »Ich glaube, wir haben genug gesehen.«

Tina war ziemlich aufgeregt, aber sie hatte auch gehört, dass die Welpen, die keiner wollte, eingeschläfert wurden. Obwohl sie nicht genau wusste, was das bedeutete, war ihr klar, dass eingeschläfert werden etwas sehr Schlimmes war. Sie weinte, als ihre Mum sagte, dass sie nur ein Hündchen mit nach Hause nehmen konnte und dass sie sich sofort entscheiden musste. Sie weinte noch heftiger. Mit Tränen im Gesicht ging sie die Käfige entlang zurück. Blieb auf halber Strecke stehen. Ging einen Käfig zurück und zeigte.

»Ein Terrier«, sagte ihre Mum dicht hinter ihr. »Den hast du gut ausgesucht. Mir gefällt sein Bart.«

Die Pflegerin kam zu ihnen und hatte immer noch die Arme vor der Brust verschränkt. »Das da ist 'ne Hündin.«

Sie verließen die Zwinger und gingen in ein Büro, wo ihre Mum ein paar Formulare ausfüllen musste, bevor der Leiter des Tierheims ihnen das Hündchen gab. Als sie fertig war, hatte Tina aufgehört zu weinen und freute sich, ihr Hund außerhalb des Käfigs zu sehen. Sie überlegte, wie sie es nennen sollte.

»Fraser«, sagte sie und hüpfte vor Vorfreude auf und ab.

»Es ist ein Hundemädchen.« Ihre Mum reichte der Angestellten das ausgefüllte Formular. »Fraser ist ein Jungenname.«

Die Pflegerin las das Formular und runzelte die Stirn. »Ich fürchte, wir können Ihnen den Hund nicht geben«, sagte sie.

»Das verstehe ich nicht«, sagte Tinas Mum. »Wo liegt das Problem?«

»Ihr Einkommen.«

»Ich habe keins.«

»Das ist es ja. So sind nun mal unsere Vorschriften.« Sie schaute zu Tina. Tina schaute zu ihrer Mum. »Es tut mir wirklich leid«, sagte die Angestellte.

»Was soll das heißen?«, sagte ihre Mum.

»Sie leben mit Ihrem Freund zusammen?«

»Davie«, sagte Tina. »Er ist bei der Heilsarmee.«

Die Frau beachtete Tina nicht. »Und keiner von Ihnen hat Arbeit?«

»Momentan?«, sagte ihre Mum. »Sie meinen, ob wir jetzt im Moment Arbeit haben?« Sie schüttelte den Kopf.

»Wir können den Hund nicht in ein Zuhause geben, in dem es kein festes Einkommen gibt.«

»Dürfen wir Fraser nicht haben, Mum? Was passiert denn mit ihr, wenn wir sie nicht kriegen? Was ist, wenn sie sonst niemand will? Mum?«

»Sei still, Tina.« Mum hatte ihr zorniges Gesicht bekommen. Und sie fing an, schlimme Worte zu benutzen, für die es einen Klaps auf den Po gab, wenn Tina sie verwendete. »Diese Schlampe lässt den Hund lieber sterben, als ihn an Hundescheiße wie uns rauszugeben.«

In dieser Nacht machte Tina ihr Bett nass. Als sie es ihrer Mum sagte, schickte die sie wieder zurück ins Bett, aber Tina tat nicht, was ihr gesagt worden war. Sie schlief auf dem Sofa. Am Morgen versohlte Davie ihr den Hintern, weil sie ein böses, schmutziges Mädchen gewesen war. Dann musste sie ihr Bettzeug wechseln und die schmutzigen Laken in die Waschmaschine werfen. Und anschließend musste sie sich auf dem frisch gemachten Bett auf den Bauch legen, während er ihr den brennenden Popo mit Creme einschmierte.

»Ist schon viel besser«, sagte er. »Stimmt's?«

Ihre Mum hörte ihn nicht, sah nicht, was er machte. Sie hatte einen Kater und schlief, wie fast jeden Morgen.

Davie blieb noch zwei Jahre, und es boten sich jede Menge

weiterer Anlässe, um Tina zu versohlen. Und danach ihre Schmerzen zu lindern. Dann war er eines Tages verschwunden. Ihre Mutter sagte, er hätte seiner Kirche Geld geklaut.

Tina war froh. Sie erzählte ihrer Mum, dass es ihr nicht gefallen habe, wenn Davie ihr den Popo mit Creme einschmierte. Ihre Mum gab ihr so eine auf den Mund, dass ihre Lippe blutete. Befahl ihr, ihr dreckiges Maul zu halten und nie mehr ein Wort davon zu sagen.

Tina bückte sich und sprach zu den Augen, die sie durch den Briefschlitz anstarrten. »Wer sind Sie?«

»Cooper«, sagte der Mann.

»Haben Sie auch ’nen Vornamen, Cooper?«

»Einfach Cooper.«

»Und wer ist Ihr Freund? Hat der auch nur einen Namen? Sting, stimmt’s?«

»Das ist Mr. Park«, sagte er mit einem Seitenblick auf den anderen Mann. »Joes Anwalt.«

»Was hat Joe denn ausgefressen?«, fragte Tina.

»Können wir das nicht drinnen besprechen?«

»Plaudern Sie nicht gern durch ’nen Briefschlitz?« Tina richtete sich auf und hakte die Kette aus.

»Vielen Dank.« Cooper ging an ihr vorbei in den Flur.

Mr. Park war höflicher. Er streckte die Hand aus und sagte: »Erfreut, Ihre Bekanntschaft zu machen.«

»Meinerseits«, sagte Tina und forderte ihn auf, Cooper ins Wohnzimmer zu folgen.

Cooper saß auf dem Sofa, auf der gleichen Stelle, wo Bob – verdammt – Joe das letzte Mal gesessen hatte. Mr. Park zog die Hosenbeine hoch und ließ sich auf dem Platz neben Cooper nieder. Tina blieb stehen.

»Was soll das alles?«, sagte sie.

»Nicht einfach zu erklären«, sagte Cooper. »Joe steckt in Schwierigkeiten. Er hat seine Frau umgebracht.«

Tina schnappte unwillkürlich nach Luft. Sie wusste, dass Joes Ehe alles andere als perfekt war, aber als Mörder konnte sie sich Joe nicht vorstellen. »War’s ein Unfall?«

»Man kann wohl kaum jemanden aus Versehen mit ’nem Baseballschläger totschlagen.«

Der Anwalt sagte: »Oder eine Leiche versehentlich in den Kofferraum des eigenen Wagens stopfen.«

»Wann war das?«

»In der Nacht, als Sie ihn hierher eingeladen haben«, sagte Cooper. »Früh am Morgen.«

»Wieso war die Polizei noch nicht bei mir?«

Cooper lächelte. »Die weiß nichts von Ihnen. Joe hat kein Sterbenswörtchen gesagt.«

»Und wieso sind Sie dann hier? Was wollen Sie überhaupt von mir?«

»Ich bin Joes bester Freund«, sagte Cooper. »Ich will, dass er da rauskommt.«

»Und was hat das mit mir zu tun?«

»Sie sind sein Alibi.«

»Aber es war noch kaum zwölf, als er weg ist.«

»Er ist nicht weg«, sagte der Anwalt. »Er war die ganze Nacht über hier.«

»Ich sag’s Ihnen doch, er ist lange vor Mitternacht gegangen.«

»Ich glaube nicht, dass er vor Mitternacht weg ist«, sagte Cooper. »Sie verstehen, was ich damit sagen will?«

»Ich glaube, ich komm so langsam dahinter.«

Cooper stand auf. »Wie viel wollen Sie?«

»Für die Behinderung der Ermittlungen in einem Mordfall? Das dürfte fünf Riesen wert sein.«

»Kein Problem«, sagte Cooper.

»Dann machen Sie zehn draus.«

Mr. Park schmunzelte. »So viel Bargeld haben wir nicht bei uns. Nehmen Sie auch einen Scheck, Tina?«

»Moment.« Sie eilte ins Schlafzimmer und wühlte im Schreibtisch. Sie kam zurück ins Wohnzimmer. »Ich akzeptiere Switch, Delta, VISA, MasterCard, AmEx oder Diners.« Sie stellte den Kreditkartenapparat auf den Tisch und schaute ihnen in die verdutzten Gesichter. »Ich führe ein rechtmäßiges Geschäft unter meinem richtigen Namen. Wie würden Sie gern zahlen?«

»Was ist das für ein Geschäft?«, sagte Cooper.

»Ich gebe Selbstverteidigungskurse«, sagte Tina. »Vor allem für Frauen.«

»Sie arbeiten in einem Sportstudio?«

Sie schüttelte den Kopf. Ihre Kurse fanden wöchentlich in einer ehemaligen Kirche statt. Die Miete dort kostete fast nichts, aber mehr konnte sie auch nicht aufbringen. Mit Coopers Spende konnte sie vielleicht einen Raum mit Heizung mieten. Einen ohne kaputte Fenster war schon mal ein Anfang.

»Eine Frau mit vielen Talenten.« Cooper steckte die Hand in die Brusttasche und zückte seine Brieftasche. »Joe hat schon oft Ihr Talent beim Blasen gelobt. Sie hätten nicht Lust, 'ne Runde auszugeben? Um den Deal zu bekräftigen, sozusagen?«

»Ihnen würd ich nicht mal für Geld einen blasen.«

»Sie haben für heute schon genug Rotz abgekriegt, verstehe«, sagte Cooper.

»Machen wir schnell«, sagte Tina. »Ich will Sie aus meiner Wohnung haben.«

»Manche Leute haben einfach keinen Geschmack.« Cooper setzte sich. »Zahlen Sie dafür Prozente?« Er zeigte mit dem Kopf auf den Kreditkartenapparat.

»Vier Komma sechs Prozent.«

»Wucher«, sagte Mr. Park.

»Ich besorg Ihnen die Kohle bar«, sagte Cooper.

»Bringen wir's hinter uns«, sagte Tina. »Ich will Sie hier raushaben.«

»Vier Komma sechs Prozent von zehn Riesen sind vierhundertsechzig Pfund.«

»Ich war auf der Schule«, sagte Tina. »Ich kann rechnen.«

»Können Sie auch logisch denken?«

»Wie meinen Sie das?«

»Sind Sie nicht scharf auf die Extrakohle? Wollen Sie am Ende noch Steuern drauf zahlen? Ich bring Ihnen das Geld in bar.«

»Wann?«

»Vielleicht noch heute.« Sie wollte schon okay sagen, als er hinzufügte: »Spätestens morgen.«

»Heute, oder der Deal läuft nicht.«

»Ich werd sehen, was sich machen lässt.«

Tina tat so, als würde sie darüber nachdenken. Nach einer Weile, die sie für angemessen hielt, nickte sie langsam. »Sie kommen mir vor wie ein Mann, der ’ne Menge Deals in bar abwickelt«, sagte sie zu Cooper. »Ich kann mir nicht denken, dass meine Bitte eine allzu große Herausforderung für Sie darstellt.«

»Ich mag Herausforderungen«, sagte Cooper. »Und ich geb’s gerne zu.«

Mr. Park erhob sich. Er streckte die Hand aus und sagte: »Es ist ein Vergnügen, mit Ihnen Geschäfte zu machen.«

Tina schüttelte ihm die Hand. Er hatte einen erstaunlich festen Händedruck. »Übrigens«, sagte sie. »Was soll ich eigentlich sagen?«

»Halten Sie’s schlicht.« Coopers Knie knackten, als er aufstand. »Joe ist um ... « Er schaute sie an. » ... egal, wann er hier war eben. Wann war das?«

»Nach acht. Halb neun vielleicht.«

»Okay. Er war besoffen, ja? Hatte was Schlimmes erfahren. Sie sind früh ins Bett. Sie haben mal kurz an ihm genuckelt, und dann ist er eingeschlafen. Morgens ging’s ihm nicht so gut, und deshalb ist er hier geblieben, bis er wieder ’nen klaren Kopf hatte.«

»Wann ist er gegangen?«

»Um elf? Spielt eigentlich keine Rolle. Wichtig ist, dass er gemütlich eingemummelt neben Ihnen im Bett lag, als er seine Frau kaltgemacht haben soll.«

»Eins gibt mir noch zu denken.« Tina wandte sich zu Mr. Park. »Wieso ich? Sexarbeiterinnen gelten klassischerweise nicht gerade als die besten Zeugen.«

»Klassischerweise«, sagte Mr. Park, »erweisen Sexarbeiterinnen Gefälligkeiten gegen Geld.«

»Kommen Sie.« Cooper war im Aufbruch begriffen. Mitten im Gehen drehte er sich um und sagte zu Tina: »Kein Wort. Wenn Sie irgendwem irgendwas sagen, dann schneid ich Ihnen das Gesicht in Streifen. Ist das klar?«

»Möchte mal sehen, wie Sie das machen wollen«, sagte Tina.

Cooper schloss die Augen, faltete die Hände vor dem Bauch und stand vollkommen still. »Wenn Sie 'ne Kostprobe wollen, brauchen Sie's nur zu sagen.«

Tina musterte den kleinen Mann, wie er in dem eng sitzenden anthrazitfarbenen Anzug steckte. Kurze Haare hinten und an den Seiten, oben etwas länger. Grau gesprenkeltes Kackbraun. Die tiefen Falten in seiner Stirn verrieten, dass er gar nicht so entspannt war wie er vorgab. Er war verkrampft. Das Gesicht leicht gebräunt. Weiße Stellen an den Mundwinkeln. Noch ein Zeichen für Verkrampfung. Der fehlende Schlips ließ den unnatürlich dicken Hals erkennen. Unter seinem offenen Hemd wölbten sich Muskeln. Seine Brust spannte die Knöpfe des Jacketts. Seine Oberarme waren fast zu dick für die Ärmel. Er sah aus, als würde er gleich den Anzug sprengen.

Tina hatte keinerlei Bedürfnis, nachher die Sauerei aufzuwischen. »Sie können die Augen aufmachen«, sagte sie. »Ich werde brav sein.«

Cooper hob die Lider. »Ich mag Sie.« Er streckte ihr die Hand hin. »Und ich weiß, dass Sie mich auch mögen.«

Sie drückte seine Flosse. »Und jetzt verpisst euch«, sagte sie.

14

Joe legte die Hände auf den Tisch. Diesmal hatten sie ihm keine Handschellen angelegt. Er schaute sich um. Noch ein polizeilicher Verhörraum ohne Fenster, was wahrscheinlich der Grund dafür war, dass es nach Schweiß stank. Nackte Wände. Der Tisch, an dem sie zu dritt saßen, vier Plastikstühle, ein Kassettenrekorder. Die gleiche Einrichtung wie im Verhörraum in Kirkwall. Der einzige Unterschied war die Wandfarbe. Grau diesmal statt gelb.

Monkman fühlte sich sichtlich zu Hause. Er hing auf seinem Stuhl, den Kopf zur Seite geneigt. Aus dem halb offenen Mund hing ein Speichelfaden. Sein Arm zuckte, und er stöhnte.

»Man könnte meinen, er hätte 'ne Nacht in der Zelle verbracht«, sagte Joe zu dem anderen Beamten. »Soll ich ihm die Hausschuhe holen?«

»Er war die ganze Nacht auf.« Die braunen Augen von Detective Sergeant Grove wirkten riesig hinter seinen dicken Brillengläsern. Er war hellwach. »Hat am Fall mit Ihrer Frau gearbeitet.« Er legte Monkman die Hand auf die Schulter und schüttelte ihn sachte. Monkman riss die Augen weit auf. Verwundert und zweifellos leicht desorientiert, schaute er Joe an.

»Der Flieger ist abgestürzt«, sagte Joe. »Sie sind tot. Es gibt nur noch uns beide und so'n hässlichen Typen mit Hörnern namens Satan.«

Monkman wandte sich zu Grove. »Tut mir leid. Ich weiß nicht, wie ... «

Grove unterbrach ihn. »Wie wollen Sie Ihren Kaffee?«

»Wie bitte?«

»Kaffee, Sergeant. Ich schätze, Sie brauchen einen.«

Monkman gähnte und legte die Hand vor den Mund. Er nickte.

»Wie wollen Sie ihn?«

»Mit Milch.« Mit dem Handballen wischte Monkman sich über den Mund. »Ohne Zucker.« Er roch an seinem Handgelenk und verzog das Gesicht.

»Mr. Hope?«, sagte Grove.

»Danke für das Angebot. Sehr nett.«

»Wie wollen Sie ihn?«

»Genauso wie Dornröschen hier.«

Grove wandte sich an den uniformierten Bullen neben der Tür. »Hätten Sie die Güte, zwei Kaffee zu holen, Constable? Mit Milch. Ohne Zucker.«

»Falls Sie sich der Aufgabe gewachsen fühlen«, sagte Joe.

Der Constable knurrte und ging nach draußen.

Monkman sagte: »Tut mir leid, ich ... «

Wieder unterbrach ihn DS Grove. »Wir sind alle müde. Mr. Hope hat auch schon einiges hinter sich.« Über den Brillenrand warf Grove Joe einen Blick zu. »Er muss erschöpft sein.«

»Habt ihr das geprobt?«, fragte Joe.

»Wie bitte?«

»Sie und er. Guter Bulle, böser Bulle. Sie bieten mir Kaffee an. Was wird er machen? Reinspucken?«

Grove lehnte sich zurück, nahm die Brille ab und rieb sich die Nase. »Wie geht es Ihren Rippen?« Er setzte die Brille wieder auf und schaute Joe an.

»Was kümmert Sie das?«

»Fühlen Sie sich imstande, die Vernehmung fortzusetzen?«

Irgendwie hatte Joe trotz des festen Verbandes das Gefühl, sich freier bewegen zu können. Und er konnte inzwischen atmen, ohne dass er das Gefühl bekam, als ob ihm jemand Splitter von den Rippen schlagen würde. »Mir geht's gut.«

»Wirklich Pech, dass Sie gestürzt sind«, sagte Grove.

»Pech«, sagte Joe. »Klar.«

»Bedauerlich auch, dass Sie eine ärztliche Versorgung verweigert haben.«

»Führt Ihre Besorgnis um meine Gesundheit noch irgendwohin? Worauf wollen Sie hinaus?«

DS Grove schüttelte den Kopf, als wäre er enttäuscht. »Ich möchte eines klarstellen, Mr. Hope. Niemand spielt hier irgendwelche Spielchen. Das ist keine Guter-Bulle-Böser-Bulle-Nummer. Soviel Fantasie haben wir nicht. Ich will offen mit Ihnen sein. Wir mögen Ergebnisse. Also tun wir das, was am wahrscheinlichsten zu einer Verurteilung führen wird. Und ob Sie's glauben oder nicht, heißt das oft, dass wir einfach nach Vorschrift handeln. Wir haben darauf bestanden, dass Sie einen Arzt aufsuchen und Ihre Rippen untersuchen lassen, weil das den Vorschriften entspricht.«

Nachdem er am vergangenen Abend von der Polizei von Lothian and Borders in Gewahrsam genommen worden war, hatte man ihn ins Krankenhaus gefahren, ihn auf Brüche untersucht und, obwohl man keine festgestellt hatte, seinen Oberkörper bandagiert. Joe musste zugeben, dass der Verband half. Auch wenn er unter dem Hemd wie eine Mumie aussah.

Vom Krankenhaus aus hatte man ihn nach St. Leonard's gebracht, Edinburghs Hauptgefängnis. Er wurde eingetragen und sofort zum Zellentrakt geführt. Als der Schließer die Eisentür öffnete, kam ein Gestank heraus, bei dem Joe würgen musste. »Sie werden sich dran gewöhnen«, sagte der Schließer. Joe schoss das Wasser in die Augen. Die Luft war abgestanden. Alkoholkotze mit einer guten Portion schalem Schweiß und Pisse. Der Polizist, der ihn am Arm gepackt hielt, schob ihn vorwärts. Gedämpfte Rufe drangen aus den Zellen entlang des Korridors. Vor jeder verschlossenen Tür stand ein Paar Turnschuhe.

Sie zwangen ihn, die Schuhe auszuziehen, bevor sie ihn in eine der Zellen scheuchten. Auf dem Boden lag eine blaue Plastikmatratze. In der Ecke befand sich eine Toilettenschüssel ohne Brille. Eine Kombination aus Graffiti und verschmiertem Blut zierte die senfgelben Wände. Der Schließer warf eine graue Decke auf die Matratze und sagte: »Versuchen Sie, ein bisschen zu schlafen.«

Der Bulle nahm Joe die Handschellen ab und ging mit dem Schließer hinaus. Joe legte sich auf die Matratze und vergrub den Kopf unter der Decke. Er dachte, er würde nie einschlafen können, doch dann war er so schnell weg, als wäre er direkt in eine dunkle Grube gestürzt.

Beim Aufwachen hatte sein Mund geschmeckt wie ein Katzenklo. Tat es immer noch. Er musste fragen, ob er sich die Zähne putzen konnte.

Grove redete wieder. Er schien ein Problem mit seiner Nase zu haben, so wie er sie die ganze Zeit rieb und daran zerrte. »Manchmal ist ein Safe nicht mit roher Gewalt zu öffnen. Dann ist der Trick, sich die Kombination zu verschaffen. Wir erreichen Ergebnisse hier. Wenn einer aus der Reihe tanzt, wird er nach Hause geschickt.«

Joe schaute Monkman an und grinste. Grove schien okay zu sein. Für einen Polizisten. »Sie wissen genau, dass ich nichts sage, bevor mein Anwalt hier ist«, sagte Joe.

Grove schob den Ärmel zurück und schaute auf seine Armbanduhr. »Unser junger, idealistischer Mr. Brewer scheint sich zu verspäten. Es ist praktisch schon Mittag. Hunger?« Als Joe den Kopf schüttelte, nahm Grove die Brille ab und legte sie auf den Tisch. Mit Daumen und Zeigefinger fasste er sich an die Nasenwurzel und kniff die Augen zu, als hätte er gerade einen stechenden Schmerz empfunden. Als er sie öffnete, sagte er: »Sodbrennen, entschuldigen Sie.« Er warf erneut einen Blick auf seine Uhr. »Wenn Mr. Brewer in den nächsten zehn Minuten nicht erscheint, rufen wir ihn an und finden heraus, was los ist. Ich entschuldige mich in seinem Namen für die Verspätung.«

»Ich weiß nicht, wie's Ihnen geht«, sagte Monkman zu Joe, »aber ich hab heute nichts Besseres vor.«

»Jetzt, wo Sie's erwähnen«, sagte Joe, »ich wollte einen Kumpel besuchen.«

»Wie heißt er?«

»Das geht Sie ’nen Scheiß an.«

»Dieser Kumpel, der hat Sie mächtig genervt, was?«

»Wie kommen Sie darauf?«

»Ich frage mich nur, wieso Sie eigentlich nur Frauen totschlagen.«

»Dornröschen ist eindeutig aufgewacht«, sagte Joe zu Grove. Zu Monkman sagte er: »Mein Freund ist ein erfolgreicher klassischer Pianist. Er begleitet mich, wenn ich mich meinem liebsten Zeitvertreib widme und Lieder von Schubert singe.«

»Wichser«, sagte Monkman.

»Fick dich«, erwiderte Joe.

»Meine Herren«, sagte Grove. »Bitte.« Zu Joe sagte er: »Sie sind ein gebildeter Mensch.«

»Ein klugscheißerischer kleiner Arsch ist er«, sagte Monkman.

»Ich schnappe so das eine oder andere auf«, sagte Joe, ohne Monkman zu beachten.

»Und ob«, sagte Monkman. »Angeknackste Rippen.« Er lächelte und amüsierte sich offenbar prächtig über seinen eigenen Witz.

»Sie haben studiert«, sagte Grove, der Monkman ebenfalls nicht beachtete.

»Das hat gar nichts zu bedeuten.«

»Im Gegenteil. Das hat eine ganze Menge zu bedeuten.«

»Tatsächlich?«

»Es bedeutet, dass Sie intelligent sind.«

»Ihre Logik ist fragwürdig. Aber angenommen, es stimmt. Wie hilft uns das weiter?«

»Es bedeutet, dass man vernünftig mit Ihnen reden kann, Mr. Hope.« Grove nahm seine Brille wieder vom Tisch, hielt sie am Bügel und wedelte damit. »Sie wissen vielleicht nicht zu schätzen, wie wertvoll das ist. Intelligenz ist etwas, das wir innerhalb dieser Mauern nicht oft antreffen.« Er setzte die Brille auf und wandte sich zu DS Monkman. »Wissen Sie, wovon ich rede?«

»Klar«, sagte Monkman. »Verbrecher haben nicht viel in der Birne.«

»Eine grobe Verallgemeinerung«, sagte Grove, »aber nicht weit von der Wahrheit entfernt. Meiner Erfahrung nach.«

»Sie halten mich also für was Besonderes?«, sagte Joe. »Also, Mann, Jungs, ich fühle mich geschmeichelt. Ich hoffe, es stört Sie nicht, Sergeant Grove, wenn ich auf etwas hinweise.«

»Nur zu.«

»Sie bekommen hier nur die Verbrecher zu sehen, die Sie schnappen. Die intelligenten entziehen sich dem, was Sie Gerechtigkeit nennen. Deshalb ist Ihre Feststellung höchst unzutreffend.«

»Glauben Sie?«

»Verbrecher, die geschnappt werden, haben nicht viel in der Birne. Das ist alles, was Sie aufgrund Ihrer Erfahrungen sagen können. Und ich möchte außerdem darauf hinweisen, dass Verbrecher nicht die Einzigen innerhalb dieser Mauern sind. Wenn Sie wissen wollen, warum Intelligenz an Ihrem Arbeitsplatz so selten ist, dann brauchen Sie sich nur den Proleten anzusehen, der da neben Ihnen sitzt.«

»Vielen Dank«, sagte Grove, der die flache Hand auf Monkmans Brust legte, um diesen davon abzuhalten, sich über den Tisch zu stürzen, »für Ihre Beobachtungen. Sie sind höchst interessant.« Zu Monkman sagte er: »Detective, möchten Sie lieber den Raum verlassen, oder glauben Sie, Sie können sich beherrschen?«

Monkman schaute Joe wütend an. »Ist schon gut«, sagte er mit zusammengebissenen Zähnen. Er zeigte auf Joe. »Fünf Minuten allein mit dir«, sagte er. »Dann zeig ich's dir.«

»Was denn? Deinen Schwanz?«, sagte Joe. »Sorry, Süßer. Ich steh nicht auf dich.«

Genau in diesem Augenblick öffnete sich die Tür. Ein junger Mann in marineblauem Anzug betrat den Raum. Sein Gesicht war dermaßen glatt, als hätte er noch nicht einmal angefangen, sich zu rasieren. Monkman ließ sich auf seinen

Stuhl zurückfallen und grinste Joe an. »Das muss dann wohl Ihr Anwalt sein«, sagte er.

Joes Anwalt drückte einen Aktenkoffer an seine Brust, als handelte es sich um ein Baby, das ihm die Fürsorge wegnehmen wollte. »Wer von Ihnen ist Joe Hope?«

»Grundgütiger«, sagte Joe.

DS Grove streckte dem kindergesichtigen Anwalt die Hand entgegen. »Schön, Sie wiederzusehen, Mr. Brewer«, sagte er. »Das ist DS Monkman von der Polizeibehörde Orkney. Der Herr Ihnen gegenüber ist Ihr Klient.«

Der Anwalt drehte den Aktenkoffer so, dass er ihn sich mit nur einer Hand an die Brust drücken konnte. Mit der freien Hand schüttelte er die von Monkman. »Ronald Brewer«, sagte er. »Von MacDonald Galbraith.« Dann streckte er Joe die Hand entgegen.

Joe wandte den Kopf ab und brummte: »Der scheißbeste Paragrafenheini, den Cooper hat auftreiben können. Wie alt sind Sie?«

»Fünfundzwanzig.«

»Sie sehen nicht so aus. Haben Sie viel Erfahrung in dieser Art Arbeit?«

»Nun ja, ein paar Fälle. An der Universität haben wir ... «

»Wie sieht Ihr Plan aus?«

»Na ja, ich bin mir nicht sicher ... «

»Das hab ich mir gedacht.«

»Sind Sie eingewiesen worden?«, sagte Grove.

Er klopfte auf seinen Koffer. »Ich habe alles hier.«

»Sie werden etwas Zeit wollen, um mit Ihrem Klienten alles durchzusprechen, bevor wir mit der Befragung beginnen, nehme ich an.«

»Wenn das in Ordnung geht«, sagte Ronald Brewer.

»Gewiss«, sagte Grove. »Detective Monkman und ich entschuldigen uns für, sagen wir, eine Stunde?«

»Und was ist mit meinem Kaffee?«, sagte Joe.

»Ich lasse Ihnen welchen bringen«, sagte Grove. »Und Sie haben mein Wort, dass DS Monkman nicht hineinspuckt.«

15

»Wie werden Sie behandelt?«, sagte Ronald Brewer.

»Fantastisch«, sagte Joe.

»Das hört man gern.«

Joe sprach langsam. »Erstaunlich, dass Sie der beste Anwalt sind, den Cooper hat auftreiben können. Ich frag mich, wie der schlechteste ausgesehen hätte.«

Der beste Anwalt, den Cooper hatte auftreiben können, ließ sich auf dem Stuhl nieder, den DS Grove frei gemacht hatte, legte seinen Aktenkoffer auf den Tisch und sagte: »Ich werde Sie nach besten Kräften verteidigen, Mr. Hope. Wenn Sie glauben, jemand anderes kann das besser, dann steht es Ihnen jederzeit frei, sich einen anderen Rechtsbeistand zu nehmen. Unsere Anwaltskanzlei ist höchst angesehen, und ich habe, nebenbei gesagt, als Bester meines Jahrgangs abgeschlossen.«

Joe verschlug die Rede des jungen Mannes ein wenig die Sprache. »Na ja, Mr. Brewer, ich weiß nicht, ob ich Sie als Rechtsbeistand haben will, wie Sie es ausdrücken.«

»Das liegt bei Ihnen.« Eine Weile sprach keiner der beiden Männer. Der junge Anwalt öffnete seinen Aktenkoffer. »Nun, darf ich Ihnen eine Frage stellen, während Sie darüber nachdenken.« Er wartete nicht auf Antwort. »Wissen Sie, weshalb Sie hier sind?«

»Was glauben Sie denn?«

Ronald Brewer nahm einen Stapel Dokumente aus seinem Koffer und fing an in ihnen zu kramen. »Sie wissen, dass Sie festgenommen wurden wegen Mordes an Ihrer Frau, äh ... «

»Ruth«, sagte ihm Joe.

Brewer schaute ihn an. »Ihr Name war mir vorübergehend entfallen.«

»Vergessen Sie ihn nicht noch mal. Das ist unhöflich.«

»Entschuldigung«, sagte Brewer.

»Keine Ursache. Benehmen Sie sich nur nicht wie ein Arschloch.«

»Entschuldigung«, sagte Brewer.

Joe blickte über den Tisch. »Sagen Sie mir eins, Brewer.«

»Sicher, Mr. Hope.«

»Wie ist meine Frau gestorben?«

»Wollen Sie damit sagen, dass Sie das nicht wissen?«

»Sind Sie auf beiden Ohren taub? Wenn ich wollte, könnte ich Ihnen noch ein drittes in den Kopf bohren. Wie ist meine Frau gestorben?«

»Ich muss auch etwas wissen«, sagte Ronald Brewer. »Sind Sie schuldig, Mr. Hope?«

»Glauben Sie das etwa? Wenn Sie so weitermachen, nehme ich mir doch lieber einen anderen Rechtsbeistand.« Joe machte eine kurze Pause. »Ich dürfte nicht hier sein, Brewer. Ich bin unschuldig.«

»Die Indizien sind ziemlich belastend.«

»Davon weiß ich nichts.«

»Ich dachte, dass man Ihnen das gesagt hätte.«

»Hat man mir aber nicht gesagt.« Joe holte tief Luft. »Man hat mir nicht den kleinsten Scheiß erzählt. Deshalb frag ich Sie ja.«

Ronald Brewer zog den Knoten seiner Krawatte fester. Joe trommelte mit den Fingern auf dem Tisch. Mit glasigen Augen, als hörte er den Bericht vom Tod seiner eigenen jungen Frau, sagte Brewer: »Es wurde wiederholt mit einem Baseballschläger auf sie eingeschlagen.«

»Meinem Schläger?«

»Sie besitzen einen Baseballschläger?«

»Oh Mann.« Joe fuhr sich mit der Hand über den Schädel und widerstand dem Impuls, eine Handvoll Haare zu packen. Nach einer Weile nahm er sie herunter und steckte sie zwischen die Knie. »Irgendwelche Fingerabdrücke?«

»Auf dem Schläger?« Brewer schüttelte den Kopf. »Abgewischt. Man hat mir die Bilder gezeigt.« Er senkte den Blick auf seine Notizen.

»Behalten Sie sie für sich. Ich will sie nicht sehen.«

»Oh, ich habe sie gar nicht bei mir. Ich würde sie ohnehin nicht haben wollen.« Brewer hob den Kopf. »Der Schläger ist mit Blut beschmiert. Mit dem Blut Ihrer Frau. Wer immer die Fingerabdrücke abwischte, hat dabei das Blut ins Holz gerieben.«

Joe legte die Hände über Nase und Mund. Holte tief Luft. Sein Atem war warm und klebrig und roch nach Blut und Kaffee.

»Soll ich aufhören?«, fragte sein Anwalt.

Joe schloss die Augen und hielt den Atem an. Er ließ die Hände sinken und atmete aus. Er öffnete die Augen. »Wieso hat sie niemand gehört?«

»Wie gehört?«

»Sie hat doch sicher geschrien.«

Brewer blätterte ein paar Seiten seiner Notizen um. »Niemand weiß genau, wo der Mord stattfand. Wahrscheinlich an einem abgelegenen Ort.«

Joe kniff die Augen zusammen. Als er sie öffnete, sagte er: »Aber sie ist mit meinem Baseballschläger geschlagen worden.« Er hielt inne. Dann fragte er: »Totgeschlagen worden, ja?«

»Es liegt eine schwere Verletzung am Hinterkopf vor. Es ist möglich, dass sie stürzte und der Sturz sie tötete. Aber sie wurde, äh, sehr heftig geschlagen.«

»Vielleicht sollte sie ja gar nicht sterben.«

»Vielleicht. Darauf kommt es wohl kaum an.«

»Nicht?«

»Sie sind mein Mandant. Sie behaupten, Sie sind unschuldig. Das ist alles, worauf es ankommt.«

»Ich *behaupte* es. Das sagt doch wohl alles, oder? Wieso sind Sie und alle Welt so sicher, dass ich es war? Es gibt ja schließlich keine Fingerabdrücke.«

»Möchten Sie wirklich wissen, wieso, Mr. Hope? Erstens:

Ihre Nachbarn haben Sie streiten hören. Lautes Geschrei. Ein Geräusch, als ob etwas geworfen wurde und zerbrochen ist. Zweitens: Sie haben gerade zugegeben, einen Baseballschläger zu besitzen. Nicht gerade ein Volkssport in diesem Land. Wozu sollten Sie einen Baseballschläger besitzen? Ich weiß nicht einmal, wo man einen kaufen kann, ehrlich gesagt. Jeder weiß, wozu Baseballschläger benutzt werden. Wie dem auch sei, Ihre Frau wurde mit einem Baseballschläger erschlagen. Einem, der, wie es den Anschein hat, Ihnen gehört. Aber was das Belastendste ist: Die Leiche wurde im Kofferraum Ihres Wagens gefunden.«

Joe spitzte die Lippen. »Ich hab mein Auto am Flughafen stehen lassen.«

»Dem Bericht der Spurensicherung zufolge, hat es den Anschein, als hätte sich die Leiche schon im Kofferraum befunden, bevor Sie zum Flughafen fuhren.«

»Was?« Joe klappte der Unterkiefer herunter. Seine Lippen fühlten sich dick und breiig an. »Ich bin mit Ruth dahin gefahren ...« Der Mund stand ihm offen. Er war mit seiner toten Frau zum Flughafen gefahren. Das wollte ihm nicht in den Kopf. Ruth hatte im Kofferraum seines Autos gelegen, während er sich beeilt hatte, ein Flugzeug zu kriegen und den Tod seiner Tochter zu rächen. Natürlich hatte er nicht mal das durchgezogen. Er war einfach zu nichts zu gebrauchen, verflucht. Der Anwalt starrte ihn an. »Wie hat man sie gefunden?«, sagte Joe.

»Ein Autodieb.«

»Wie bitte?«

»Ein Autodieb, der eine kleine Spritztour machen wollte. Er ist ein Stück mit dem Wagen gefahren, stellte ihn dann in der Gegend von Muirhouse ab. Er ist ausgestiegen, um sich den Kofferraum anzusehen. Dort fand er Ihre Frau und ist weggelaufen.«

»Und hat den Kofferraum offen gelassen?«

»Und hat den Kofferraum offen gelassen.«

»Das bringt Unglück.«

»Die Tatsache, dass Sie auf die Orkneys geflogen sind, bringt Ihnen noch viel mehr Unglück. Das wirkt höchst verdächtig. Es bestätigt, was die Polizei ohnehin annimmt. Nach dem Tod Ihrer Tochter liefen Sie Amok. Gaben jedem die Schuld, der sie kannte. Zuerst Ihrer Frau, dann, äh, deren Cousin, Adam Wright ... «

Joe fiel ihm ins Wort. »Jemand, der Zugang zum Auto hatte.«

»Was?«

»Es muss jemand gewesen sein, der die Schlüssel hatte.«

»Der Autodieb hatte auch keine Schlüssel«, wandte Brewer ein. »Was ihn nicht davon abgehalten hat, das Auto zu stehlen.«

»Diesen Autodieb gibt es gar nicht«, sagte Joe. »Niemand geht zum Flughafen, um ein Auto für eine Spritztour zu klauen. Außerdem denke ich nur laut.«

»Darf ich es mal versuchen?«

»Dafür bezahle ich Sie ja.«

»Technisch gesehen, ist das nicht korrekt.« Als Joe erwartungsvoll den Kopf zur Seite legte, fuhr Brewer fort: »Hatte Ihre Frau einen eigenen Autoschlüssel?«

»Klar.«

»Dann könnte es jeder gewesen sein. Er könnte ihren benutzt haben.«

»Ronald, waren die Schlüssel im Auto, als man es gefunden hat?«

»Das weiß ich nicht. Ich kann es herausfinden. Woran denken Sie?«

»Nehmen wir mal an, jemand wollte mich reinlegen. Er wäre mir bis zum Flughafen gefolgt, hätte dort gewartet, bis mein Flug gestartet war. Dann wäre er mit Ruths Schlüsseln ins Auto gekommen und hätte sie im Zündschloss stecken lassen.«

»Eine offene Einladung, sozusagen.«

»Und es wird noch besser. Ich hab's. Wer hat die Leiche gefunden?«

»Das wissen wir nicht. Die Polizei erhielt einen anonymen Anruf.«

»Was Sie nicht sagen. Okay. Wie wär's damit?« Joe überlegte, biss sich ein, zwei Sekunden lang auf die Unterlippe. Dann sagte er: »In dem Auto, das mich verfolgt, sitzen zwei Männer. Einer von ihnen steigt am Flughafen aus. Der andere fährt weg. Der erste kommt mithilfe von Ruths Schlüsseln in mein Auto, fährt es zu dem Treffpunkt in Muirhouse, macht den Kofferraum auf und steigt in das Auto seines Kumpels. Dann fahren beide weg.«

»Womit sie Sie schön reingelegt hätten.«

Joe nickte. »Muirhouse. Richtige Drecksgegend. Da denkt man automatisch an Autoklau. Ich wundere mich nur, dass die Karre nicht ausgebrannt war, als die Polizei ankam.«

»Wenn der Kofferraum nicht offen gewesen wäre, hätte das sehr gut sein können.«

»Scheiße«, sagte Joe, als er sich Ruth verkohlte Überreste vorstellte. »Gott sei Dank ist die Polizei so schnell da gewesen.« Er hielt kurz inne und sagte dann: »Eins frag ich mich noch. Woher wusste die Polizei, dass ich auf den Orkneys war?«

»Ihre Flugnummer.«

»Und woher wusste sie die?«

»Die stand auf einem Zettel, der in Ihrem Handschuhfach lag.«

»Aha«, sagte Joe. »Wie praktisch. Ronald, ich habe meine Flugnummer nie aufgeschrieben. Können die die Handschrift nicht überprüfen?«

»Ich bin sicher, dass sie das machen, aber das würde nichts beweisen. Jemand anderes kann die Nummer aufgeschrieben haben, aber Sie saßen unbestreitbar im Flugzeug.«

Eine Zeit lang sagte keiner der beiden etwas. Schließlich brach der Anwalt das Schweigen. »Können Sie mir etwas sagen?«

»Was wollen Sie wissen?«

»Hatten Sie einen Streit mit Ihrer Frau?«

»Streiten *Sie* nie mit Ihrer Frau?«

»Ich bin nicht verheiratet. Hatten Sie häufig Streit?«

»Ja.«

»Haben Sie Ihre Frau geliebt, Mr. Hope?«

»Ich hab die Schlampe gehasst.« Joe drehte an seinem Ehering. Er schob ihn gegen den Knöchel. Das Ding würde er nie mehr vom Finger kriegen. »Aber soweit ich weiß, gibt es noch kein Gesetz, dass das verbietet.«

»Möchten Sie mir sagen, wieso Sie sie hassten?«

»Das geht Sie nichts an.«

»Ich frage nicht aus reiner Neugier. Ich glaube, es könnte mir bei Ihrer Verteidigung hilfreich sein.«

»Pech.« Joe schlug die Arme übereinander.

Ronald Brewer schob den Stapel Papiere wieder in seinen Aktenkoffer. Er hustete. Er holte ein Notizbuch aus dem Koffer und zog einen Kugelschreiber aus der Brusttasche. »Ich habe heute Morgen mit Mr. Cooper gesprochen. Ich soll Ihnen sagen, dass Tina sich bereit erklärt hat, Ihre Geschichte zu bestätigen.«

»Welche Geschichte?«

»Was für ein Spiel spielen wir hier, Mr. Hope?« Brewer beugte sich vor und flüsterte: »Es hört niemand zu, wissen Sie.« Er wich wieder zurück. »Das bleibt unter uns. Gibt es etwas, was Sie mir sagen möchten?«

»Ich hab Sie was gefragt«, sagte Joe. »Welche Geschichte?«

»Dass Sie in der Nacht des Todes Ihrer Frau die ganze Zeit über in der Wohnung Ihrer Prostituiertenfreundin waren. Sie ist bereit, auszusagen, dass Sie Ihr Bett erst am Morgen verlassen haben. Lange nachdem Ihre Frau ermordet wurde.«

Joe bekam große Augen. Was sollte denn diese Scheiße nun wieder? In der Nacht war er bei Cooper gewesen. Okay, Tina hatte er früher am Abend besucht, aber dann war er eine Weile zu Hause gewesen und hatte sich von einer überaus lebendigen Ruth eine Tasse an den Kopf werfen lassen, bevor er zu Cooper gegangen war, wo er die Nacht über geblieben war. »Und?«

»Das ist ein Alibi, Mr. Hope.«

»Das ist mir klar.«

»Ihr Alibi. Ihr wunderbares, wasserdichtes Alibi. Die Polizei befragt Tina gerade, während wir hier sprechen.« Ronald Brewer machte ein paar Notizen auf seinem Block. »Wissen Sie«, sagte er, »ich kann mir nicht helfen, aber ich frage mich, wieso ein unschuldiger Mann sich ein Alibi konstruieren muss.«

Joe war sich da auch nicht sicher. Anscheinend hatte Cooper das mit Tina arrangiert. Vielleicht hatte Cooper gedacht, dass er als Joes bester Freund keinen besonders glaubwürdigen Zeugen abgab. Tina dagegen war kaum eine Bekannte von Joe. Aber würde ein Gericht das auch so sehen? »Wieso sind Sie so sicher, dass ich nicht die ganze Nacht dort war?«

»Wie ich schon sagte, Ihre Nachbarn haben Ihren Streit mitbekommen.«

»Das könnte auch jemand anderes gewesen sein. Oder vielleicht aus dem Fernseher.«

Hinter dem Anwalt öffnete sich die Tür. Der Polizist, der vor Stunden, wie es schien, verschwunden war, um Kaffee zu holen, tauchte mit einer einzelnen weißen Plastiktasse wieder auf. Offensichtlich hatte er den für Monkman zuerst geliefert. Mistkerl.

»Das hat ja ewig gedauert«, sagte Joe.

Der Polizist antwortete nicht. Er stellte die Tasse neben Joes rechter Hand ab, zog die Augenbraue ein klein wenig hoch, als er Brewer musterte, und verließ den Raum.

Joe nahm die Tasse. Instantplörre vom Automaten. Unaufgelöste Körnchen schwammen wie Sommersprossen auf der Oberfläche. Trotz Groves gegenteiliger Versicherung fragte er sich, ob Monkman reingespuckt hatte. »Ich nehme nicht an, dass Sie einen Löffel dabeihaben, oder?«, fragte er den Anwalt.

»Werden Sie mit mir reden, oder verschwende ich nur meine Zeit?«

Joe nahm einen kleinen Schluck.

Die Plörre war brühend heiß. Er schnalzte mit den verbrannten Lippen. Sie schmeckten nach Chicorée. Genau wie der Muckefuck bei seiner Großmutter. »Ich weiß nicht, was Sie meinen.« Joe musste eine Entscheidung treffen. Sie fiel ihm nicht schwer. Er überlegte, wem er vertraute und ließ sich sofort auf Coopers Plan ein. »Ich war die ganze Nacht über bei Tina. Mehr gibt es dazu nicht zu sagen.«

»Und was ist mit den Nachbarn, die Sie haben streiten hören?«

»Die irren sich.« Vielleicht war es das, was Cooper vertuschen wollte. »Wenn's nicht der Fernseher war, dann hat Ruth vielleicht mit ihrem Mörder gestritten. Woher soll ich das wissen? Ich war nicht dort.«

»Wieso bestand Mr. Cooper darauf, dass ich Ihnen diese Nachricht überbringe?«

»Die mit Tina? Ich schätze, er wollte mich nur wissen lassen, dass Tina bereit ist auszusagen. Vermutlich wollte sie nicht gerne in die Sache verwickelt werden.« Er trank noch einen Schluck. »Sie sind noch jung, Ronald. Es mag Sie überraschen zu erfahren, dass manche Prostituierte unserer freundlichen Polizeibehörde gegenüber etwas scheu sind.«

»Mr. Hope«, sagte Brewer. »Wenn irgendjemand Sie in dieser Nacht an einem anderen Ort als in Tinas Wohnung gesehen hat, dann ist eine Verurteilung vermutlich nur noch eine Formsache.«

»Und wenn nicht?«, fragte Joe.

16

Adam Wright blickte aus seinem Schlafzimmerfenster. In der Ferne verschwamm das Meer in grauen Streifen mit dem Himmel. Regen fiel wie Staub, der aus einem Laken dunkler Wolken geschüttelt wurde. Im Westen ragte eine Insel (Shapinsay vielleicht, die mit der Burg – es gab um die sechzig Inseln, von denen Adam noch keine einzige besucht hatte) aus dem sturmgepeitschten Wasser wie der Kopf eines ertrinkenden Riesen. Hier auf der Insel säumten neue Häuser – in verschiedenen Stadien der Fertigstellung – das Ende der Berstane Road. Von dort aus erstreckten sich mehrere Felder – zwei davon wurden als Weide genutzt, eins war frisch gepflügt – in Richtung Wrighters' Retreat, diesem monströsen, aber billigen Gebäude, das er nach dem tödlichen Unfall seiner Eltern vor fünf Jahren erworben hatte. Weiter unten, am Rand des nächsten Feldes befand sich ein stetig anwachsender Müllhaufen, den die Gemeinde aus Gründen, die Adam kaum nachvollziehen konnte, nicht abtragen ließ. Ausnahmsweise betrachtete er die ekelhafte Schweinerei einmal, ohne dass ihn sofort der Zorn packte.

Er hätte Monkman alles erzählen können. Aber er hatte sich dagegen entschieden, wobei er alles andere als sicher war, die richtige Entscheidung getroffe zu haben. Adam presste die Stirn an die regennasse Scheibe und wünschte sich, Gem wäre noch da, damit er sie fragen könnte. Was erwartete sie von ihm? Was sie ihm anvertraut hatte, war ein verdammt großes Scheißgeheimnis. Das Glas an seiner Stirn war kühl. Sein Atem ging flach, sodass das Glas kaum beschlug. Er trat vom Fenster zurück, tappte zu seinem ungemachten Bett, schnürte seine Schuhe auf und kickte sie weg. Er nahm Gemmas Tagebuch vom Nachttisch und legte sich hin. Wieso zum Teufel hatte sie es ihm hinterlassen? Er wollte es nicht. Das verdammte Ding lag ihm wie eine riesige Last auf der Seele.

Die letzten Tage ihres Lebens waren in dem Buch festgehalten, das er jetzt in der Hand hielt. Er hatte es auf einem Stapel unbezahlter Rechnungen in der obersten Schublade seines Schreibtisches gefunden. Neugierig hatte er das Buch geöffnet. Im vorderen Einband steckte eine handgeschriebene Mitteilung. Sie lautete: *Bitte sorge dafür, dass Daddy das bekommt. Vielen Dank für alles, Adam. Es tut mir leid. Ich weiß nicht, was ich sonst noch sagen soll.*

Ihr Name erschien in roter Tinte in einem blumenumrankten Kasten auf der Mitte der Titelseite des Tagebuchs. Er blätterte um. Der erste Eintrag datierte vom Sonntag, den 8. September. Vor sieben Wochen. *Ich bin auf den Orkneys! Ich kann es kaum glauben! Daddy hat mich zum Flughafen gebracht. Der Flug bestand nur aus Start und Landung ohne viel Fliegen dazwischen. Adam hat mich abgeholt.* Ihm war der Schweiß ausgebrochen, als ihm bewusst wurde, dass es sich um ihr Tagebuch handelte, dass es den Abschiedsbrief enthalten könnte, den sie nicht hinterlassen hatte. Sofort hatte er das Ende des Buchs aufgeschlagen. Mit bebenden Fingern hatte er mehrere leere Seiten zurückgeblättert. Und da war es. Montag, 26. Oktober. Der Tag, an dem sie sich umgebracht hatte. *Bald ist es vorbei.*

Sie musste am frühen Abend ins Büro gekommen sein. Das Buch in seinen Schreibtisch gelegt haben. In ihr Zimmer zurückgegangen sein. Die Tabletten geschluckt haben. An diesem Punkt geriet die Kette der Ereignisse in seinem Kopf in eine Sackgasse. Er konnte immer noch nicht fassen, dass sie es getan hatte.

Er schlug das Tagebuch noch einmal auf. Er überflog einige Seiten, auf denen sie ihre Ankunft beschrieb. Das Buch war voll von lebhaften, poetischen Beschreibungen der Landschaft auf den Orkneys. Sie beschrieb, wie gut ihr das Zimmer gefiel, und berichtete begeistert von neuen Freundschaften. Einen

Ausflug, den sie nach Skara Brae und Yesnaby machte. Einen anderen nach Meashowe. Alles in ihrer ordentlichen, leicht geneigten Schrift. Kein Wort über Zuhause, Heimweh oder ihre Eltern. Ebenso wie ihr Nachttisch war ihr Tagebuch frei von allen Erinnerungen an ihre Vergangenheit. Adam blätterte weiter, ließ den Blick über Worte schweifen, hielt nur inne, um gelegentlich einen Satz zu lesen, wenn er den eigenen Namen sah. Reine Eitelkeit. He, keiner ist frei davon.

Sie hatte ihn öfter als leicht übergewichtig beschrieben. Ja, nun. Gelegentlich warf Adam einen verstohlenen Blick in den mannshohen Spiegel in seinem Schlafzimmer und gab zu, dass ihm ein paar Pfund weniger nicht schaden würden. Einssiebzig. Dreiundsiebzig Kilo schwer. Als fett konnte man ihn wohl kaum bezeichnen. Ob fett oder nicht, trotzdem hatte er gelinde Zweifel, dass sie ihn mochte. Sie beschrieb ihn einmal als »väterlich«, ein anderes Mal als »klug«. Sie erwähnte mehrmals, er habe einen grandiosen Sinn für Humor. Behauptete, er habe sie mehr als einmal aufgeheitert. Es ginge ihr besser, dachte sie.

Dann, nach einer Woche Aufenthalt, hatte sie dies geschrieben:

Ich dachte, ich komme drüber weg. Ich habe völlig falsch gelegen. Auf dem Weg zurück vom Klo hat es mich wieder gepackt. Hat mir die Luft weggenommen wie ein Tritt in den Magen. Es macht mir wirklich Angst, dass ich mich so fühlen kann. Jetzt, wo ich darüber schreibe, in meinem sicheren Zimmer, zittern mir die Hände, und mein Mund ist trocken, und, mein Gott, ich fürchte mich. Jetzt fange ich schon wieder zu weinen an. Mein Gott, ich habe die Heulerei so satt. Ich, kann mein dummes Selbst nicht mehr ertragen.

Und zwei Tage später:

Ich bin schmutzig. Am liebsten würde ich mir Bleiche

in die Kehle schütten. Ich kann nicht schlafen. Wenn ich das Licht ausmache, sehe ich sein Gesicht. Ich rieche den Whisky in seinem Atem. Ich höre seine Worte. »Sei lieb zu Daddy, Gem. Es tut nicht weh. Es tut überhaupt nicht weh.«

Adam hörte auf zu lesen. Er hatte es schon tausend Mal gelesen, aber es war immer noch genauso unfassbar. Kein Wunder, dass sie es so eilig hatte, von zu Hause wegzukommen.

Vielleicht hatte Ruth es herausbekommen. Vielleicht hatte Joe sie deshalb umgebracht.

Adam hätte zur Polizei gehen sollen. Wäre der Zettel nicht gewesen, hätte er genau das getan. Aber Gemma hatte ihm vertraut. Aus ihm unbegreiflichen Gründen wollte sie, dass er das Tagebuch diesem Dreckschwein von ihrem Vater übergab.

Wenn es nur jemanden geben würde, dem er sich anvertrauen könnte. Er erwog die Möglichkeiten. Ihm fielen nur zwei Kandidaten ein – ein trauriges Spiegelbild seines einsamen Lebens.

Dorothy Keller war vierundzwanzig, geschieden, kinderlos. Sie war seine Empfangsdame, Putzfrau, Köchin und Buchhalterin. Um ihr kümmerliches Gehalt etwas aufzubessern, gewährte Adam ihr freie Unterkunft. Seit dem schmerzhaften Ende ihrer Ehe vor zwei Jahren wohnte sie im Orwell-Zimmer. Sie mochte ihre Arbeit. Sie liebte es, sich mit Schriftstellern zu unterhalten. Eigentlich hätte sie selbst gern geschrieben. Bisher hatte sie das erste Kapitel eines Liebesromans verfasst, das sie Adam um keinen Preis zeigen wollte, egal wie sehr er sie auch darum bat. Sie war ein wenig schüchtern. Manchmal hatte sie immer noch Depressionen.

Hätte er sie gefragt, wäre sie, da war sich Adam sicher, froh gewesen, über Gemma zu reden. Und er war sich sicher, dass sie, wenn er es ansprach, die Existenz des Tagebuchs geheimhalten würde. Das Problem war ein anderes: Adam hegte den Verdacht, dass Dotty ein bisschen in ihn verliebt war. Er hatte gesehen, wie sie ihn anlächelte, hatte ihren Blick bemerkt, als er sie ein-, zweimal dabei ertappt hatte, wie sie ihn beobachtete, hatte ihre Verlegenheit gespürt, als ihr bewusst wurde, dass ihm ihre verstohlenen Blicke aufgefallen waren.

Nein, das war auch nicht das Problem. Wenn er ehrlich war – und *das* war das eigentliche Problem –, dann beruhte das Gefühl auf Gegenseitigkeit. Wenn er mit ihr sprach, krallten sich unsichtbare Finger unter seine Haut und massierten ihm die Knochen. Manchmal hatte er das Gefühl, jemand würde ihm mit einer riesigen Suppenkelle den Mageninhalt umrühren. Er war, nun ja, er war scharf auf sie. Es war unmöglich, dies abzustreiten.

Leider war eine Beziehung mit Dotty etwas, wozu er sich außerstande sah. Eine sexuelle Beziehung mit seiner einzigen Angestellten einzugehen, verstieß gegen seine Regeln. Seine eigenen Regeln, zugegeben, aber er hatte nicht vor, sie zu brechen, nur weil sie ihm gerade nicht in den Kram passten. Adam hatte eine Vertrauensposition inne. Er musste über seinen niederen Gelüsten stehen. Das war nicht einfach, wenn man im gleichen Gebäude lebte. Er schaffte es nur, indem er den Kontakt zu Dotty auf ein Minimum beschränkte. Was hart war, denn wann immer er sie sah, hätte er ihr am liebsten die Kleider vom Leib gerissen.

Dann, im Stevenson-Zimmer, war da noch Willie Lang. Adams derzeit einziger Gast. Bei ihm gab es zum Glück keine derartigen sexuellen Komplikationen. LKW-Fahrer, Handyverkäufer, Innenarchitekt, Museumswärter, Bäcker und, seit Neuestem, Drehbuchautor. Es gab wenig, das Willie noch nicht angepackt hatte. Er behauptete, die meiste Zeit seines Lebens sei er zwei Jobs nachgegangen (abends und an den Wochenenden war er Wachmann), und nach einer langwierigen Scheidung hatte er seine beiden damaligen Jobs aufgegeben und war weggezogen. Er hatte Adam seine gesamten, nicht gerade üppigen Ersparnisse gegeben. Damit konnte er seinen Aufenthalt im Wrighters' Retreat für sieben Monate finanzieren. Lange genug, wie Willie hoffte, um ein erstklassiges Drehbuch zu fabrizieren. Willie war ein freundlicher, intelligenter, offener, witziger, belesener Endvierziger und ein grottenschlechter Schriftsteller. Ein Dialog war für ihn nicht mehr als eine Abfolge von Fragen und Antworten. Sollte Adam sich ihm anvertrauen? Schon mehrmals hatten sie sich bis spät in die Nacht über Themen unterhalten, die ihnen am Herzen lagen. Aber bei dem Gespräch, das Adam im Sinn hatte, war Vertraulichkeit ein entscheidender Faktor, und Willie war dafür wahrscheinlich nicht der Richtige. Es war nicht so, dass Adam ihm nicht vertraut hätte. Er vertraute ihm nur nicht vollständig. Ein großer Unterschied.

Es lief darauf hinaus, dass Adam das alleine würde durchstehen müssen. Niemand konnte ihm dabei helfen.

Er wandte seine Aufmerksamkeit wieder dem Tagebuch zu. Montag, 19. Oktober. Die Woche, bevor sie gestorben war. Er las:

Ich fühle mich wie abgestorben. Nur eine Vergewaltigung, sage ich mir. Wieder mal. Alles wird gut. Keine Tränen mehr. Ich bin in Ordnung. Es geht mir gut. Ich bin ruhig. Nur eine Vergewaltigung. Nur ein schmutziges Wort.

Jemand hat an die Tür geklopft, und ich habe fast einen Satz an die Decke gemacht. Wer immer es war, ich habe ihm gesagt, er solle gehen. Ich habe gezittert, und mir war kalt. Er würde mir auch nur sagen, dass ich damit fertig werden muss. Ich versuche es ja. Bitte Gott, hilf mir. Niemand wird je erfahren, wie sehr ich es versuche. Aber ich schaffe es nicht. Ich weiß nicht, wie ich je damit fertig werden soll. Manchmal denke ich, ich hätte es verdient. Etwas, was ich getan habe, muss dazu geführt haben. Ich muss krank sein. Im Kopf. Wieder ein Klopfen. Dottys Stimme fragte mich, ob alles in Ordnung sei. Auch ihr habe ich gesagt, sie solle weggehen.

Manchmal wache ich auf und habe vergessen, wo ich bin. Manchmal wache ich auf und weiß nicht, dass ich geschlafen habe. Meine Träume sind so real wie alles sonst in meinem Leben. Vielleicht schlafe ich ja gar nicht. Ich träume es nur. Vielleicht ist ja nichts davon wirklich passiert.

Dotty hat gesagt, ich solle mich auf die schönen Dinge konzentrieren.

Als ich dreizehn war, blieben wir an einem Abend lange auf, um uns einen Meteoritenschauer anzuschauen. Nur ich und Daddy. Der Himmel war klar. Daddy fuhr. Wir ließen das Auto am Fuß des Calton Hill stehen. Als wir den Gipfel erstiegen hatten, waren wir außer Atem und haben gefroren wie die Schneider. Ein paar kleine Gruppen von Leuten waren schon da und drängten sich um einige Whiskyflaschen. Ich sagte zu Daddy, ich hätte meine Fäustlinge mitnehmen sollen. Er schaute mich nur an, als sei ich behämmert. Er hat seinen Mantel ausgezogen und ihn mir um die Schultern gelegt.

In unserer Nähe drängte sich eine halbes Dutzend Kinder, viel jünger als ich, auf einem kleinen Sofa zusammen, die Köpfe in den Himmel gereckt. Zwei weitere saßen auf den Armlehnen des Sofas. »Wie ist das denn hier hergekommen?«

Daddy hat den Kopf geschüttelt. »Ich kapier nicht, wieso jemand ein Sofa auf einen Hügel schleppt. Aber praktisch.«

Ich blickte weg vom Sofa in die Ferne. Edinburgh lag ausgebreitet unter uns. Sogar zu dieser späten Stunde krabbelten noch Busse und Autos wie verzweifelte Insekten durch das Straßennetz von New Town. Über dem Forth funkelte eine Lichterkette entlang der Küste. Ich zeigte mit dem Finger. »Wo ist das?«

»Fife.«

»Ich weiß.« Ich habe ihm mit dem Stiefel leicht ans Schienbein gestoßen. Er tat so, als ob es wehtäte. »Die Stadt hab ich gemeint. Welche Stadt.«

»Ganz weit entfernt«, sagte er, »ist Kirkaldy. Weiter

zu uns her«, er zeigte auf ein dichteres Gewirr aus flimmernden Lichtern, »das ist Burntisland.«

Auf die schönen Dinge konzentrieren.

Ich war sieben, vielleicht acht. Market Day. Irgendwann im Juli, August vielleicht. Ich weiß es nicht. Ich erinnere mich, dass es warm war. Ich hatte keinen Mantel an. Das Riesenrad war fürchterlich groß. Ich schloss die Augen und stellte mir den Hügel vor, den Binn, dahinter die Stadt. Und die Insel mit den versengten Felsen im Hafen. Geschwärzt. Verbrannt. Burntisland. Ich wollte nicht Karussell fahren. Ich hatte Angst. Daddy sagte, da gäbe es nichts, wovor man sich fürchten müsse. Er würde mich beschützen. Habe ich ihm vertraut? Natürlich. Es dauerte nicht lange, und ich war ganz oben auf dem Riesenrad und habe gequietscht vor Vergnügen.

Er zeigte in die Richtung von Edinburgh. »Wink Mummy mal.«

Ich winkte. Mummy war krank. Irgendwas mit dem Kopf. Ich habe es nicht verstanden, damals. Heute verstehe ich es.

Zurück auf dem Calton Hill stampfte ich mit meinen kalten Füßen. »Ja«, sagte ich und nahm Daddys Arm und legte den Kopf an seine Schulter. »Burntisland. Das weiß ich.«

Sternschnuppen am Nachthimmel. Wir schauten schweigend zu. Ich umarmte ihn. Ich konnte ihn gar nicht fest genug umarmen.

»Mir ist immer noch kalt«, sagte ich.

Nach etwa zehn Minuten sagte er: »Wir gehen besser, bevor du noch zum Eisblock wirst.«

»Du meinst, dir ist langweilig.«

Er schaute auf mich herunter und küsste mich auf die Stirn.

Okay, sie fischte nach Erinnerungen aus glücklicheren Zeiten. Verständlich. Dennoch fragte sich Adam, wieso sie so liebevoll von ihrem Vater schrieb. Es erschien unangemessen, unvereinbar. Nein, schlimmer als das. Es war falsch. Es sei denn, Adam hatte etwas nicht mitbekommen.

Adam las weiter. Der Eintrag für den nächsten Tag fehlte. Am Mittwoch stand da nur:

Ich kann nicht mehr.

Der Donnerstag war philosophischer.

Das Schlimmste von allem ist, dass ich mit diesem Geheimnis leben muss. Nein, das stimmt nicht. Das Schlimmste ist, zu wissen, dass ich für den Rest meines Lebens damit leben muss. Nie darf es jemanden herausbekommen. Mir darf nichts herausrutschen. Kein einziges Mal. Ich muss eine Lüge leben. Von nun an beruht mein Leben auf einer einzigen großen Unwahrheit. Ein oder zwei Mal habe ich mich Dotty gegenüber fast verplappert. Das darf mir nicht mehr passieren. Es muss ein Geheimnis bleiben. Solange ich lebe. Oh Gott.

Ich kann nicht ewig hier bleiben. Eines Tages werde ich wieder nach Hause gehen und mit Daddy und Mummy sprechen müssen. Ich kann das nicht. Ich weiß, dass es andere Menschen gibt, mit denen ich reden kann. Profis. Ich bin ja nicht blöd. Mit einer Sozialarbeiterin habe ich schon gesprochen. Sie war sehr nett und einfühlsam, aber das war nur ihr Job, und um fünf Uhr ist sie nach Hause zu ihrer Familie gegangen. Sie hatte mich vergessen. Ich habe sie einen Scheiß interessiert. Sie sagte mir, es gibt kognitive Methoden, um damit fertig zu werden. Ich sagte vielen Dank und zur zweiten Sitzung bin ich nicht mehr hin.

Damit fertig werden. Will ich mein ganzes Leben damit zubringen, damit fertig zu werden?

Ich habe wieder überlegt, ihn umzubringen. Ich dachte, wie einfach es sein würde. Ich müsste nur das

Wort sagen. Müsste nur die Wahrheit sagen. Zum ersten Mal seit einer Ewigkeit war ich froh. So froh, dass ich weinen musste. Und dann war ich traurig.

Ich weiß, dass ich niemals die Wahrheit sagen darf. Ich kann Daddy nicht ins Gefängnis bringen. Denn was bliebe mir dann? Kognitive Therapie und Mummy?

Okay, dachte Adam, das war eindeutig. Hätte Gemma die Wahrheit gesagt, hätte sie ihren Vater ins Gefängnis gebracht. Genau das schrieb sie da. Er las die beiden letzten Absätze noch einmal. Irgendetwas passte da nicht ganz zusammen. Um ihn umzubringen, brauchte sie nur das Wort zu sagen. Was sie froh machte. Aber ihn ins Gefängnis zu schicken, das konnte sie nicht über sich bringen. Das passte nicht. Das ergab keinen Sinn. Vielleicht war es ja die Unlogik der Gefühle. Vielleicht war sie einfach nur verwirrt. Im dem Tagebuch hatte sie ihre Gefühle als »abgestorben« beschrieben. Mit anderen Worten, sie wusste nicht, wie sie sich fühlte. Kein Zweifel, sie traute ihren Gefühlen nicht. Sie hatten sie schon einmal im Stich gelassen. Es war sicherer, abzuschalten, sich in sich selbst zurückzuziehen, nichts zu fühlen.

Adam wünschte sich, er könnte dasselbe tun. Gems letzte Worte zu lesen, war schwerer als alles, was er je getan hatte. Das Tagebuch ihrem Vater zu geben – dem Mann, der sie vergewaltigt hatte, verflucht noch mal –, das würde noch schwerer werden. Gem hatte Dotty ein paarmal erwähnt. In der kurzen Zeit, die sie sich gekannt hatten, waren sie sich nahegekommen. Konnte er es riskieren, mit ihr zu sprechen? Es war eine verdammt schwere Verantwortung. Er hoffte nur, dass Ruth ihm nicht auch einen kleinen Zettel hinterlassen hatte.

17

»Wenn sie nicht beweisen können, dass Sie nicht in Tinas Wohnung waren, und wenn sie Tina nicht überreden können, ihre Geschichte zu widerrufen, dann müssen sie Sie laufen lassen.« Der Hauch eines Lächelns huschte über Ronald Brewers Lippen.

»Sagen Sie Cooper Danke von mir«, sagte Joe.

Der junge Anwalt versuchte, Joes Blick standzuhalten. Nach einer Weile schaute er weg und sagte: »Kann ich noch etwas für Sie tun?«

»Ich hab nachgedacht.« Joe trank einen Schluck Kaffee. Gott, war der grauenhaft. »Über Gemmas Beerdigung.«

»Wie ist das geregelt?«, fragte der Anwalt. Joe sagte nichts. »Wird die Leiche hierher eingeflogen, oder wird sie auf den Orkneys beerdigt?«

Joe starrte den Plastikbecher an. »Ruth hat möglicherweise etwas organisiert. Vielleicht hatte sie dazu noch Zeit. Bevor sie ... Ich weiß nicht, sie hat mir nichts gesagt.«

Brewer wartete einen Moment. Dann sagte er: »Das finde ich heraus.«

»Reden Sie mit Adam Wright vom Wrighters' Retreat in Kirkwall. Ich will sie zu Hause haben, Ronald.«

»Ich werde tun, was ich kann.«

Joe bedankte sich bei dem Anwalt, und es war ihm ernst damit. Sein Blick schweifte von seinen Händen hoch zu dem Milchgesicht des Anwalts. »Angenommen, ich bin bis dahin noch nicht entlassen, werden die mich dann zur Beerdigung gehen lassen?«

»Ohne Frage. Aber es würde die Sache erleichtern, wenn die Beerdigung in Edinburgh stattfindet.«

»Das wird eine Weile dauern. Bis dahin bin ich hier raus.«

»Hoffen wir es. Sonst noch etwas?«

»Glauben Sie, ich darf mir die Zähne putzen?«

»Dafür kann ich sorgen. Noch etwas?«

»Behalten die mich in diesem Dreckloch, oder werde ich in ein anderes Gefängnis verlegt?«

Brewer schaute auf die Uhr. »Selbst wenn sie wollten, können Sie nicht mehr verlegt werden. Jedenfalls nicht heute. Im Gefängnis in Saughton werden Neuzugänge nur morgens aufgenommen. Das heißt, wenn sie Sie nicht entlassen werden, übernachten Sie hier. Heute Nachmittag ist eine Anhörung beim Haftrichter angesetzt.«

»Und das heißt?«

»Sie werden bis zur Verhandlung in Untersuchungshaft bleiben.«

»Und was ist mit Kaution?«

»Ausgeschlossen.«

»Das Geld kann ich aufbringen«, sagte Joe. »Cooper wird mir helfen.«

»Sie haben zu viele Filme gesehen, Mr. Hope. Eine Entlassung auf Kaution ist in Schottland so selten, dass sie quasi nicht existiert. Es kommt praktisch nicht vor.«

»So? Sind Sie sicher?« Der Anwalt gab keine Antwort. »Das hab ich nicht gewusst«, sagte Joe.

»Jetzt wissen Sie es. Ich bin nicht ganz nutzlos, Mr. Hope.«

»Wär's den Versuch nicht trotzdem wert?«

Brewer lehnte sich auf seinem Stuhl zurück. Nach einem Augenblick beugte er sich vor und sagte: »Wenn Sie wegen Mordes festgenommen wurden, gibt es keine Entlassung auf Kaution. Noch etwas?«

Joe schüttelte den Kopf.

»Okay, was Ihre bevorstehende Befragung betrifft ...« Brewer wartete ab, bis Joe mit einem Knurren reagierte. »Halten Sie sich an Ein-Wort-Aussagen.« Er bewegte seinen Zeigefinger vor Joe hin und her. »Ja und Nein, wo es angemessen ist. Geben Sie nicht mehr Informationen preis als unbedingt nötig.

Wenn Sie eine Frage für unangemessen halten, rate ich Ihnen, sie nicht zu beantworten. Aber das liegt bei Ihnen.«

»Sie meinen, ich soll überhaupt nichts sagen?«

»Ich meine, Sie sollen nichts sagen, was Sie belastet.«

»Und das wäre?«

»Schwer zu sagen, und deshalb ist es besser, überhaupt nichts zu sagen.«

»Sehr viel weiter hilft mir das nicht«, seufzte Joe. »Wenn sie Tina glauben, werden sie mich dann freilassen? Was meinen Sie?«

»Sie werden Sie festhalten, solange sie können. Wenn sie denken, dass die Beweise für eine Anklage nicht ausreichen, oder wenn Beweise auftauchen, die dagegen sprechen, dass Sie der Täter sind, so wie Tinas Aussage, dann lassen sie Sie irgendwann laufen. Bleiben Sie einfach bei Ihrer Geschichte, dann haben Sie nichts zu befürchten.« Brewer nahm den Notizblock und schlug damit gegen seine Handfläche. »Vorausgesetzt, es ist die Wahrheit.«

»Was wissen Sie schon von der Wahrheit?«

»Im Allgemeinen, oder sprechen Sie von den spezifischen Umständen Ihres Falles?«

»In weiterem Sinn.«

»Soll das eine Art Prüfung sein, Mr. Hope?«

»Es interessiert mich nur.«

»Nun, meiner Meinung nach machen sich Unschuldige durch Lügen schuldig.«

Joe spielte mit seiner Tasse herum, drehte sie immer wieder. Er nahm sie und trank einen großen Schluck. Nun, da er sich daran gewöhnt hatte, schmeckte der Kaffee gar nicht mal so schlecht. »In meiner Welt«, sagte er, »ist jeder schuldig.«

»Ich bin jetzt in Ihrer Welt, Mr. Hope. Und ich kann Ihnen versichern, ich habe mir nicht das Geringste zuschulden kommen lassen.«

Joe nickte. »Ich raube Ihnen nur ungern Ihre Illusionen.« Er trank den Rest des Kaffees. »Aber Sie sind genauso schuldig wie wir anderen.«

»Ach ja«, sagte Brewer. »Und worin besteht mein Verbrechen?«

Joe zerquetschte die Plastiktasse und warf sie auf den Fußboden. »Woher soll ich das wissen, verfluchte Scheiße? Sie sind ja noch nicht erwischt worden.«

18

Tina schwenkte wütend ihre Handtasche, als sie das Polizeirevier verließ. Die Mistkerle hätten auch zu Hause mit ihr reden können, aber nein, sie hatten verlangt, dass sie sie zum Revier begleitete und dort ihre Aussage machte. Junge. Sie hoffte nur, Joe (in Gedanken nannte sie ihn immer noch Bob und hatte sich während der Befragung zweimal korrigieren lassen müssen, weil sie ihn beim falschen Namen genannt hatte) wusste zu schätzen, was sie für ihn tat. Aber trotzdem. Es gab Grenzen für das, was sie für Geld zu tun bereit war. Und natürlich hatte sie die Kohle noch nicht.

Abrupt blieb sie auf dem Gehsteig stehen. Eine große Frau mit zu viel Make-up um die Augen rannte in sie hinein und entschuldigte sich. Tina ließ sie reden, obwohl die blöde Kuh gar nicht schuld gewesen war. Tina wühlte in ihrer Handtasche nach den Zigaretten. Normalerweise rauchte sie nicht vor der Arbeit. Aber nach der Sache auf dem Polizeirevier brauchte sie eine Kippe, und sie bezweifelte, dass sie in der Stimmung war, arbeiten zu gehen. Falls man das überhaupt Arbeit nennen konnte. Und was das anging, wann war sie überhaupt je dazu in der Stimmung? Das Beste, was man sich erhoffen konnte, war ein stumpfes Hinnehmen. Der Rest war pure Schauspielerei.

Sie zündete sich die Kippe an. Sie sollte endlich das Rauchen aufgeben. Jeden Morgen hustete sie einen Haufen schleimigen Dreck ab. Ekelhaft war das. Sie inhalierte tief und tröstete sich mit dem Gedanken, dass sie wenigstens kein Junkie war.

Mann. Als ob sie nicht schon genügend Gründe gehabt hätte, sauer auf sich zu sein. Sie hatte einem Mörder ein Alibi gegeben. Gegen Geld. Was kam als Nächstes? Bald würde sie Polizisten noch Gratisnummern spendieren.

Okay, den beiden, die sie befragt hatten, vielleicht eher nicht. Beide waren jung. Einer war dürr. Sah aus, als wäre seine Uniform zu groß für ihn. Der andere war okay. Hübsche Hände. Weiches Gesicht. Wenn man ihn in eine Feuerwehruniform stecken würde, na, dann wäre 'ne Gratisnummer vielleicht sogar drin. Ach, zum Teufel noch mal. Sie konnte sich nicht mal mehr erinnern, wann sie zum letzten Mal Sex nur so zum Spaß gehabt hatte. Hatte sie überhaupt je Sex nur zum Spaß gehabt?

Ihr Auto stand zu Hause. Richtig klasse. Nahmen einen mit in den Knast, quetschten einen 'ne Stunde lang aus und schmissen einen dann raus, ohne einen zurückzufahren. Arschlöcher.

Sie warf einen Blick auf ihre Füße. Pantoletten. Verdammt sexy, wenn sie das selbst mal sagen durfte. Aber würde sie in denen nach Hause kommen? Oder eher, wollte sie in den Dingern überhaupt nach Hause laufen? Der Himmel war klar. Sie konnte ein bisschen spazieren gehen, und wenn sie ein Taxi entdeckte, auch gut. Mit dem Bus fuhr sie nicht. Nicht ohne Baseballschläger. Es gab Dinge, über die man nie hinwegkam.

Es hatte schwer geregnet an dem Tag, und die Haare hatten ihr an der Stirn geklebt. Sie musste grässlich ausgesehen haben, aber dann vielleicht auch wieder nicht, sonst wäre das wohl nicht passiert, was dann passiert war. Sie saß oben im Doppeldecker, die abgewetzte Schultasche auf ihrem nicht mehr ganz sauberen grauen Rock. Sie war zwölf Jahre alt.

Ein Mann setzte sich neben sie, lächelte. Ihr fiel ein Leberfleck in der Mitte seiner linken Wange auf. Er war schlank, gut aussehend, mit hübschen haselnussbraunen Augen. Und er war braun gebrannt. Als sei er gerade von einem Tag am Strand gekommen.

»Schule schon aus?«, sagte er.

»Sieht aus wie'n Schokoladestückchen.«

»Was denn, Kleine?«

Sie zeigte auf sein Gesicht. »Das da. Wie ein Schokoladestückchen in einem Schokoladeplätzchen.«

Seine Hand ging zu seiner Wange, und er bedeckte den störenden Leberfleck mit den Fingern.

»Ist hübsch«, sagte sie. »Sieht aus, als ob man reinbeißen könnte.«

»Junge, du bist aber frühreif.«

Sie runzelte die Stirn. »Ich mag keine Wörter, die ich nicht verstehe.«

»Entschuldige.« Er senkte die Hand. »Ein kleines bisschen frech, bedeutet das. Frech auf eine nette Art. Witzig.«

»Mum sagt, ich bin frech.«

»Ach ja?«

Sie schaute dem Mann fest in die dunkelbraunen Augen. »Nicht auf eine nette Art.« Sie nestelte an dem Riemen ihrer Schultasche, zog ihn fester.

Der Mann strich ihr mit dem Handrücken über die kurzen braunen Haare. Seine Haare, fiel ihr auf, waren trocken. Ihre waren immer noch nass. Wie konnte das sein? Der Regen trommelte gegen das Fenster rechts von ihr, dicke Tropfen rannen am Glas herab. Das Fenster beschlug allmählich. Sie wollte ihn schon fragen, wie er es angestellt hatte, dem Regen auszuweichen, als sie den Schirm einer Mütze aus seiner Jackentasche ragen sah. Einer Baseballkappe. Bescheuert. Mit einem Mal mochte sie ihn nicht mehr.

Als er sich herüberbeugte und auf etwas zeigte, erhaschte sie einen Hauch seines Atems. Er roch wie der Mülleimer zu Hause am Donnerstagabend. Wenn sie ihn freitagmorgens zur Müllabfuhr runterbrachte, stank er richtig. Die Hand des Mannes lag auf ihrer Schulter. Sie wollte die Hand da nicht haben. Sie wand sich. Rutschte in Richtung Fenster. Was machte der denn? Er kam ihr nachgerutscht. Seine Hand, die aus dem Fenster gedeutet hatte, fiel auf ihr Knie.

»Ich hab ein Messer«, flüsterte er. »Wenn du schreist, du kleine Schlampe, dann schneid ich dir die Kehle durch. Von einem hübschen Ohr bis ganz rüber zum andern.« Seine Hand schlüpfte unter ihren Rock. »Nimm die Schultasche weg.«

Sie nahm sie weg, und seine Hand glitt ihren Oberschenkel hoch. »Leg die Schultasche wieder hin.« Sie legte die Tasche wieder hin. Er berührte sie dort, wo er sie eindeutig nicht hätte berühren dürfen. Niemand hatte sie je dort berührt. Nicht mal der alte Freund ihrer Mum, Davie.

Die Wände des Busses schienen zusammenzurücken. Die Decke senkte sich auf ihren Kopf. Etwas in ihr breitete sich aus. Was immer es war, sie wurde ganz davon ausgefüllt, bis sie glaubte, sie müsse platzen. Es drückte von hinten gegen ihre Augäpfel, gegen ihre Brust.

»Genau so«, sagte er. »Halt still.«

Sie wollte nicht stillhalten. »Gehen Sie weg«, sagte sie. »Ich mag das nicht.«

Seine Finger hörten auf sich zu bewegen, aber seine Hand blieb, wo sie war. »Pst«, sagte er. »Oder willst du das Messer sehen?«

Ihre Schultern wurden zu Blei. Ihre Schenkel wurden zu Blei. Ihr war kalt. Nein, heiß war ihr. Ihr Kopf schwebte meilenweit über ihrem Hals. Er flüsterte ihr etwas ins Ohr, aber wegen des Summens in ihrem Kopf konnte sie ihn nicht hören. Sein Atem stank. Ihr wurde flau. Gleich würde ihr schlecht werden. Einen Augenblick lang dachte sie, er hätte sie gestochen. Aber seine Hand war unter ihrer Schultasche, unter ihrem Rock, in ihrem Höschen. Der Schmerz kam nur von ihren verkrampften Bauchmuskeln. Sie war zwölf, hätte sie ihm gern gesagt. Sie war doch erst zwölf. Es war nicht richtig.

Seine Finger begannen zu bohren. Es tat weh. Er flüsterte wieder. Diesmal konnte sie seine Worte verstehen. »Hör auf zu zappeln«, sagte er.

»Tut weh«, flüsterte sie zurück.

»Oh«, sagte er. »Tut mir leid.« Er zog die Hand heraus und stieg ohne ein weiteres Wort oder einen Blick an der nächsten Haltestelle aus dem Bus.

Tina sah ihn nie wieder. Aber sie konnte sein Gesicht noch vor sich sehen. Das Schokoladestückchen auf seiner Wange. Und sie konnte ihn immer noch riechen. Jedes Mal wenn sie den Abfall nach unten brachte.

19

DS Grove stellte die erste Frage. »Mr. Hope, wir möchten Sie bitten, uns zu sagen, wo Sie am Abend des 27. Oktobers, also letzten Donnerstag, waren.«

»Sie wissen, wo ich war.«

»Ich möchte, dass Sie es mir sagen.«

Joe sagte es ihm.

»Sie möchten die junge Frau Tina nennen?«

»So kenne ich sie.«

»Aktennotiz. Mr. Hope bittet darum, auf Miss Ruth Shaw unter ihrem ... ihrem Arbeitsnamen Bezug zu nehmen. Um welche Uhrzeit trafen Sie in Tinas Wohnung ein?«

»Es war noch früh.«

»Wie früh?«

»Zwischen halb neun und neun.«

»Und was taten Sie in Tinas Wohnung?«

»Wir haben Kamillentee getrunken und Gurkensandwiches gegessen. Wir haben uns Beethovens späte Streichquartette angehört, während wir die Verdienste verschiedener Dramatiker aus der Zeit Jacobs des Ersten erörterten. Was glauben Sie, was wir gemacht haben? Gefickt haben wir.«

»Und wann sind Sie gegangen?«

»Am nächsten Tag gegen Mittag.«

»Könnten Sie etwas präziser sein?«

»Gegen elf.«

»Dann haben Sie also, äh ... Sie haben also etwa vierzehn Stunden lang sexuelle Handlungen ausgeführt?«

Joe erinnerte sich an den Rat des Anwalts. Er fragte sich, ob die Beantwortung dieser Frage ihn belasten könnte, aber er konnte es sich nicht vorstellen. Er lächelte Monkman an.

Der Wichser war offensichtlich angewiesen worden, das Maul zu halten. Aber seine Lippen zuckten. »Wir haben bis ungefähr vier Uhr früh gefickt«, sagte Joe. »Dann ist Tina müde geworden.«

»Sehr beeindruckend, Mr. Hope. Haben Sie irgendwann während des Abends die Wohnung verlassen?«

»Nein.«

»Kann irgendjemand außer Tina Ihre Anwesenheit dort bestätigen?«

»Keine Besucher, wenn Sie das meinen.«

»Was hatten Sie zum Frühstück, Mr. Hope?«

»Ich frühstücke nicht.«

»Hat irgendjemand Sie gehen sehen?«

»Hab ich nicht drauf geachtet.«

»Sie sind niemandem auf der Treppe begegnet?«

»Hab ich nicht drauf geachtet.«

»Um welche Zeit sind Sie nach Hause gekommen?«

»Gegen halb zwölf, schätz ich mal.«

»Fakten bitte, Mr. Hope. Keine Vermutungen.«

»Denken Sie, ich guck den ganzen Tag auf die Uhr? Ich weiß es nicht, verdammt noch mal. Ich bin um elf bei Tina weg und war um halb zwölf zu Hause. Zwanzig nach, schätzungsweise, je nach Verkehr.«

»Als Sie zu Hause eintrafen, um zwanzig nach elf«, DS Grove zog die Augenbrauen hoch, »hat es Sie da nicht beunruhigt, dass Ihre Frau nicht da war?«

»Wieso denn?«

»Wie würden Sie Ihr Verhältnis zu Ihrer Frau beschreiben?«

»Persönlich.«

»Mr. Hope, ich versuche festzustellen, ob es zwischen Ihnen und Mrs. Hope Missstimmungen gab.«

»Ein Motiv, mit anderen Worten.«

»Möglicherweise. Ein Großteil polizeilicher Ermittlungsarbeit funktioniert nach dem Ausschlussverfahren. Ob Sie es glauben oder nicht, aber ich bin auch zufrieden, wenn ich einen Grund finde, um Sie von unseren Ermittlungen auszuschließen.« Grove rückte seine Brille zurecht. »Würden Sie die Frage bitte beantworten.«

»Mein Verhältnis zu Ruth geht Sie nichts an. Nächste Frage.«

»Sie verstehen schon, warum ich Sie das frage, oder? In den meisten glücklichen Ehen kommt es zu keinem außerehelichen Sex.«

»Ist'n bisschen spät für Eheberatung.«

»Wie dachte Ruth darüber, dass Sie zu Prostituierten gingen?«

»Die Wahrheit?« Joe hielt inne. Dann sagte er: »Sie fand es praktisch.«

»Praktisch?« Grove nahm die Brille ab. »Würden Sie bitte erklären, was Sie damit meinen?«

»Sie stand nicht auf Sex.« Er senkte die Stimme. »Wahrscheinlich wegen dem, was ihr vor zwei Jahren passiert ist, nehme ich an.«

»Und was war das?« Grove setzte die Brille wieder auf.

»Eine tragische Geschichte.« Joe schüttelte den Kopf. »Sie war im Zoo. Ein Affe ist aus seinem Käfig ausgebrochen und, nun ja, Sie wissen schon, hat sein Geschäft mit ihr erledigt.«

»Na schön«, sagte Grove.

»Das hat in allen Zeitungen gestanden.«

»Na schön«, sagte Grove, »ich frage Sie noch einmal. Wie reagierte Ihre Frau darauf, dass Sie mit Prostituierten schliefen?«

»Das geht Sie wirklich nichts an.«

»Da mögen Sie recht haben, Mr. Hope«, sagte Grove. »Darf ich fragen, ob Ruth mit anderen Personen Sex hatte?"

Ja, du verdammter Drecksack. Joe stand auf. Grove packte ihn am Arm und sagte: »He.« Joe schüttelte ihn ab. Gedanken schossen ihm wie Granaten durch den Kopf. *Ich hab sie gehört. Ja, sie hatte Sex mit anderen Personen. Sie weiß nicht, dass ich sie gehört habe. Wusste es nicht. Vergangenheit. Scheiße. Sie ist tot, und ihr zieht sie durch den Dreck. Scheiße.*

Ich hasse, dass ich mich daran erinnern kann. Ich hasse es ... Möchte ich nicht gern wissen, mit wem sie's getrieben hat? Nein, das ist ja der Witz dabei. Könnte mich ausschütten vor lachen, verflucht. Das würd euch gefallen. Willst's gar nicht wissen, stimmt's, Joe? Ich hab ihre Stimmen gehört. Na ja, genauer gesagt, hab ich ihre Stimme gehört. Ihn hab ich stöhnen hören. Bevor wir verheiratet waren. Ich hab sie gehört. Hab vor der Tür gestanden. Hab ihnen zugehört. Total geplättet. Konnt's nicht fassen. Ruth und irgend so'n Arschloch von Studi. Haben gefickt. Sie hat ihm gesagt, es sei schön. Sein Gegrunze war kaum zu hören. Sie hat das Wort rausgeheult, »schöööööön«, wie sie's bei mir nie gemacht hatte. Geheult. Wie so'n Scheißwolf. Geheult, »schööööön«.

Joe sagte nichts.

»Da haben wir offensichtlich 'nen Nerv getroffen«, sagte Monkman.

»Halt dein dreckiges Maul«, entgegnete Joe.

20

Adam legte Gemmas Tagebuch auf den Nachttisch, schwang die Füße vom Bett und ging zur Tür. »Ja?«

»Ich muss mit dir reden«, Dottys Stimme.

»Nur einen Moment.« Er drehte sich zum Bett um und strich die Decke glatt. Nachdem er die Kissen gerichtet hatte, öffnete er Dotty die Tür. Sie schaute auf ihre Füße. Oder, wenn er sich's recht überlegte, dann schaute sie sich vielleicht auch seine Füße an. Die nackt waren. Wo waren eigentlich seine Schlappen? Er sollte sich wirklich mal die Zehennägel schneiden. Heiß stieg es ihm bis in den Nacken. Mein Gott, war er verlegen. Wie ein Schuljunge. »Was ist?«, sagte er, zog die Zehen ein und hoffte, dass sie den Kopf nicht hob. Lieber sollte sie weiter auf seine Füße gucken als sehen, wie er rot wurde.

Sie schaute hoch. »Es ist warm hier drinnen.«

»Ich mag es ... warm, meine ich ... mag ich.«

»Du verschwendest Energie.«

»Wo hab ich nur meinen Kopf?« Er schenkte ihr ein schmallippiges Lächeln, das zweifellos wirkte, als hätte sie ihm gerade den Arsch versohlt. Hier lief gerade etwas total schief. »Komm rein.«

Sie ging mit gesenktem Kopf an ihm vorbei.

»Setz dich.« Im nächsten Moment wurde ihm klar, dass es nichts zum Setzen gab. »Aufs Bett«, fügte er hinzu. »Ich bleibe stehen.« Ihr Kopfschütteln war fast nicht zu sehen. Hätte er sie nicht so scharf beobachtet, hätte er es vielleicht gar nicht mitbekommen. »Nein? Vielleicht gehen wir besser ins Büro. Vielleicht, ja, was meinst du?«

»Setz du dich hin. Ich möchte nicht, dass du stehst.«

»Ausgeschlossen.« Einen Moment bekam er keine Luft. »Das Bett ist für dich. Bitte.«

»Nicht, wenn du stehst. Es ist dein Zimmer.«

»Aber du bist der Gast in meinem Zimmer.« Er hielt inne, um ein imaginäres Jucken über seiner rechten Augenbraue zu kratzen. Endlich wich die Hitze aus seinem Gesicht. »Wenn wir ins Büro gehen, können wir uns beide setzen. Wäre das vielleicht besser?«

Ihre Stimme war so leise, dass er sich den Sinn ihres nächsten Satzes den Bruchstücken nach, die er verstanden hatte, zusammenreimen musste. Er war er sich ziemlich sicher, dass sie gesagt hatte: »Wir können uns auch beide aufs Bett setzen.«

Sein Magen verkrampfte sich. »Ach so«, sagte er. »Ja, das hört sich gut an.« Keiner von beiden regte sich. »Ja.« Dotty blickte starr zu Boden. Adam blickte starr auf Dotty, die starr zu Boden blickte. Sie stand direkt unter der Deckenlampe; der leicht aufgerollte Ärmel ihres Pullovers enthüllte einen schlanken Unterarm, auf dem winzige blonde Härchen schimmerten.

Adam näherte sich langsam dem Bett. Geh mit gutem Beispiel voran, dachte er. Und streck um Himmels Willen verdammt noch mal nicht die Hand aus und streichle ihren Arm. Kaum hatte er sich gesetzt, stellte sich Dotty mit großen Augen neben ihn.

»Du hast es gefunden«, sagte sie. Adam folgte ihrem Blick. Sie nahm das Tagebuch vom Nachttisch. »Da bin ich aber froh. Darüber wollte ich mit dir sprechen.«

»Du weißt etwas von dem Tagebuch?«, fragte Adam.

»Gemma hat es mir gegeben.« Dotty blickte zu Boden. »Sie wollte, dass ich es lese.« Mit glänzenden Augen schaute sie hoch. »Ich hab's versucht. Ich hab's wirklich versucht. Aber es ging nicht.« Sie schwieg einen Moment. Adam widerstand der Versuchung, seine Hand auszustrecken und ihren nackten Arm zu berühren. Er schaute auf ihre Füße. Dann fuhr sie fort: »Ich wollte mich nicht mit ihren Geheimnissen belasten.«

Ihre Augen suchten Adam. »Es ist schon schwer genug, mit den eigenen zu leben.«

»Ich glaube, sie wollte sich jemandem anvertrauen, mit jemandem darüber reden, wie es ihr ging.«

Sie schüttelte den Kopf. »Sie hat es mir an dem Tag gegeben, an dem sie gestorben ist. Am Morgen. Sie wollte nicht mehr über ihre Gefühle reden. Da musste sie schon entschieden haben, dass sie ... « Dotty machte einen Schritt auf das Bett zu, drehte sich um und setzte sich. Ihr Oberschenkel streifte den von Adam. Mit beiden Händen griff sie nach dem Tagebuch. »Sie hat es mir gegeben, weil sie nicht wollte, dass die Polizei es findet. Ich hab das zu der Zeit nicht gewusst, aber jetzt ist es mir klar. Ich hab's ihr zurückgegeben. Hab ihr gesagt, sie soll es dir geben.«

»Ich hab's in meinem Schreibtisch gefunden. Mit einem Zettel, dass ich es ihrem Vater geben soll.«

Sie nickte. »Ich muss dir etwas sagen, Adam. Etwas, das ich der Polizei nicht gesagt habe.«

Adam wandte sich ihr zu und versuchte ermutigend zu lächeln.

»Ich bin an diesem Abend zu Gemmas Zimmer gegangen. Als ich hinkam, war die Tür geschlossen und ... « Sie schluckte. »Ich hab geklopft. Sie hat nicht aufgemacht. Wenn sie sonst nicht reden wollte, hat sie einfach gesagt, ich solle weggehen. Dieses Mal war da nichts zu hören. Ich habe überlegt, ob ich die Tür aufmachen soll.«

»War sie abgeschlossen?«, sagte Adam.

Dotty schaute ihn vor der Seite an, dann drehte sie den Kopf weg. Mit der linken Hand zupfte sie an der Ecke des Kissenbezugs.

»Du hast es nicht versucht?«

Sie schaute ihn an. »Das verstehst du nicht.« Ihr Gesicht wurde hart. »Es war kein Hilfeschrei«, sagte sie. »Gemma wollte sterben. Sie hat Paracetamol genommen, kein Aspirin.« Adam schüttelte den Kopf. Sie erklärte es ihm. »Paracetamol ist am wirksamsten, wenn man eine tödliche Dosis Tabletten schlucken will. Ich rühre das Zeug nicht an. Nicht seit ich weiß, wie gefährlich es ist.« Sie hielt inne. »Der Körper schaltet systematisch ab. Wenn man rechtzeitig gefunden wird, kann man vielleicht noch durch eine Lebertransplantation gerettet werden.« Sie schaute ihn an. »Aber es gibt kaum Spenderlebern, und nur sehr wenige Krankenhäuser sind auf diese Operation eingerichtet.«

Adam lief es kalt über den Rücken. Ihm war, als hätte er sich stundenlang übergeben. »Vielleicht wusste Gemma das nicht. Vielleicht ... «

»Sie hat es genau gewusst. Wir haben darüber gesprochen. Mehr als einmal.«

Adam versuchte zu verstehen, was sie ihm da erzählte. »Ich weiß nicht recht«, sagte er, brach ab, war sich nicht sicher, was er sagen wollte. »Willst du damit sagen ... ?«

»Ich habe sie beraten«, sagte sie, »wie man am besten Selbstmord begeht.«

»Das hast du natürlich nicht getan, Dotty.«

Dottys Finger schlossen sich fester um das Tagebuch. »Ich habe ihr erzählt, was mir passiert ist. Ich dachte, ich kann ihr die positiven Seiten zeigen. Ich wollte ihr klarmachen, dass es einen Weg raus aus der Depression gibt, auch wenn man es im Augenblick nicht glauben kann.«

»Wie kannst du da ... «

»Ich habe gelogen.«

»Worüber?«

»Es gibt Dinge, über die man nie wegkommt.«

»Das glaube ich nicht.«

»Das hab ich von dir auch nicht erwartet.« Sie holte tief Atem. »Aber bei Gem wusste ich es. Ich habe das schon mal gesehen. Sie hatte so einen Blick in den Augen.«

»Was redest du da eigentlich?«, sagte Adam. Dotty sprang auf und ließ das Tagebuch aufs Kissen fallen. Er griff nach ihrer Hand. »Es tut mir leid«, sagte er. »Ich verstehe nicht. Ich hätte nicht ... Es tut mir leid. Bitte setz dich.« Er hatte die Finger um ihr Handgelenk gelegt, unter seinem Daumen konnte er deutlich ihren Puls fühlen. »Ich will wissen, was passiert ist.«

Sie entzog die Hand seinem Griff, und er ließ den Arm fallen. Sie blickte auf ihr befreites Handgelenk, dann strich sie mit dem kleinen Finger darüber.

»Ich wollte dir nicht wehtun«, sagte Adam. Sie schloss die Augen. »Bitte setzt dich. Sprich mit mir.«

»Sie wollte sterben, Adam.«

»Das kann ich akzeptieren. Aber ich kann nicht akzeptieren, dass es deine Schuld sein soll. Falls es das ist, was du mir sagen willst.«

»Ich habe die falsche Entscheidung getroffen.« Dotty wandte sich zur Tür. Sie sprach leise, mit dem Rücken zu Adam. »Ich bin zu ihrem Zimmer, hab angeklopft. Ich hab die Türklinke gedrückt. Die Tür war offen.« Sie strich mit dem Daumen über ihr Handgelenk. »Ich hab den Kopf ins Zimmer gesteckt. Sie lag auf dem Bett. Ich dachte, sie schläft. Ich wollte sie nicht aufwecken.« Sie drehte leicht den Kopf. »Vielleicht hätte sie noch gerettet werden können. Wenn ich die Dose mit den Tabletten gesehen hätte .... Sie sah so friedlich aus. Als würde sie schlafen. Ich wollte sie nicht stören.«

»Mach dir keine Vorwürfe, Dotty. Woher hättest du es wissen sollen?«

»Ich war an ihrem Zimmer«, schrie Dotty ihn an. Ihr Mund wurde hart, und sie presste die Worte ein zweites Mal heraus. »Ich war da. Ich hätte merken müssen, was sie getan hat. Stattdessen bin ich weggelaufen.«

»Es ist nicht deine Schuld.«

»Aber trotzdem fühle ich mich schuldig. Ich konnte nicht einmal ihr Tagebuch lesen, Adam. Nicht einmal das konnte ich.«

Adam nahm das Buch vom Kissen. »Du weißt, was hier drinsteht?«

»Gemma wollte, dass ihr Vater etwas erfährt.« Dotty senkte den Kopf. »Aber sie konnte es ihm nicht sagen. Deshalb hat sie es aufgeschrieben.« Sie schaute zu ihm hoch. »Ich hab ihr gesagt, sie soll es dir geben. Hab ihr gesagt, dass du das Richtige damit machst.« Sie ging einen Schritt auf die Tür zu. »Ich gehe jetzt packen. Ich kann nicht länger hierbleiben. Ich fahre morgen früh.« Noch ein Schritt. Und noch einer. Ihre Finger schlossen sich um die Türklinke.

»Hast du das mit ihrem Vater gewusst?«, sagte Adam.

»Dass er der einzige Mensch war, den sie wirklich geliebt hat?«

»Sie hat ihn geliebt? Aber das ist nicht möglich. Das Tagebuch ... «

»Sie hat es mir selbst gesagt. Sie hat ihn nicht nur geliebt, sondern auch wirklich gern gehabt. Ihre Mutter hat sie geliebt, sagte sie. Irgendwie. Aber *gern gehabt* hat sie sie nicht. Kein bisschen. Das war der Unterschied.« In Dottys Augen standen Tränen.

Adam wandte den Blick ab. Er schlug das Tagebuch auf.

»Du weißt, dass ich sie hätte retten können.«

»Und was ist mit mir?« Er hob nicht den Kopf. »Ich habe ihrem Vater versprochen, dass ich mich um sie kümmere.« Er blätterte in den Seiten auf der Suche nach den bewussten Passagen über Joe.

»Dann haben wir beide versagt«, sagte Dotty. »Ich gehe packen.«

Gemmas Worte verschwammen auf der Seite. »Darf ich dich morgen Abend zum Essen einladen?«, fragte er Dotty. »Nur wir beide?« Sein Herz hämmerte in seiner Brust.

»Ich weiß nicht, Adam.«

»In Edinburgh?«, sagte er.

21

»Schön, wieder draußen zu sein«, sagte Joe, als er aus dem Autofenster blickte. In der Nähe des Odeon-Kinos war der Verkehr dicht. Es dauerte ewig, bis sie zu Hause waren, aber das machte ihm nichts aus. Das Leben war schön. Der Haftprüfungstermin war abgesagt worden. Seine Rippen hatten nicht wehgetan, als er in Ronald Brewers Auto gestiegen war. Er hatte seine Schuhe wieder. Man hatte ihm sogar die Reisetasche, die er auf die Orkneys mitgenommen hatte, zurückgegeben. Es war zwei Uhr nachmittags, und er war raus aus dem Knast. Die Welt wurde immer besser.

»Hoffen wir, dass Sie nicht in den Knast zurückmüssen«, sagte der Anwalt.

Ein Schuss Realismus war doch das Beste, um auf dem Teppich zu bleiben. Joe drehte sich um und starrte den Anwalt an. Er sah kaum alt genug aus, um Autofahren zu dürfen. »Meinen Sie, die Polizei glaubt Tina nicht?«

Brewer verzog das Gesicht und legte den Kopf leicht schräg. »Es ist nicht nur das.«

»Mr. und Mrs. Harvey?« Joes Nachbarn, ein älteres Ehepaar, hatten nicht mit absoluter Sicherheit beschwören können, dass er es war, den sie mit Ruth hatten streiten hören. Eine Männerstimme, hatten sie behauptet. Daran gab es keinen Zweifel. Und sie war nicht aus dem Fernsehen gekommen. Da waren sie sich sicher, absolut, denn, sehen Sie, die Geräusche waren aus der Küche gekommen, und Mrs. Hope hatte keinen Fernseher in der Küche, höchstens sie hatte erst kürzlich einen dort aufgestellt. Sie glaubten, es sei Mr. Hopes Stimme gewesen, aber als sie gefragt wurden, ob es daran überhaupt keinen Zweifel geben könne (all das hatte Brewer Joe erst vor knapp zwanzig Minuten erzählt), hatten sie eingeräumt, dass es auch ein anderer Mann hätte gewesen sein können. Unwahrscheinlich, aber möglich. Ihre Unsicherheit zusammen mit Joes Alibi hatten genügt, um das Gewicht der Indizien, die ihn sonst noch belasteten, zu verringern.

Ronald Brewer schüttelte den Kopf, während er langsam die Bridges entlangfuhr. Er biss sich auf die Unterlippe, als ein dunkelrot-weiß gestreifter Lothianbus direkt vor ihm anhielt. »Trotz Tinas Alibi und der zweideutigen Aussage der beiden alten Leute sind Sie immer noch der Hauptverdächtige.« Die Straße war zu eng, um den Bus zu überholen. Er zog die Handbremse an. »Es sprechen immer noch eine Menge Indizien gegen Sie. Vergessen Sie das nicht.« Er sprach weiter, wobei er nacheinander bei jedem Punkt die Finger der linken Hand mit dem Zeigefinger der rechten antippte. »Ihr Baseballschläger. Ihr Auto. Ihre überstürzte Flucht nach Orkney.« Der Bus blinkte und fuhr weiter. Brewer löste die Handbremse. »Die Polizei denkt immer noch, dass Sie es waren. Sie kann es nur nicht beweisen.« Er reihte sich hinter dem Bus ein. »Bis jetzt noch nicht.«

»Nach allem, was passiert ist«, sagte Joe, »haben Sie immer noch Zweifel an meiner Unschuld?«

»Ihr Alibi ist falsch.« Der Anwalt wandte den Blick von der Straße und schaute Joe an. »Ich weiß das. Die Polizei weiß das.« Er schlug mit der Hand gegen das Lenkrad. »Sie werden Tina weiter so lange Druck machen, bis sie die Wahrheit sagt, und dann sind Sie, entschuldigen Sie meine Ausdrucksweise, angeschissen.«

Joe fuhr mit der Hand langsam über sein Gesicht. Als er sprach, war seine Stimme ungewöhnlich leise. »Es verschafft mir Zeit.«

»Wozu?«

»Zu allem, was ich nicht tun kann, wenn ich in ’ner Zelle eingesperrt bin.«

»Sie waren also nicht bei Tina, als Ihre Frau umgebracht wurde?«, fragte Brewer.

Joe legte den Kopf an die Fensterscheibe und sagte nichts.

»Ganz unter uns, Mr. Hope. Sie sind immer noch mein Mandant. Alles, was Sie mir sagen, ist vertraulich. Wo waren Sie?«

»Vielleicht hab ich ja im Gästezimmer von 'nem Freund 'nen Kater ausgeschlafen.«

»Und wieso erfinden Sie dann diese verwickelte Lügengeschichte? Was ist verkehrt an der Wahrheit?«

Joe holte tief Luft, wandte sich dem Anwalt zu. »Die Polizei könnte meinem Freund vielleicht nicht glauben.«

»Und einer Prostituierten glauben sie eher?«

»Tina hat keinen Grund zu lügen.«

»Und Ihr Freund hat einen?« Ein Lächeln breitete sich über Ronald Brewers Gesicht. »Sie waren bei Cooper.« Er nickte, als Joe nicht antwortete. »Und Cooper ist Ihr bester Freund. Ein Mann, der ohne nachzudenken für Sie lügen würde. Ein Mann, dessen mangelnde Achtung vor dem Gesetz hinlänglich bekannt ist. Sie könnten recht haben. Die Polizei würde ihm vielleicht nicht glauben.« Er schlug abwechselnd mit den Händen auf das Steuer. »Und niemand sonst hat Sie dort gesehen?«

»Sally. Seine Freundin.«

»Und die würde auch lügen, stimmt's?«

»Wenn Cooper sie darum bittet.«

»Sie haben ein Alibi konstruiert, weil sich Ihr richtiges Alibi zu konstruiert anhören würde?«

»Darauf läuft's in etwa hinaus. Glaub ich wenigstens. Das weiß ich erst, wenn ich mit Cooper gesprochen habe. Es war seine Idee. Ich wusste überhaupt nichts davon, bis Sie mir seine Nachricht überbracht haben.«

»Vielleicht will er ja nur nicht in die Sache verwickelt werden.«

Joe legte den Kopf zurück. »Das ist ziemlich unverschämt, was Sie da sagen, Ronald. Dafür sollte ich Ihnen wirklich eine verpassen.«

»Ich höre nicht, dass Sie es abstreiten.«

»Ganz unter uns«, sagte Joe. Er schüttelte den Kopf. »Vergessen Sie's.« Er sagte es nicht, doch genau dieser Gedanken war ihm auch durch den Kopf gegangen. Die Ampel sprang auf Rot, als sie sich der High Street näherten, und das Auto kam zum Stehen. »Die Leute um mich rum sterben wie die Fliegen, Ronald.« Joe legte dem Anwalt eine Hand aufs Bein. Drückte leicht zu. »Wenn Sie irgendwem auch nur ein Sterbenswörtchen von dem hier erzählen – egal wem –, dann leisten Sie ihnen Gesellschaft.«

Der Anwalt verblüffte ihn, indem er ihm die linke Hand aufs Bein legte und sachte den Griff verstärkte. »Sie brauchen nicht so melodramatisch zu werden, Joe.«

»Wer hat Ihnen erlaubt, mich Joe zu nennen?«

»Sie haben mich Ronald genannt, Joe.«

»Und Sie halten mich wirklich für melodramatisch?« Joe nahm die Hand vom Bein des Anwalts und bemerkte den Schnitt, den er sich an Coopers Whiskyglas zugezogen hatte. Es kam ihm vor, als sei das Wochen her. Die Wunde war fast verheilt. Wenn er mit dem Daumen draufdrückte, tat es nicht weh. Er drückte fester. Es tat immer noch nicht besonders weh. Wenn er scharf auf Schmerzen war, könnte er Tina dafür bezahlen, dass sie ihm einen Baseballschläger in die Rippen rammte.

Die Ampel sprang um, und Ronald Brewer fuhr an. »Ich nehme Ihnen das nicht übel«, sagte er. »Sie haben allen Grund, melodramatisch zu sein.«

»Lassen Sie mich raus«, sagte Joe.

»Hier? Wenn Sie unbedingt wollen.«

»Ich will unbedingt.«

»Okay. Entschuldigen Sie, wenn ich Sie gekränkt habe.«

»Das hat nichts mit Ihnen zu tun.«

»Sie wollen nicht nach Hause gehen?«

»Keine sehr verlockende Aussicht.«

»Muss schwierig sein, Joe.«

»Sparen Sie sich Ihr Mitgefühl. Ich hab's nicht nötig. Aber ich muss mit Cooper sprechen und rausfinden, was so wichtig war, dass er mich nicht vom Revier abholen konnte. Ich will wissen, wieso er Tina für mein Alibi bezahlt hat. Wieso er nicht zugeben will, dass ich in dieser Nacht bei ihm zu Hause war. Und ewig will ich nicht mehr drauf warten, bis ich's rausfinde. So lange, wie ich jetzt schon darüber nachdenke, will ich die Antworten sofort.«

»Möchten Sie ihn anrufen, um zu sehen, ob er da ist?«

»Hab kein Telefon.«

»Benutzen Sie meins.« Ronald rutschte in seinem Sitz herum. Nach ein paar schmerzhaft aussehenden Verrenkungen, reichte er Joe sein Handy.

Joe wählte Coopers Nummer. Nachdem es ein paarmal geläutet hatte, nahm Sally ab, die sich zu freuen schien, Joes Stimme zu hören. Joe fragte nach dem Baby. Behaarte Ohren, der arme Teufel. Sie fing an zu glucksen, als er ihn Cheetah nannte. Er ließ sie eine Weile lachen, dann verlangte er Cooper.

Sie bat ihn, einen Moment zu warten.

Joe unterbrach die Verbindung. »Er ist zu Hause«, sagte er zu seinem Anwalt.

»Sagen Sie mir, wo er wohnt. Ich bringe Sie hin.«

»Haben Sie nichts Besseres zu tun?«

»Etwas Besseres als das?«, sagte Ronald. »Sie machen wohl Witze.«

22

Joe hatte nie etwas von ihrem Seitensprung erwähnt. Oder sollte er eher von Seitensprüngen reden? Er hatte den Verdacht, dass sie ihm mehr als einmal untreu gewesen war, hatte aber keinen Beweis. Er hatte sie nur dieses eine Mal an der Universität erwischt. Hatte vor der Tür gestanden, gehorcht, und ihm hatten dabei sämtliche Knochen wehgetan. Er hätte an die Tür klopfen können. Wahrscheinlich war sie nicht abgeschlossen. Er hätte einfach reingehen und sagen können: *Hallo Baby, mit wem fickst du denn da?* Aber das hatte er nicht gekonnt. Beim Gedanken an eine Auseinandersetzung hatte er sich alt und müde gefühlt.

Kurz danach hatte er wieder Kontakt mit Cooper aufgenommen. Ihn gefragt, ob er irgendwelche Jobs für ihn hätte.

Cooper hatte gerade sein halbherziges Jurastudium geschmissen und machte inzwischen genügend Kohle nebenbei, um zu dem Schluss zu kommen, dass er ohnehin keine Lust hatte, Anwalt zu werden. Als Anwalt wurde man sowieso beim geringsten Anlass aus der Anwaltskammer ausgeschlossen, meinte er. »Kannst du mit 'nem Baseballschläger umgehen?«, hatte er Joe gefragt.

Joe dachte, okay, das ist mal 'ne unkomplizierte Art, mit Problemen fertig zu werden.

Ruths Seitensprung verletzte ihn vor allem deshalb so sehr, weil sie die Sache mit ihm nicht gleich nach der ersten Nacht abgebrochen hatte. Am Anfang hatte sie zwei Wochen gebraucht, bis er es schaffte, lange genug einen hochzukriegen, um irgendwas damit anzufangen. Es war nichts Körperliches. Na schön, das Problem trat in Gestalt eines schlaffen Pimmels auf. Und klar, es half, dass sie die Hand um seine Eier legte und ihm dazu noch einen Finger in den Arsch steckte. Aber sein Problem war, dass er dachte, die Penetration als solche wäre schmerzhaft für sie. Davon war er überzeugt. Nicht nur bei ihr, sie war in dieser Hinsicht nichts Besonderes. Er dachte, dass es für jede Frau schmerzhaft sein musste. Sie bekam aus ihm heraus, dass er Angst hatte, er würde ihr wehtun. Der Gedanke verfolgte ihn schon seit ein paar Jahren. Einen steifen Schwanz in sich zu haben, musste einfach wehtun. Er wusste nicht, woher diese Vorstellung kam. Er wollte auch nicht darüber nachdenken. Als sie dann endlich fickten, als er endlich in ihr kam, war es eine Erleichterung. Und vielleicht lag darin der größte Genuss für ihn. Er versuchte fürsorglich zu sein, einfühlsam, fragte sie ständig, ob es ihr angenehm sei, ob sie feucht genug sei, ob er zu schwer sei, ob er zu schnell mache, zu langsam, zu tief, nicht tief genug. Im Nachhinein war es erstaunlich, dass seine Rücksicht auf ihr Wohlbefinden sie nicht total genervt hatte. Vielleicht hatte es sie dann ja doch irgendwann genervt. Irgendetwas hatte sie genervt. Vielleicht hatte sie deshalb mit einem anderen gefickt.

Schade, dass sie nicht da war damit er sie fragen konnte. Jetzt, wo es zu spät war, hätte er es gerne gewusst. Jetzt fühlte er sich in der Lage, sich mit ihrer Antwort auseinanderzusetzen, was immer sie auch sagen würde.

»Wieso hast du mit ’nem andern rumficken müssen?«

»Er war besser als du.«

»Im Bett.«

»Und überhaupt.«

Oder:

»Wieso hast du mit ’nem andern rumficken müssen?«

»Ich hab dich nie leiden können. Du warst ein Projekt.«

Oder am wahrscheinlichsten:

»Wieso hast du mit ’nem andern rumficken müssen?«

»Ich hab schon immer mit jemand anderem ficken wollen. Du warst nur zweite Wahl.«

Na ja, scheiß drauf. Das war vorbei. Er musste aufhören darüber nachzudenken.

Das Auto bog in Coopers Straße ein. »Schwarze Tür zwei Häuser weiter«, sagte Joe zu Ronald Brewer.

Der Anwalt fuhr links ran.

»Danke fürs Mitnehmen«, sagte Joe.

Ronald schaltete den Motor aus.

»Wollen Sie warten?«

»Ich komme auch mit rein, wenn Sie wollen.«

»Ich weiß nicht, ob das so eine gute Idee ist.«

»Nur um sicherzugehen, dass Sie nichts tun, was Sie später bereuen, Joe. Sie stecken schon in genügend Schwierigkeiten.«

»Verdammt«, sagte Joe. »Wissen Sie, ich hab meine Mum nie richtig gekannt. Aber wenn sie nur'n bisschen so war wie Sie, dann bin ich scheißfroh, dass sie sich nie um mich gekümmert hat.«

»Ich warte hier auf Sie.«

Joe öffnete die Tür und trat auf die Straße. Die ganze Scheiße aus seiner Vergangenheit kam in ihm hoch. Verdammt. Das konnte er nicht brauchen. Er ging auf den Wohnblock zu, in dem Cooper wohnte. Nicht jetzt. Verdammt. Wenn's erst mal angefangen hatte, hörte es nicht mehr auf, verflucht. Seine Hand zitterte. Man drehte den Hahn auf, und er verkeilte sich, und der Scheißtank lief aus. Er versuchte den Finger auf der Klingel ruhig zu halten.

»Bist du das, Joe«, sagte Cooper nach einem Moment.

Joe hatte das Gefühl, er hätte eine ganze Woche im Wettbüro verbracht, den abgestandenen Rauch eingeatmet und ein Pferd nach dem anderen angefeuert, geschrien, über den tosenden Krach der anderen Stimmen hinweggeschrien. Nur die Ruhe. Er schloss die Augen und rieb sich die Stirn. Ruhe. »Nein, Sir, ich bin Ihr Mösenschnorchellieferant«, sagte er todernst.

Nachdem Cooper aufgehört hatte zu lachen, drückte er auf den Öffner und ließ Joe ins Haus.

Es war dunkel und kälter als draußen. Die Sohlen von Joes Schuhen knirschten auf dem Steinboden. In der einen

Wohnung machte sich jemand Abendessen, und der Duft von Bratwürsten mischte sich mit dem antiseptischen Geruch von scharfem Treppenreiniger. Mit einem Hauch von Zitrone vielleicht.

Das silberne Namensschild an Coopers Tür hatte die Größe eines Laptops. Joe machte eine Faust, und wollte gerade anklopfen, als sich die Tür öffnete.

Cooper steckte den Kopf durch den Spalt. Sein Kinn war stoppelig. »Scheiße, wieso bist'n du so mies drauf?«, sagte er. »Du bist raus aus dem Knast. Solltest eigentlich Freudentänze aufführen. Schau dich mal an. Bescheuerter Schwachkopf.« Die Tür ging weit auf, und Joe betrat die Wohnung. Anders als beim letzten Mal trug Cooper mehr als nur eine Unterhose. Sehr viel mehr, genau genommen. Er lehnte seinen Baseballschläger an den Türrahmen und zog den Reißverschluss seines gefütterten Mantels hoch.

»Lass den Scheiß, Cooper. Ich bin nicht in Stimmung.«

»Wenn du drangeblieben wärst, hätte ich dir gesagt, dass du nicht herzukommen brauchst. Schön dich zu sehen und alles, aber ich hab keine Zeit zum Tratschen.« Er rieb sich mit der Hand übers Kinn. »Was haben die mit dir gemacht da drinnen? Besonders toll siehst du nicht aus.«

»Ich wäre besser drauf, wenn ich wüsste, was hier abgeht.«

»Ich kann dir nicht folgen.« Cooper zog seine Handschuhe aus der Manteltasche.

»Lüg mich nicht an. Irgendwas ist da im Busch.«

»Du warst zu lange eingesperrt, Joe. Ich weiß nicht, was für Gedanken da in deinem Kopf Amok gelaufen sind, aber ich sag dir eins: Ich versuche nur, dir zu helfen. Mehr nicht. Ich hab nur getan, was das Beste für dich ist, oder etwa nicht? Es gibt kein Geheimnis. Keine Scheißverschwörung. Denkst du, ich steh direkt in Verbindung mit der CIA oder was? Brauch nur ein Wort in mein kleines Handgelenkmikro zu sagen, und draußen auf der Straße landet ein schwarzer Helikopter?« Er kicherte. »Hast du im Knast einen durchgezogen, Joe?«

»Du hast Tina dazu gebracht, dass sie mir ein Alibi verschafft.«

»Genau. Hat mich 'ne Stange Geld gekostet, das Alibi. Ich will nicht sagen, dass du's nicht wert bist, aber billig ist die nicht.« Er zog einen Handschuh über die Finger. »Ich erwarte keine Dankbarkeit, weißt du, aber mir gefällt nicht, wie du dich hier aufführst.«

»Was war denn verkehrt an meinem wirklichen Alibi?«

»Total löchrig, Joe. Kann man kaum ein Alibi nennen. Ich dachte, was Solideres wär dir lieber, bei den Beweisen gegen dich.« Er musterte Joe genau. »Soll ich's dir erklären, du undankbarer Arsch?«

»Wäre vielleicht besser.«

Cooper zog den anderen Handschuh über. »Du vergisst etwas an deinem *wirklichen* Alibi.« Er machte eine Pause. »Ich hab nicht gesehen, wann du weg bist. Ich war früh auf und hab jemanden im Krankenhaus besucht. Ich bin dort gesehen worden. Da kann ich nicht lügen. Du hättest jederzeit gehen können. Was für ein Alibi soll das sein?«

»Sally hat mich gesehen. Ihr Wort ist genauso gut.«

»Besser als das von Tina?«

»Genauso gut.«

»Meinst du?« Cooper nickte. »Sagen wir mal, die Polizei glaubt, dass sie die Wahrheit sagt. Sagen wir, nur mal angenommen, sie glauben, dass die minderjährige Freundin eines berüchtigten Gauners, der rein zufällig auch noch dein bester Freund ist, gesehen hat, wie du am Morgen nach dem Mord die Wohnung verlassen hast. Machen wir mal einen Riesenschritt und nehmen an, dass sie diesen Haufen Blödsinn schlucken. Okay. Das hier ist 'ne große Wohnung. Frisst 'ne Menge an Heizkosten, das kann ich dir sagen. Egal, wir sind im Schlafzimmer am einen Ende. Du im Gästezimmer vorne bei der Wohnungstür.« Er steckte die Hände in die Manteltaschen. »Was sollte dich daran hindern, mitten in der Nacht aufzustehen, die Tür angelehnt zu lassen, Ruth kaltzumachen, zurückzukommen, dich ins Bett zu legen und aufzustehen, als ich schon weg war, und dann Sally zu erzählen, du hättest geschlafen wie'n Stein?«

»Ihr hättet mich gehört.«

»Sicher?«

Joe dachte darüber nach. Er zuckte mit den Achseln. Vielleicht wäre ja ein Bulle sogar auf den Gedanken gekommen, dass er es so hätte machen können, wie Cooper es gerade dargestellt hatte. »Und was ist an Tinas Alibi anders?«

»Na«, sagte Cooper, »da hast du neben ihr im Bett gelegen. Sehr schwierig, dich da rauszuschleichen und jemanden totzuschlagen, ohne dass Tina was merkt.«

»Unmöglich aber auch nicht.«

»Das Recht basiert auf den Einsichten eines vernunftbegabten Menschen. Hast du das gewusst?« Als Folge seines nicht mal einjährigen Jurastudiums holte Cooper gelegentlich eine Perle juristischen Wissens hervor und warf sie Joe vor die Füße. Cooper faltete seine behandschuhten Finger.

»Wartest du auf 'ne Robe oder 'ne Runde Beifall?«

Cooper nahm die Hände auseinander. »Wo ist dein Problem, Joe? Ich versuch nur, dir zu helfen.«

»Draußen wartet ein echter Anwalt auf mich.«

»Erst'n wirkliches Alibi, jetzt noch 'nen echten Anwalt. Ist dir seine Gesellschaft lieber? Dann verpiss dich.«

»Und 'nen besseren Rat hast du nicht für mich?«

Cooper zog den Ärmel seines Mantels zurück und zeigte Joe seine Uhr. Er tippte dreimal darauf. »Ich komme zu spät.« Er stapfte an Joe vorbei zur Tür.

Joe zeigte mit dem Fuß auf den Baseballschläger, der immer noch im Türrahmen lehnte. »Willst du deinen Schläger nicht mitnehmen?«

»Den brauch ich nicht. Der Kunde ist 'ne Frau. Kannst du ihn für mich ins Schlafzimmer bringen?«

Joe nickte. »Was wolltest du mir noch über den vernunftbegabten Menschen erzählen?«

»Ich weiß ja nicht, wieso ich mir die Mühe mache«, sagte Cooper und drehte sich um. »Es ist so. Ein vernunftbegabter

Mensch würde es für unwahrscheinlich erachten, dass du einen Mord begehen konntest, ohne dass es Tina mitbekommen hätte. Das ist alles.« Er hielt inne. »Ich meine, was hättest du gesagt, wenn sie dich fragt, wo du die ganze Zeit gewesen bist?«

»Auf'm Klo scheißen?«, sagte Joe.

Cooper hob die Hände und schaute hoch zur Decke. »Du bist aus dem Knast raus, und du hast'n glaubwürdiges Alibi. Dank mir. Wenn du nicht zu schätzen weißt, was ich für dich getan habe, dann lass mich doch einfach in Ruhe.« Er ging durch den Flur. »Und mach die Tür zu, wenn du gehst.«

23

Diesmal fragte Joe Ronald Brewer, ob er nicht mitkommen wolle. Der Anwalt entpuppte sich als ausgezeichneter Chauffeur. Was praktisch war, denn sein eigenes Auto würde Joe eine ganz Weile nicht mehr sehen. Man hatte ihm gesagt, er würde es zurückbekommen, sobald die Beamten der Spurensicherung damit fertig wären. Und wann ist das?, hatte Joe gefragt. Wenn sie damit fertig sind, hatte man ihm geantwortet. Falls Sie es vergessen haben sollten, hatte der Arsch hinzugefügt, im Kofferraum hat eine tote Frau gelegen. Eine Tatsache, die Joe vermutlich nicht so schnell vergessen würde. Jedes Mal, wenn er das Auto anschaute, würde er sich daran erinnern. Joe sagte dem Blödkopf, er könne den Wagen so lange behalten, wie er wolle.

»Möchten Sie sie anrufen?«, fragte Ronald.

Was war denn das für eine Frage, dachte Joe.

Er musste irritiert geguckt haben. Ronald sagte: »Möchten Sie Tina anrufen?«

Ach so. »Ich würde sie lieber überraschen.«

»Was, wenn sie, mit jemandem zusammen ist?«

»Unwahrscheinlich. Sie arbeitet nicht von zu Hause aus.«

»Dann macht sie nur bei Ihnen eine Ausnahme?«

Joe gab keine Antwort.

Als sie ankamen, stand die Haustür offen. Sie stiegen die Treppe hoch und klingelten bei Tina. Keine Antwort. Joe versuchte es erneut. Immer noch keine Antwort. Sie wollten gerade gehen, als sie Tinas Stimme hörten.

»Wer ist da?«

»Bob«, sagte Joe.

»Wie in Joe?«

Natürlich, dachte Joe. Sie kannte inzwischen seinen richtigen Namen. »Genau«, sagte er. »Joe Hope.«

Die Kette rasselte, und mit einem dumpfen Geräusch öffnete sich die Tür. Tina war extrem blass im Gesicht. Ihre Lider waren geschwollen und wirkten ohne ihre übliche Schutzschicht aus blauem Mascara verletzlich. Ihre dünnen Lippen sahen aus wie zwei verhungerte Regenwürmer. Ohne Make-up lenkte nichts mehr von ihrer Nase ab. Sie war größer, als Joe sie in Erinnerung hatte. Man hätte die Daumen in die Nasenlöcher stecken können, ohne die Nasenwand zu berühren.

»Sie haben dich rausgelassen«, sagte sie.

»'N Haufen Idioten«, sagte er. »Alles in Ordnung? Du siehst nicht besonders gut aus.«

»So seh ich nun mal aus«, sagte sie. »Wer ist dein Freund?«

»Mein Anwalt, Ronald Brewer.«

Tina machte die Tür weiter auf. »Was ist mit dem letzten passiert?«

»Wie bitte? Ronald ist mein einziger Anwalt.«

»Spielen wir hier Spielchen, oder was?«, sagte sie. »Kommt ihr rein? Mir zieht's zwischen den Beinen.«

Sie führte sie ins Wohnzimmer und bat sie, Platz zu nehmen.

»Schön, dich wiederzusehen«, sagte Joe. Das Zimmer war unnatürlich ordentlich, genau wie beim letzten Mal, als Joe hier gewesen war. Tinas Gesicht bekam allmählich etwas Farbe. »Du bist dir sicher, dass alles in Ordnung ist?«, fragte er noch einmal.

Sie starrte ihn an. »Was willst du?«

»Erzähl mir von dem anderen Anwalt.«

Sie sah Ronald an. »Ist er okay?«

»Ronald weiß, was ich weiß. Du kannst ihm vertrauen.«

»Obwohl ich Anwalt bin«, sagte Ronald.

»Der andere«, sagte Tina, »ist mit diesem Wichser Cooper gekommen.«

»Kannst du ihn beschreiben?«

»Groß. Etwas kleiner als du. Schlank. Dunkle Haare. Hatte

einen dunklen Anzug an. Höflich. Cooper hat mich die ganze Zeit nur runtergeputzt. Aber Mr. Park war ein Gentleman.«

»Hast du gerade Park gesagt?«

»So hat er geheißen.«

»Scheiße«, sagte Joe. Was hatte Cooper mit Park zu schaffen? Das passte nicht zusammen. Park war ein Killer, er verhandelte nicht. Kaltfeuchter Schweiß sammelte sich an Joes Steißbein. »Wie viel hat er dir gezahlt?«

»Bis jetzt noch gar nichts.«

»Du hast es umsonst gemacht?«

»Wir haben uns auf einen Betrag geeinigt. Cooper bringt ihn heute Nachmittag vorbei.«

»Das gefällt mir nicht.« Ronald Brewer verschränkte die Finger und zog sie wieder auseinander. »Noch ein Anwalt?«

»Nur keine Sorge«, sagte Joe. »Es gibt keinen anderen Anwalt.«

»Sicher?«

»Ich kenne Mr. Park. Er ist so was von kein Anwalt.«

»Wieso hat Cooper dann gesagt, er sei dein Anwalt?«, fragte Tina.

»Das möchte ich gerade rausfinden.«

Nach einer Weile fragte Tina: »Und du, Joe? Ist bei dir alles in Ordnung?«

»Alles klar«, sagte er instinktiv. Er folgte Tinas Blick und merkte, dass er den einen Arm um seine Seite gelegt hatte. »Hab ich mir auf den Orkneys angewöhnt«, sagte er, nahm die Hand von seiner Seite und legte sie aufs Knie. »Wie viel bezahlt er dir?«

»Wieso sollte ich dir das sagen?«

»Cooper leiht mir das Geld nur.« Er schaute kurz zu Ronald, dann wieder zu Tina. »Er ist ein Kredithai. Ich werd's zurückzahlen müssen. Ich will nur sichergehen, dass ich nicht abgezockt werde.«

»Er ist doch dein Freund«, sagte Tina.

»Beim Geld hört die Freundschaft auf. Hast du den Ausdruck schon mal gehört? Cooper hat ihn erfunden.«

»Ich hoffe, es stört dich nicht, wenn ich das so sage, wo er doch dein Freund ist und so«, sagte sie, »aber der Typ ist'n echter Scheißkerl.«

»Hat auch seine guten Seiten.«

»Und die wären?«

Joe holte tief Luft. Er hielt sich wieder die Seite, merkte, was er da tat und umklammerte mit der Hand sein Knie.

»Egal.« Tina senkte den Kopf. »Hör zu, tut mir leid, das mit deiner Frau, Bob. Joe, meine ich. Ich weiß, dass du so etwas nicht tun könntest.«

Joe rutschte auf seinem Sessel herum. »Wie geht's eigentlich der Ausreißerin aus Dundee, die ich auf der Straße gesehen habe? Geht die noch anschaffen?«

»Kylie?«, sagte Tina. »Die ist eines Nachts auf und davon. Hatte genug.«

»Ist sie nach Hause?«

»Nach Glasgow.«

»Die Verlockung der Großstadt, was?« Die Zeit zog sich hin. Joe ballte die Faust. Die Stille bedrückte ihn. »Und Cooper bringt das Geld hierher?«

»So war es abgemacht.«

»Wann?«

»Er wollte anrufen.«

»Wie viel?«

Tina ging in die Küche und nahm eine Packung Zigaretten von der Arbeitsfläche. »Er hat mir fünf Riesen angeboten.« Sie klopfte eine Zigarette heraus und steckte sie sich zwischen die Lippen. »Ich hab zehn verlangt.«

»Und er war einverstanden?«

»Hab ihn nicht lange überreden müssen.« Sie zündete die Zigarette an.

»Hört sich gar nicht nach Cooper an.«

»Wenn du ihm das Geld zurückbezahlst, spielt's ja vielleicht keine so große Rolle. Warum sollte er knausern, wenn's nicht sein Geld ist?«

»Frage des Prinzips«, sagte Joe.

Tina zog an ihrer Zigarette. »Was willst du damit sagen? Allmählich machst du mir Angst.«

»Was würdest du tun«, sagte Joe, »wenn Cooper nicht zahlen würde?«

Tina dachte einen Moment nach. »Was glaubst du denn? Ich geh zur Polizei. Sagen, dass ich gelogen habe.«

»Dann werde ich unter Garantie verurteilt«, sagte Joe.

»Beim Geld hört die Freundschaft auf«, sagte Tina.

»Denken Sie mal weiter«, sagte Ronald Brewer. »Wenn Sie zur Polizei gehen, wird man Sie wegen Falschaussage belangen. Dann werden Sie bestraft und müssen zahlen.«

»Dieser Cooper haut mich nicht übers Ohr«, sagte Tina. »Ich bin nicht die Fürsorge.«

»Und was wird dann aus Joe?«, fragte Ronald.

»He«, sagte Joe. »Hören Sie auf damit.«

Tina zog ärgerlich an ihrer Kippe und sagte: »Bis vor Kurzem hab ich nicht mal Joes Namen gewusst.« Sie blickte Joe an, den rechten Ellbogen auf die linke Hand gestützt. »Soll keine Beleidigung sein, aber du bist'n Freier, kein Freund.« Sie schaute zu Ronald, zurück zu Joe. »Ich lüg die Polizei nicht gerne an. Das macht mich nervös. Ich mag Cooper nicht. Dein Freund macht mich auch nervös.« Sie musterte den Teppich. Mit dem Fußballen zog sie einen Bogen in Joes Richtung. Als sie den Kopf hob, konnte sie seinem Blick nur kurz standhalten. Sie sog den Rauch ein und starrte mit bebenden Nasenflügeln an die Decke.

»Bereust du es, dass du den Deal mit ihm gemacht hast?«, fragte Joe sie.

»Der Mistkerl kreuzt besser bald hier auf. Alles andere interessiert mich nicht.«

»Ich bitte dich nicht, für mich zu lügen«, sagte Joe. »Tu, was du für richtig hältst. Egal«, sagte er und stand auf. »Ich bin sicher, Cooper zahlt.«

Ronald folgte Joes Beispiel und stand ebenfalls auf. Der Anwalt streckte Tina die Hand entgegen. »Schön, Sie kennengelernt zu haben. Viel Glück.«

»Meinen Sie, ich hab's nötig?«

24

Als Ronald Joe an seiner Wohnung absetzte, blieb Joe noch einen Moment im Auto sitzen und sagte dem Anwalt, dass er seine Hilfe wirklich zu schätzen wüsste. Er lud ihn auf eine Tasse Kaffee ein, aber Ronald lehnte ab. Etwas Stärkeres? Ronald schaute auf die Uhr und sagte Joe, er sei bereits spät dran.

Joe schloss die Autotür. »Eins muss ich noch wissen«, sagte er durch das heruntergekurbelte Fenster, wobei er in Richtung des Gebäudes auf der linken Seite nickte. »Ist Ruth in der Wohnung gestorben? Nicht dass ich empfindlich wäre oder so.« Sein Zuhause hatte nie weniger verlockend gewirkt. »Aber ...« Keine Gem, keine Ruth. Niemand, dem er die Schuld geben konnte, außer sich selbst. »Ich meine, als ich zum letzten Mal zu Hause war, hat es nicht so ausgesehen, als sei irgendwas passiert. Kein Zeichen von 'nem Kampf oder so. Keine blutbespritzten Wände oder ausgeschlagene Zähne auf dem Boden. Aber vielleicht war der Mörder ja auch extrem penibel. Vielleicht hat er danach ja sauber gemacht.«

»Es gibt keinen Hinweis darauf, dass der Mord in Ihrer Wohnung stattgefunden hat«, sagte Ronald. »Im Gegenteil, die Polizei ist sich ziemlich sicher, dass Ruth anderswo ermordet wurde. Soviel Blut hätte Spuren hinterlassen, auch wenn der Mörder versucht hätte, es zu vertuschen.«

»Gut«, sagte Joe. »Da geht's mir gleich besser.«

Als er gehen wollte, beugte sich Ronald herüber und sagte: »Ihre Sachen wurden durchsucht, während Sie im Gefängnis waren. Eigentlich soll alles wieder aufgeräumt werden, aber es könnte sein, dass Sie ein gewisses Durcheinander vorfinden.«

Joe nickte gleichgültig. Duschen, Umziehen, Zähneputzen.

Dann würde er sich fühlen wie ein neuer Mensch. »Moment noch«, sagte er, öffnete die hintere Tür und holte die Reisetasche heraus. Gut, dass er die wenigstens wiederhatte. Darin war seine Zahnbürste, und er war überhaupt nicht dazu gekommen, sie zu benutzen.

Langsam stieg er die Treppe hoch. Als er an der Wohnung der Harveys vorbeikam, stellte er sich vor, wie er in einer idealen Welt einen Moment halt machen würde, um dem alten Ehepaar zu sagen, dass sie recht gehabt hatten. Ja, er sei es gewesen, den sie an diesem Abend mit Ruth hatten streiten hören. Aber ehrlich, er hatte sie nicht umgebracht, nur mit ihr gestritten. Sie mussten ihm glauben. Er sagte die Wahrheit. Und sie würden ihm direkt in die Augen blicken und erwidern, ja, sie glaubten ihm, und wenn er keine Milch oder keinen Zucker dahatte, könnte er einfach rüberkommen und sich etwas von ihnen ausborgen.

Natürlich lebte Joe in keiner idealen Welt. In einer idealen Welt hätte er mehr von seiner Mutter gehabt als ein einziges Schwarz-Weiß-Foto, das er in einem Schuhkarton im Schrank aufbewahrte. Zum Teufel mit ihr. Sie war abgehauen, als er drei gewesen war. Hatte ihn sitzen lassen, um ihn von seinem Vater aufziehen zu lassen. Das hatte überhaupt nicht funktioniert. Es dauerte nicht lange, und Joe lebte bei seiner Großmutter. Beim Gedanken daran stieß Joe einen wütenden Schrei aus. Der Laut hallte im Treppenhaus wider. Er konnte sein Leben lang gegen seine Mutter wüten – gegen seinen Vater übrigens auch –, aber in Wirklichkeit war er froh, dass er bei seiner Großmutter aufgewachsen war. Sie hatte ihn ermutigt zu lesen. Hatte ihn ins Theater mitgenommen. Dad hatte sein Bestes getan. War zu Besuch gekommen, wenn er konnte. Zuerst alle zwei Wochen, dann nur noch einmal im Monat, und dann, als er wieder geheiratet hatte, nur noch an den Geburtstagen des kleinen Joey und vielleicht an Weihnachten, falls seine neue Familie ihn wegließ. Seine Mum sah Joe nur noch einmal, nachdem sie weggegangen war. Sie nahm ihn für einen Tag mit nach Musselburgh, wo sie ihm Unmengen von Eiscreme kaufte. Als sie ihn nach Hause brachte, küsste sie ihn auf die Stirn und meinte, sie würde ihn nächste Woche wieder besuchen. Sie war nie mehr gekommen. Er hatte sie lange dafür gehasst. Sie hatte es ihm versprochen.

Dad hatte ihm erzählt, sie sei nach Kanada gegangen und würde bald schreiben. Sie hatte nie geschrieben. Er hatte immer wieder gefragt, wann denn ihr Brief kommen würde.

Jahre später, als er zehn war, erzählte seine Großmutter ihm die Wahrheit. Seine Mutter hatte an aplastischer Anämie gelitten, einer seltenen Blutkrankheit. Ein paar Tage, nachdem er sie zum letzten Mal gesehen hatte, war sie ins Krankenhaus eingeliefert worden. Sie hatte gewusst, dass sie dort sterben würde. Die Familie hatte ihr versprechen müssen, Joe nichts davon zu sagen.

Die Frauen in seinem Leben waren ihm schon immer weggestorben.

Schade, dass sein Vater nicht mehr lebte. Joe hätte ihn anrufen können. Ihm sagen können, Gem sei nach Kanada gegangen.

Als Joe den Schlüssel ins Schloss steckte, sprang die Tür von selbst auf, und Joe starrte in das vertraute Gesicht eines ungebetenen Gastes. »Was machen Sie in meiner Wohnung, verflucht noch mal?«

Detective Sergeant Monkman von der Polizeibehörde Orkney trat einen Schritt vor. »Bester Laune, seit Sie wieder raus sind, was?«

»Ich hab Sie was gefragt.«

»Genießen Sie Ihre Freiheit, solange Sie können.«

»Und?«

»Ich habe aufgeräumt.« Monkman hob die Hand. »Nein, nein, ich erwarte keine Dankbarkeit.«

»Scheren Sie sich nach Hause.«

»Ich finde schon noch was, mit dem ich Sie lebenslänglich hinter Gitter bringe. Merken Sie sich das.«

»Scheren Sie sich raus aus meiner Wohnung.«

»Ich suche weiter. Man kann nicht jemanden umbringen,

ohne Spuren zu hinterlassen. Irgendwo haben Sie schon 'nen Fehler gemacht. Ich weiß noch nicht wo oder wie, aber Sie können Ihren Scheißbaseballschläger drauf verwetten, dass ich's rauskriege.«

»Verschwinden Sie«, sagte Joe zu ihm. »Sofort.«

»Ich glaube, ich schau mich zuerst noch mal kurz um.«

Joe schubste den Polizisten, der rückwärts taumelte. Joe folgte ihm in die Wohnung und stieß, ohne sich umzudrehen, die Tür mit dem Schuh zu. Er ließ die Reisetasche zu Boden fallen. »Suchen Sie nach Blutspuren?«, sagte er. »Da kann ich Ihnen behilflich sein.« Er knallte die Faust in seine Handfläche.

»Das wagen Sie nicht«, sagte Monkman.

»Nur Sie und ich.«

»Ich bin Polizist.«

»Und ich bin der Hauptverdächtige in 'nem Mordfall«, sagte Joe. »Angenehm Ihre Bekanntschaft zu machen. Was ist? Angst, dass Sie den Kürzeren ziehen?«

Monkman versuchte zu lächeln. Seine Lippen zitterten. »Damit kommen Sie nicht durch.«

»Wieso nicht. Sie sind doch auch damit durchgekommen.«

Mit geballten Fäusten warf Joe sich nach vorn. Monkman fiel auf die Knie und hob schützend die Hände vor seinen Kopf. Joe packte den Polizisten bei den Handgelenken und riss ihm die Arme runter. »Wenn ich wollte«, sagte Joe, »könnte ich Ihnen den Schädel einschlagen.«

Monkman versuchte, seine Hände freizukämpfen. »Arschloch«, sagte er und schüttelte den ungeschützten Kopf. Mit zusammengekniffenen Augen blickte er hektisch nach rechts und links. Sein Mund verzog sich zuckend zu einem grotesken Grinsen.

»Angst?«, fragte Joe ihn. Angst setzt massive Mengen von Adrenalin frei, die durch den Körper strömen. Eine primitive biologische Reaktion auf Konfrontation. Auch Joe war dagegen nicht immun. »Ein großer böser Bulle wie Sie?« Jetzt spürte Joe das Adrenalin. Er spürte es jedes Mal, wenn er einen von

Coopers Klienten besuchte. Der Trick war, sich nichts anmerken zu lassen. Cooper wusste das ganz genau. Er hatte sich immer unter Kontrolle, sein Ruf gründete sich darauf. Der Trick war, sich klarzumachen, dass der Körper erkannte, dass es nur zwei Alternativen gab, und sich auf beide vorbereitete. Wegrennen oder kämpfen. Komm schon, sagte der Körper. Entscheide dich. Dann kann ich loslegen.

Monkman senkte den Kopf. Zog die Schultern hoch. Er fing an zu zittern. Joe konnte sehen, wie der Kopf des Polizisten ganz leicht auf und ab ging. Keine Fluchtmöglichkeit, und kämpfen konnte er nicht. Joe grub die Finger tiefer in die schlackernden Handgelenke des armen Wichsers.

»Einfach nur'n Feigling.« Joe lockerte seinen Griff und beugte sich einen Moment lang über Monkman, bevor er mit dem Fuß direkt neben den Fingern des Polizisten aufstampfte. Monkmans Hand zuckte zur Seite. »Ganz was anderes, wenn's ein fairer Kampf ist, was?«, sagte Joe.

Monkman schlang die Arme um seinen Körper. »Ich kämpfe nicht gegen Sie.«

Joe lachte. Monkman zitterte immer noch und blickte zu Boden. Joe sagte: »Ich hab Sie freundlich gebeten. Ich bitte Sie noch einmal. Würden Sie sich, verflucht noch mal, aus meiner Wohnung verpissen?«

»Dafür werden Sie zahlen, Sie kleiner Wichser«, sagte Monkman leise. Er stand auf, stürzte nach vorn, seine Faust schnellte vorwärts.

Joe blockte den Schlag mit der linken Hand ab. Die Knöchel seiner Rechten knallten punktgenau auf Monkmans Kinn. Es krachte leise, als würde ein kleiner Knochen brechen, dann prallte der Kopf des Polizisten gegen die Wand. Monkman sackte in sich zusammen. Sein Kopf rollte zur Seite.

Was hab ich gemacht?, dachte Joe. Was hab ich bloß gemacht, verdammte Scheiße? Bestimmt war Blut an Monk-mans Hinterkopf. Joe wollte es sich gar nicht näher ansehen, er blieb stehen, wo er war. Er wollte es nicht wissen. Wollte den Beweis nicht sehen. Ein Polizistenmord kam nicht besonders gut bei allem, was ihm sonst noch passiert war. Er starrte Monkman an, wollte ihn nur mit der Kraft seines Willens aufwecken. Da. Die Brust des blöden Arschs bewegte sich. Er atmete. Oder nicht? Joe starrte auf den ohnmächtigen Mann. Nichts. Vielleicht hatte er es sich eingebildet. Au, Scheiße. Er hielt sich die Hand vor die Nase. Er hätte sie gerne über seine Augen gelegt, schaute aber weiter hin, in der Hoffnung, den Mistkerl atmen zu sehen. Sieh die Sache rational, sagte er sich. Monkman war mit dem Kopf gegen die Wand geknallt. Kein Grund zur Sorge. So was passierte Dutzenden von Leuten jeden Tag, und die starben auch nicht gleich.

Genau. Alles war bestens.

Aber manche starben schon, oder?

Wenn Monkman wirklich tot war, was konnte Joe dann machen? Er musste sich mit Cooper in Verbindung setzen. Der wusste, was zu tun war. Und wenn nicht, würde er Park fragen. Auftragskiller wussten, was man mit Leichen machte. Wussten, wie man Tote beseitigte.

Scheiße. Die Bilder kamen hoch und zerplatzten in Joes Kopf. Cooper. Ein Baseballschläger. Ruths Gesicht. Tränenverschmiert. Wirre Haare. Ein Baseballschläger. Cooper, der völlig reglos dastand. Cooper, der den Schläger Ruth ins Gesicht schlug. Park, der sagte: »Es dauert nicht lange.« Der höflich sagte: »Wenn Sie versuchen könnten, sich nicht zu wehren, wäre es einfacher.« Cooper und Park, die ihren Körper in den Kofferraum eines Autos luden. Joes Auto. Coopers Stimme, der erklärte, wie leicht es sei, sich aus einer Wohnung zu schleichen, ohne jemanden aufzuwecken. Besonders jemand, der so betrunken war wie Joe. Cooper, der sagte, er sei direkt an der schnarchenden Fotze vorbeigegangen.

Joe brach neben Monkman auf dem Boden zusammen. Scheiße. Mann, Scheiße. Cooper war mit Park bei Tina gewesen. Wieso zog er Park mit in die Sache? Darüber hatte Joe sich Gedanken gemacht, seit Tina den Namen des Auftragskillers erwähnt hatte. Moralische Unterstützung? Wohl kaum. Cooper hatte genügend Vertrauen in seine eigenen Fähigkeiten. Er hatte es nicht nötig, einen Kumpel mitzuschleppen. Nein, er zog Park mit hinein in die Sache, weil Park eh schon mit drin hing. So musste es sein. Es war die einzige Möglichkeit, die einen Sinn ergab.

Nein, nichts davon ergab einen Sinn. Wie auch? Cooper war sein bester Kumpel. Er würde Ruth nicht umbringen. Er würde Joe nicht reinlegen. Nie im Leben. Oder?

Joe vergaß Monkman und stürmte ins Wohnzimmer. Einen Moment lang dachte er, er sei ausgeraubt worden. Die Möbel standen alle am falschen Platz. Das Sofa war einen halben Meter von der Wand abgerückt, die Sessel standen im falschen Winkel. Zwei Kissen lagen auf dem Fußboden. Die Fotos und der Nippes, der immer auf der hässlichen Kommode gestanden hatte, die Ruth so gefiel, war abgeräumt worden. Der Kaminsims war ebenfalls nackt.

Dann fiel ihm wieder ein, dass die Polizei da gewesen war. Beschissene Diebe.

Er griff zum Telefon und wählte Coopers Nummer. Er drückte die falsche Taste. Fluchte. Legte auf. Wählte erneut. Er fluchte weiter, bis Sally abnahm.

»Einen Moment«, sagte sie. Joe konnte im Hintergrund das Baby schreien hören. Während sie es tröstete, fragte sich Joe, ob er sie wohl direkt fragen sollte, ob Cooper mitten in der Nacht die Wohnung verlassen hatte. In der Nacht, in der Ruth gestorben war. Als Sally zurückkam, entschied er sich dagegen. Er wusste nicht, wie er die Frage formulieren sollte, ohne ihren Verdacht zu wecken, und dann würde sie es Cooper erzählen, und Joe wollte nicht, dass Cooper gewarnt wurde.

»Ist dein Mann da?«, fragte Joe, der vermutete, dass er es nicht war.

»Der ist weg, kurz nachdem du angerufen hast. Ich dachte, du kommst vorbei, Joe. Ich hab mich auf dich gefreut. Wie geht's?«

»Ich brauch 'ne Telefonnummer.«

»Kannst du Cooper nicht auf dem Handy anrufen?«

»Nützt nichts. Er hat die Nummer nicht bei sich.«

»Und was soll ich da machen?«

»In seinem Adressbuch für mich nachschauen.«

»Er hat kein Adressbuch. Nur 'ne Schublade voll mit Zetteln.«

»Kannst du nicht mal nachsehen?«

»Die Schublade ist abgeschlossen.«

»Scheiße.«

»Ist's wirklich so wichtig?«

»Davon könnte abhängen, ob ich ins Gefängnis gehe oder nicht.«

»Kannst du ein Geheimnis für dich behalten?«, sagte sie. Bevor er antworten konnte, sagte sie: »Natürlich kannst du. Also, ich weiß, wo der Schlüssel ist.«

In Joes Ohren rauschte es. »Kannst du mal nachsehen?«

»Welcher Name?«

»Park.«

»Vorname?«

»Weiß ich nicht. Nur Park.«

»Bist du zu Hause? Ich ruf dich in fünf oder zehn Minuten zurück.«

Vorne im Flur hatte Monkman sich nicht gerührt. Joe hob den Kopf des Polizisten an. Kein Anzeichen einer Wunde. Joe ließ Monkmans Kopf zur Seite rollen. Er blutete aus dem Mund. Helles Blut rann aus den geöffneten Lippen. Viel war es nicht, unwahrscheinlich, dass das Arschloch sich die Zunge durchgebissen hatte. Trotzdem. Wenn er blutete, war er nicht tot. Das stimmte doch, oder? Scheiße, Joe war sich nicht sicher.

Mann, dachte er, während er an Monkmans Hals nach einem Pulsschlag tastete. Wieso sollte Cooper Ruth umbringen wollen? Wieso? Joe hatte keinen Schimmer. Da. Er spürte es. Ein schwaches Pochen unter seinen Fingern. Er stieß einen leisen Seufzer der Erleichterung aus. Der Polizist lebte. Vielleicht konnte Joe ihn ja durch ein paar Ohrfeigen wecken und ihn fragen, was er von seinem Verdacht hielt. Vielleicht lieber nicht. Aber eins konnte er machen, nämlich einen Eimer Wasser aus der Küche holen.

Alle Messer waren fort. Sonst hatten sie allerdings nicht viel mitgenommen. Soweit er sehen konnte jedenfalls. Er drehte den Wasserhahn voll auf. Wasser trommelte in die Edelstahlspüle und spritzte über den Rand. Machte einen Höllenlärm. Er holte einen Plastikeimer unter der Spüle hervor. Während der Eimer sich langsam füllte, versuchte er die Bilder von Ruth zurückzudrängen, die ihm fortwährend durch den Kopf gingen. Das letzte Gespräch mit ihr in diesem Zimmer. Er sah ihr Gesicht, grau und hart, wie sie ihm sagte, dass es eine Menge gab, was er nicht wusste. Ihr Gesicht, verzerrt vor Wut, als sie ihren Becher Tee nach ihm warf. Am Herd war noch die Spur davon, eine weiße abgeplatzte Stelle, wo der Becher aufgeschlagen war. Ihr Gesicht verwandelte sich in das von Gemma. Er schlug mit der Faust gegen den Hahn. Gemmas Gesicht. Er hämmerte erneut gegen den Hahn. Das Gesicht seiner toten Tochter. Seine Hand fuhr hoch an seinen Schädel. Er packte eine Handvoll Haare und zog, den Mund zu einem stummen Schrei weit aufgerissen. Nach einer Weile, als seine Augen zu tränen begonnen hatten, ließ er los. Seine Kopfhaut brannte, als er den Hahn zudrehte. Er ging zurück in den Flur; seine Knie waren weich wie Schnurballen, die sich langsam abwickelten.

Er wollte Monkman gerade den Wassereimer übergießen, als das Telefon klingelte.

Es war Sally, sie hatte die Nummer.

»Moment«, sagte Joe. Normalerweise lag der Füller neben dem Telefon. Er schaute in der Kommode nach. Alle Schubladen waren leer. Die Arschlöcher hatten ihn total ausgenommen.

Im Flur stöhnte Monkman. Er hatte die Augen geöffnet und sah aus wie ein Baby, das gerade aufgewacht ist. Mit einem verwirrten Gesichtsausdruck schaute er zu, wie Joe eine Hand in die Innentasche seiner Jacke steckte und einen Kugelschreiber herausholte. »Bin gleich wieder da«, sagte Joe.

Sally las die Nummer vor. Joe kramte in seiner Brieftasche nach einem Zettel. Alles was er hatte, waren zwei Fotos. Eins von Ruth, das andere von Gemma. Er zog das Bild von Ruth heraus und schrieb die Nummer auf die Rückseite. Er las sie noch einmal vor. Sally bestätigte, dass er sie korrekt notiert hatte, und nahm ihm das Versprechen ab, Cooper nicht zu verraten, woher er sie hatte.

»Versteh schon«, sagte Joe. »Ich würde auch nicht wollen, dass er weiß, wenn ich in seinen Schulbladen rumgewühlt habe.« Er konnte Sally kichern hören, als er auflegte.

Joe ging in den Flur zurück. Monkmans Augen wirkten leicht verschleiert. Joe nahm den Wassereimer und schüttete ihn dem Polizisten über den Kopf.

Monkman stieß ein paar Pruster aus, holte ein paarmal hastig Luft und sagte: »Ah!« Stöhnend schüttelte er den Kopf. Fuhr sich mit der Zunge über die Lippen. Runzelte die Stirn, als er Blut auf den Boden spuckte.

»Nehmen Sie den Eimer«, sagte Joe, und stellte ihn Monkman in den Schoß.

Monkman spuckte in den Eimer. Ein halbes Dutzend Mal.

»Ich dachte, ich lad'n paar Freunde ein«, sagte Joe. Monkman starrte ihn an. »Mal sehen, ob sonst noch jemand will.«

»Da können Sie Eintritt nehmen.« Monkman verzog das Gesicht. »Meine Scheißzunge tut weh.«

Joe fasste sich an die Seite. »Dann sind wir ja quitt.«

»Haben Sie'n Handtuch?«

»Wenn Ihre Kollegen die nicht geklaut haben.« Joe ging ins Bad und kam mit einem sauberen graublauen Handtuch zurück. »Werden Sie mich anzeigen?«

»Weswegen?« Monkman rieb sich den Kopf mit dem Handtuch trocken.

»Angriff auf einen Polizeibeamten.«

»Zwecklos.« Monkman zog eine Grimasse, als er eine empfindliche Stelle berührte. »Keine Zeugen.«

»Hab ich mir gedacht.«

»Scheiße, tut mein Kopf weh«, sagte Monkman und wischte sich den Mund ab. »Die Scheißzunge tut weh.« Er spuckte noch mehr Blut in den Eimer. Joe wandte angewidert den Kopf ab.

»Das Scheißkinn tut weh.« Monkman spuckte wieder. »Hope«, sagte er, »kann ich Sie was fragen?«

Joe schaute ihn an. »Ich will Sie hier raushaben.«

»Mir geht's nicht besonders gut.« Er stellte den Eimer neben sich auf den Boden. »Im Ernst.« Er betrachtete sein Hemd. »Scheiße. Total nass«, murmelte er. Etwas lauter sagte er: »Ich hau ab, sobald ich mich bewegen kann. Geht das in Ordnung?«

Joe machte eine kleine Geste mit der Hand. »Stellen Sie Ihre Frage«, sagte er.

Der Polizist zögerte, dann sagte er: »Wir wissen beide, dass Ihr Alibi vorgetäuscht ist.« Er zupfte sich das triefende Hemd von der Brust. »Also, wo doch keine Zeugen dabei sind, wieso sagen Sie mir nicht, warum Sie Ihre Frau umgebracht haben?«

»Ganz unter uns?«

»Was, denken Sie, ich bin verwanzt?« Der Polizist breitete die Arme aus. »Filzen Sie mich.«

Joe blickte zur Decke. Er senkte den Kopf wieder. Monkmans Haare standen in der Mitte hoch. Joe sprach ruhig. »Ich hab sie nicht umgebracht.« Er verschränkte seine Arme. »Ich bin reingelegt worden.«

»Wieso?« Monkman lockerte seine Krawatte. »Das verstehe ich nicht.« Er zerrte die Krawatte aus dem Kragen. »Wer hat Sie reingelegt?«

»Ich verspreche Ihnen, dass ich's Ihnen sage, sobald ich's selbst weiß. Geht's Ihnen jetzt besser?«

»So langsam.« Monkman stopfte seine Krawatte in die Tasche. Er öffnete den obersten Hemdknopf. Und den nächsten. »Würden Sie mir ein Glas Wasser holen?«

»Sie wissen, wo die Küche ist«, sagte Joe. »Holen Sie sich's selber.«

25

Das Telefon klingelte. Der Anruf war möglicherweise wichtig. Joe reckte sich und griff über die Seite der Badewanne, um sein Handtuch vom Boden aufzuheben. Was auch in Ordnung gewesen wäre, doch er hatte vergessen, dass er sich nicht am Rand anlehnen durfte. Es war, als hätte ihm Monkman mit dem Stiefel noch einmal in die Rippen getreten. Das Blut wich ihm aus dem Gesicht. Er hielt sich die Seite und atmete ein paarmal flach ein und aus, während sich auf seiner Stirn der Schweiß sammelte. Nach einer Weile ging es ihm wieder besser, und er holte tief Luft. Okay. Er atmete aus. Und wieder ein. Okay.

Das Telefon klingelte immer noch.

Monkman, das kleine Arschloch, war nach etwa einer halben Stunde, immer noch wacklig auf den Beinen, gegangen. Joe hatte ihm ein Taxi gerufen. Er hoffte, dass der Typ einen Unfall hatte. Er hoffte, niemand würde Monkmans Leiche in dem zerquetschten Wrack mehr identifizieren können.

Langsam und darauf bedacht, nicht mit dem Wannenrand in Berührung zu kommen, streckte Joe erneut die Hand aus und versuchte, sein Handtuch aufzuheben. Diesmal gelang es ihm. Er trocknete sich das Gesicht ab. Das Telefon hörte auf zu klingeln. Mit einem Seufzer überlegte Joe, ob er das Handtuch fallen lassen und sich wieder ins Wasser legen sollte. Die Augen schließen. Sich entspannen. An schöne Dinge denken. Aber das hatte er schon versucht, und ihm war nichts auch nur ansatzweise Angenehmes eingefallen.

Es war nicht so, dass er nie an schöne Dinge dachte. So ein übler Bursche war er dann doch nicht. Er war auch kein Heiliger, zugegeben. Wie die meisten Menschen war er irgendwas dazwischen. Wenn ihn jemand nach seinem Beruf fragte, sagte er die Wahrheit. Es machte ihm nichts aus. Wenn er es nicht tat, dann würde es eben ein anderer machen. Und einem anderen hätte es wahrscheinlich noch mehr Spaß gemacht. Es war ein Job. Ein gut bezahlter Job. Die Arbeit war leicht. Also verpisst euch, ihr selbstgerechten Wichser. Er war kein übler Bursche.

Beim Versuch, an etwas Angenehmes zu denken, kehrten seine Gedanken immer wieder zu Gemma zurück. Gemma als kleines Mädchen. Gemma als Kleinkind. Gemma als Baby. Er erinnerte sich daran, was er empfunden hatte, als Ruth schwanger wurde. Mann, war er sauer gewesen. Es stimmte, was er es Tina erzählt hatte. Er war zu jung gewesen. Zu verantwortungslos. Er wollte kein Baby, wollte keinen Job. Wollte nicht, wollte nicht. Das musste man sich mal anhören. Der negative Rhythmus dröhnte in seinem Schädel. Er schlug mit der Hand aufs Badewasser. Wollte nicht. Unablässig. Na ja, er musste, verdammte Scheiße, ob er wollte oder nicht. Ein Baby. Ein Mädchen. Ein Juwel, das sie Gem genannt hatten. Er hatte eine kleine Tochter.

Zu dem Zeitpunkt, als Ruth verkündet hatte, dass sie schwanger sei, hatte Joe noch erwogen, Lehrer zu werden. In zwei Jahren wollte er seinen Abschluss machen. Dann ein Jahr Referendariat. Noch drei Jahre Studium. Er hatte kein Geld, ein Baby zu unterhalten.

Cooper hatte sein Jurastudium aufgegeben und sich ganz seinem Kreditgeschäft gewidmet. Er bot Joe an, dass er für ihn arbeiten könnte. Joe hatte angenommen. Bis zu seinem Abschluss hatte Joe halbtags für Cooper gearbeitet.

Ruth sagte: »Ich bin total stolz auf dich, wenn du Lehrer wirst. Ich kann's gar nicht abwarten.«

Cooper sagte: »Bei dem Lehrerscheiß, wie viel verdienst du denn da?«

Joe sagte es ihm.

Cooper lachte. »Wenn du weiter für mich arbeitest, geb ich dir das Doppelte.«

Die Entscheidung war Joe nicht schwergefallen.

Das Telefon klingelte wieder. Das war's dann wohl mit dem Hinlegen und An-schöne-Dinge-Denken. Vorsichtig stieg Joe aus der Wanne und stand tropfnass im Bad. Er trocknete sich ab, während er durchs Wohnzimmer ging. Er warf sich das Handtuch über die Schulter und nahm ab. »Wer da?«

»Joe?«, sagte Ronald Brewers Stimme. »Es sieht nicht gut aus.«

Noch ein Problem. Genau das, was Joe brauchte. »Was ist passiert?«

»Es sind Zeugen aufgetaucht, die aussagen, dass Sie in der Nacht, als Ruth ermordet wurde, vor Coopers Haus waren. Diese Aussagen beweisen, dass Sie nicht gemütlich bei Tina im Bett lagen.«

»Sind diese Zeugen verlässlich?«

»So verlässlich wie Tina. Hören Sie, ich bin im Auto. Auf dem Weg zu Ihnen.«

»Wer sind die Zeugen?«

»Eine Meute Fußballfans hat an dem Abend offenbar vor dem Haus Radau gemacht. Sagt Ihnen das was? Wegen des Lärms haben ein paar wütende Nachbarn aus dem Fenster geschaut. Einer von ihnen hat die Polizei angerufen.«

»Es war dunkel. Die können mich unmöglich erkannt haben.«

»Und was ist mit den Fußballfans? Waren die so nah, dass sie Sie genau sehen konnten?«

»Sie haben recht«, sagte Joe. »Wenn die Polizei sie aufstöbert ... «

»Darum geht es. Zwei von ihnen wurden festgenommen, weil sie in den Eingang vom Polizeirevier Gayfield gepinkelt haben, nicht lange nachdem sie an Sie geraten waren. Sie haben eine Lärmbelästigung früher am Abend gestanden. Die Polizei befragt sie gerade, ob sie sich erinnern, einen Mann an Coopers Haustür gesehen zu haben. Die Polizei wird ihnen Bilder zeigen. Das sind die Zeugen, Joe. Glauben Sie, die werden Sie identifizieren?«

»Spielt keine Rolle. Die waren besoffen.«

»Ist das Ihre Verteidigung?«

»Tina ... «

»Tina ist eine Prostituierte. Ihr Wort steht gegen das von denen. Und sie hatten vier weitere Kumpane dabei. Wenn die alle Sie identifizieren, dann sind Sie am Arsch. Ich habe Ihnen gesagt ... «

»Was soll ich tun?«

»Verlassen Sie Ihre Wohnung. Sofort.«

Joe warf einen Blick auf seine nackten Beine. »Ich glaub nicht, dass das eine gute Idee ist.«

»Sie haben nicht mehr viel Zeit, bis man Sie festnehmen wird.«

»Und Sie glauben, wenn ich splitternackt rausrenne, werd ich nicht festgenommen?«

»Na gut, ziehen Sie sich an, und hören Sie, verflucht noch mal, mit den Witzen auf. Wir treffen uns in fünf Minuten vor Ihrer Wohnung.«

»Was soll das bringen, Ronald? Wenn ich abhaue, sieht doch alles nur noch schlimmer aus.«

»Ich traue meinen Ohren nicht.« Es knackte in der Leitung. Die Worte des Anwalts wurden lauter und leiser. Er sagte etwas über ein Komplott. Etwas über den Ball flach halten. Joe lachte leise vor sich hin. Der Anwalt sagte: »Nun?«

»Was soll ich machen, Ronald? Mich nach Frankreich verpissen?«

»Gute Idee. Da werden Sie einen falschen Pass brauchen.«

»Ich hab's nicht ernst gemeint. Denken Sie, ich will mich für den Rest meines Lebens verkriechen?«

»Haben Sie Ruth umgebracht, Joe?«

»Leck mich doch.«

»Nun, es sieht ganz so aus, als seien Sie es gewesen. Wenn Sie wollen, tätowieren Sie sich doch gleich SCHULDIG auf die Stirn. Und dann im Gefängnis lassen Sie sich am besten noch zusätzlich ARSCHLOCH auf Ihre vier Buchstaben stechen.«

Der Kontakt brach ab.

Joe starrte das Telefon an und fragte sich, wie sein Leben sich auf eine einzige Entscheidung hatte reduzieren können: stehen bleiben und kämpfen wie ein Mann oder fortlaufen. Keine große Wahl, oder? Er schaute sich in seiner Wohnung um. Na ja, in dem, was davon übrig geblieben war. Im Schlafzimmer hatte er entdeckt, dass die Polizei alle seine Kleider beschlagnahmt hatte. Er fühlte sich schmutzig. Selbst nach dem Bad fühlte er sich noch schmutzig. Die Vorstellung, wieder die alten Klamotten anziehen zu müssen, half auch nicht gerade. Die Luft war abgestanden. Er sollte ein Fenster aufmachen. Er konnte es allerdings kaum der Polizei ankreiden, wenn sein Leben den Jordan runterging. Die Person, die er im Verdacht hatte, hätte man nicht mal tot in einer Polizeiuniform gesehen. Und wenn er wirklich recht hatte? Mann. Er wollte gar nicht daran denken. Er hatte das Gefühl, eine Spinne würde ihm über die Haut kriechen. Es fühlte sich so echt an, dass er sich in den Nacken schlug. Dann überprüfte er seine Handfläche. Kein totes Ungeziefer, nichts.

Sicher war Cooper nicht der warmherzigste Mensch in Edinburgh. Aber Joe hatte immer gedacht, dass seine Loyalität die weniger angenehmen Eigenschaften seines besten Freundes aufwog. Loyalität seiner Familie gegenüber. Loyalität seinen Freunden gegenüber. Loyalität Joe gegenüber. Der Gedanke, dass Cooper ein verräterisches Schwein war, war beinahe so unfassbar wie die Nachricht von Gemmas Tod selbst.

Joe musste weg hier. Egal, wie es aussah. Er musste Ronald treffen, ihm vielleicht sogar erzählen, was hier abging. Was hier *vielleicht* abging. Joe hatte noch immer keine Beweise. Aber er würde zusehen, dass er welche in die Hand bekam.

Er trocknete sich hastig ab und legte das Handtuch über den Badewannenrand. Er zog seine alten Kleider an, nahm den Mantel und rannte hinaus.

Der Wind war kühl in seinem Nacken, wo die Haare noch feucht waren, aber wenigstens hatte er nicht mehr das Gefühl, dass Insekten auf seiner Haut herumkrabbelten. Eine Minute lang hatte er da drin in der Wohnung gedacht, er würde schlappmachen. Er spazierte bis zur Straßenecke.

Fast sofort hielt das Auto des Anwalts neben ihm am Straßenrand.

Joe öffnete die Tür und stieg ein. »Wohin fahren wir?«

»An einen Ort, wo niemand Sie vermuten wird«, sagte Ronald.

26

Von Ronald Brewers Wohnzimmer aus hatte man eine gute Aussicht auf die Meadows. Gruppen von mit Büchern beladenen Studenten, die von ihren Seminaren kamen, liefen quer über ein improvisiertes Fußballfeld, dessen Tore durch Jacken markiert wurden. Kinder. Joe konnte ihren Anblick nicht ertragen. »Haben Sie einen Ersatzschlüssel?«, sagte er und trat vom Fenster zurück.

»Bleiben Sie hier«, sagte der Anwalt. »Setzen Sie sich. Essen Sie etwas.«

»Ich muss für 'ne Weile weg. Es hat keinen Zweck, das Unvermeidliche rauszuzögern.«

»Ich glaube nicht, dass es klug ist, wenn Sie sich im Augenblick draußen sehen lassen. Sie werden polizeilich gesucht.«

»Wollen Sie mich hier einsperren, Ronald? Sie wissen, dass das gegen das Gesetz verstößt.«

Der Anwalt trat an den Kamin. »Die Polizei wird Ihr Haus beobachten. Und halten Sie sich von Ihren Freunden fern. Besonders von Cooper. Die Polizei wird sein Haus ebenfalls überwachen.«

»So viele Leute haben die nicht.«

»Sie werden wegen Mordes gesucht, Joe. Nicht wegen Ladendiebstahls. Die Polizei wird die erforderlichen Kräfte schon auftreiben.« Brewer fischte einen Schlüsselbund aus einem großen Plastikgefäß. »Der mit dem roten Ring ist für die Haustür.«

»Ich komm schon klar damit«, sagte Joe. »Haben Sie eine Alarmanlage?«

»Rausgeworfenes Geld. Hier gibt's nichts zu stehlen.«

Jack schaute sich rasch im Zimmer um. Kein Fernseher,

kein DVD-Player, kein CD-Player, kein Video, keine Playstation, kein Computer. Der Anwalt hatte recht. Joe nickte in Richtung des wandhohen Bücherregals. »Das muss 'ne Menge gekostet haben.«

»Ich sehe den typischen Ganoven aus Craigmillar schon vor mir, wie er sich einen Stapel juristischer Lehrbücher unter den Nagel reißt.« Ronald spazierte zum Sofa und setzte sich.

»Sie haben'n paar Bücher von Chomsky und Pilger da. Für die kriegt man vermutlich'n paar Scheine.«

»Nicht gerade heiß begehrt in Verbrecherkreisen, Joe. Nicht mal signierte Erstausgaben.«

»Viel Belletristik haben Sie nicht.«

»Ein bisschen Zola auf dem untersten Regal. Er ist so ungefähr der einzige Romancier, für den ich Zeit finde.«

»Ich hab mal *Die Erde* gelesen. Guter sozialistischer Roman, wenn man auf so was steht.«

»Ich würde Ihnen *Nana* empfehlen«, sagte der Anwalt. »Mehr Ihr Ding, nehme ich an. Es handelt von einer Prostituierten.«

Joe lachte und spürte, wie er sich entspannte. »Was machen Sie abends so, außer lesen.«

»Meine E-Mails beantworten.«

»Dann haben Sie ja doch was, das man Ihnen klauen könnte. Wo verstecken Sie den Computer?«

»Nicht hier. Normalerweise arbeite ich im Büro. Komme ziemlich spät nach Hause. Ich brauche hier nicht viel.«

»Sie beantworten die ganze Nacht E-Mails?«

»Ich mache nebenher noch *pro-bono*-Arbeit – freiwillig.«

»Für wen?«

»Für ein paar Menschenrechtsgruppen. Und in letzter Zeit auch für eine Koalition aus undogmatischen linken Gruppierungen. Sie treten vor allem über E-Mail mit mir in Verbindung. Ihre juristischen Probleme zu lösen, hält mich ziemlich auf Trab.«

»Und Ihre Kanzlei lässt Sie das ohne Weiteres machen?«

»Klar. Dann sieht es so aus, als hätte sie ein Gewissen.«

»Na ja, Ronald, gut zu wissen, dass sich noch irgendwer engagiert.«

Der Anwalt zuckte mit den Achseln. »Ich muss gleich weg. Einen Ihrer Freunde treffen. Ich kann Ihnen nicht helfen, wenn ich hier mit Ihnen plaudere.«

»Gehen Sie nur. Ich brauch schon lange kein Kindermädchen mehr.«

»Machen Sie sich Tee, Kaffee, was immer Sie möchten.«

»Einen Kellner brauch ich auch nicht. Hauen Sie einfach ab, Ronald. Ich leg die Füße hoch und sehe fern.«

»Ich habe keinen ... «

»Ich weiß. Ist mir schon aufgefallen.«

»Ich bin etwas begriffsstutzig. Tut mir leid. Ich gehe besser.«

»Zu welchem Freund?«, sagte Joe. »Ich wusste nicht, dass ich noch einen habe.«

»Adam Wright.«

»Was macht der denn in Edinburgh?«

»Genau das will ich herausfinden.«

Nachdem Ronald gegangen war, wartete Joe ein paar Minuten, dann entdeckte er das Telefon des Anwalts (wenigstens das hatte er, verflucht noch mal) auf einem Tisch im Flur. Joe holte das Foto von Ruth heraus und wählte die Nummer, die er auf die Rückseite geschrieben hatte.

Eine junge Männerstimme antwortete. »Florida Al's Sonnenstudio.«

»Mit wem spreche ich?«

Eine kurze Pause, dann sagte die Stimme: »Hier ist Dom.«

»Erfreut, Ihre Bekanntschaft zu machen, Dom. Ich möchte mit Mr. Park sprechen.«

Eine weitere kurze Pause, ein wenig länger als die vorherige. »Ich kenn keinen, der so heißt.«

»Das glaube ich Ihnen nicht, Dom. Ich möchte mit Mr. Park sprechen.«

Die Verbindung brach ab.

Joe wählte erneut. Nachdem es ein halbes Dutzend

Mal geklingelt hatte, nahm Dom ab. Diesmal sagte er nur: »Hallo?«

»Ich bin's noch mal.«

»Hören Sie«, sagte Dom. »Ich hab's Ihnen schon gesagt. Ich kenne keinen Park. Hier arbeitet niemand, der so heißt.«

»Kann ich mit Florida Al sprechen?«

Dom lachte.

»Hab ich was Komisches gesagt?«

»Es gibt keinen Florida Al. Das ist'n erfundener Name.«

»Zum Brüllen«, sagte Joe. »Dann lassen Sie mich mit Sunshine Jim sprechen oder wie der Besitzer sich sonst nennt.«

Das Schweigen dauerte lange. Schließlich sagte Dom: »Er ist weg.«

»Hat er eine Handynummer?«

»Die darf ich Ihnen nicht geben.«

»Wann kommt er zurück?«

»Wie zurück?«

»Ins Studio, Dom. Sie haben gesagt, er sei weg. Das lässt darauf schließen, dass er da war und später zurückkommt. Ich wüsste gern, wann.«

Wieder brach die Verbindung ab.

Joe ließ es noch ein paarmal klingeln. Niemand nahm ab. Er zerrte die Gelben Seiten unter dem Tisch hervor, auf dem das Telefon stand. Die Liste der Sonnenstudios war länger, als er gedacht hatte. Er fand die Adresse von Florida Al's. Es war in Bruntsfield. Zehn Minuten zu Fuß um die Ecke.

Joe musste in das Sonnenstudio, bevor dort Feierabend gemacht wurde. Er hoffte, dass er Dom keinen Schrecken eingejagt hatte. Wahrscheinlich hätte er nicht anrufen sollen. Nein, er hätte so tun sollen, als sei er ein Kunde und nur nach der Adresse fragen. Oder einfach auflegen, als Dom sich gemeldet hatte, und das tun, was er am Ende sowieso getan hatte, nämlich sich die Adresse aus den Gelben Seiten heraussuchen. Wenn er nur nicht in diesem Wutanfall über Adam sein Handy zertrümmert hätte, dann könnte er von unterwegs noch mal anrufen. Vielleicht ginge Dom dann ran, weil er dachte, der anonyme Anrufer hätte es inzwischen satt, ihn zu nerven.

Ein schöner Nachmittag war im Begriff, in einen schönen Abend überzugehen. Tief am Himmel schien immer noch die Sonne. Noch viel mehr von diesem guten Wetter, und Florida Al war aus dem Geschäft. Die Seminare waren für heute zu Ende, und auf den Meadows wimmelte es von Studenten. Sie standen in Gruppen zusammen, gingen als Paare, zu dreien, allein. Einen Moment lang glaubte Joe, Gemma zu sehen. Aber es war nur ein Mädchen, die mit ihrem Freund lachte und die gleiche Frisur hatte. Auch die gleiche Haarfarbe. Sie hätten als Schwestern durchgehen können. Da war sie, diese Studentin, und lief völlig sorglos im Park herum, während Gemma tot war. Es war nicht richtig. Joe wusste, dass das Mädchen keine Schuld hatte, aber trotzdem wäre er am liebsten über die Straße gerannt und hätte ihr eine geknallt, damit sie mit ihrem Grinsen aufhörte. Er fand es respektlos.

Ein Polizeiauto fuhr mit heulenden Sirenen vorbei. Joe schaute in die Richtung, aus der das Sirenengeheul kam, und stieß gegen einen fetten Kerl mit zwei Einkaufstaschen. Joe entschuldigte sich. Der Fettsack schwitzte und sagte keuchend: »Meine Schuld.« Das Polizeiauto verschwand in Richtung Innenstadt.

Joe folgte einem Fußweg, der durch Bruntsfield Links führte, und atmete den Duft von frisch gemähtem Gras ein. Nach wenigen Minuten stand er vor Florida Al's Sonnenstudio.

Ein handgeschriebenes Schild im Fenster verkündete: *Neu – Nippel-Piercing*. Auf einem Schild an der Tür stand: *Geöffnet*.

Joe trat ein. Hinter einem grellroten Tresen musterten ihn zwei braun gebrannte junge Männer, die die Augen aufrissen, als sie sahen, wie er das Schild hinter der Tür umdrehte. Der eine hatte rabenschwarze Haare. Die des anderen waren glatt, schulterlang, und die Strähnen, die nicht blau gefärbt waren, schimmerten pink. Keiner von beiden sah einen Tag älter aus als zwanzig.

»Heute ist früh Feierabend«, sagte Joe. »Also, wer von euch beiden Wichsern ist Dom?«

»Sie sind der Typ vom Telefon«, sagte der mit den bunten Haaren.

»Dann musst du Dom sein.« Joe ging auf den Tresen zu.

Dom wich zur Wand zurück, wobei er mit der Faust sein knallbuntes Hemd zusammenraffte wie eine Frau, der sämtliche Blusenknöpfe abgeplatzt sind. Er schaute sich nach seinem Kollegen um. Dom war nicht ganz so braun gebrannt wie der andere.

Joe beachtete Dom nicht. Zu dem anderen sagte er: »Und wer bist du?«

»Carlos Garcia Gonzales. Und Sie, Señor?«

»Meinst du, ich kann mit Mr. Park sprechen, Carlos?«

Carlos fing an, Spanisch zu reden. Joe verstand kein Wort. Der spanischen Sprache war er am nächsten gekommen, als er auf der Universität das Stück *Die Spanische Tragödie* von Thomas Kyd gelesen hatte. Carlos verschränkte die Hände vor seiner Brust.

»Ich hab dich nicht verstanden, Carlos«, sagte Joe.

»Bitte, Señor, ich kenne den Mann nicht, von dem Sie sprechen.«

Joe fuhr mit der Zunge über seine Zähne. Er legte sich die Hand an die Stirn und schloss für eine Sekunde die Augen. Er atmete tief ein und wieder aus. »Okay«, sagte er. Er stürzte vorwärts und verpasste Dom eine knallharte Ohrfeige.

Dom wurde blass.

»Mr. Park«, sagte Joe.

Dom schüttelte den Kopf.

»Carlos?«, sagte Joe.

»Sie wollen mir Angst machen, ja?« Carlos hielt die Hände vors Gesicht, als wollte er einen Fußball fangen. »So etwa?« Mit einem Mal zitterte seine Stimme. »Bitte, nicht, ich kenne keinen Mr. Park. Bitte, Señor.« Lächelnd senkte er die Hände. Seine Stimme klang wieder normal. »Wollen Sie das?«

»Enttäuschend«, sagte Joe. »Ich hatte gehofft, du würdest kooperieren. Ich möchte deinem Freund Dom nicht gern umsonst wehtun.«

In Doms Gesicht war ein wenig Farbe zurückgekehrt. Bei Joes Worten rannte er seitlich am Tresen vorbei und stürmte nach hinten. Joe schnitt ihm den Weg ab. Dom rannte weiter. Joe stellte ihm ein Bein und brachte ihn zu Fall. Dom flog einen halben Meter durch die Luft und schlug mit einem Schrei auf dem Boden auf. Joe sah Blut von seinem Mund tropfen. Dom drehte sich um. Die Farbe war wieder aus seinem Gesicht gewichen. Noch blasser, und man hätte meinen können, er wäre tot.

»Ich möchte wirklich mit Mr. Park in Verbindung treten«, sagte Joe und beugte sich über Dom. Der zuckte zusammen. Joe zog die Hand des jungen Mannes von dessen Gesicht weg und untersuchte die Wunde in der Oberlippe. Hässlich. Wahrscheinlich hatte er sich bei dem Sturz auf die Lippe gebissen. »Dass muss genäht werden«, sagte er. »Wieso gibst du mir nicht einfach die Nummer? Du telefonierst doch mit ihm, stimmt's? Oder nimmt Carlos Kontakt mit ihm auf?«

Dom sagte nichts. Er hielt sich den Handrücken auf seine Lippe und blickte starr zu Boden.

»Na?« Joe schaute hoch. »Carlos, verrätst du mir die Nummer?«

»Ich kenne keinen Mr. Park, Señor.«

Joe knallte Dom eine, wobei er auf die geplatzte Lippe des Jungen zielte. Doms Schrei nach zu urteilen, hatte er perfekt getroffen. Joe sagte: »Ihr habt Angst vor Mr. Park. Dabei solltet ihr in Wirklichkeit Angst vor mir haben. Ich bin ein totaler Psychopath. Weißt du, was das ist, Carlos? Vielleicht kann Dom dir's ja übersetzen. Nein, ich sag dir was. Ich werd's dir zeigen. Ich nehme Dom mit nach hinten und leg ihn für 'ne Weile unter 'ne Sonnenbank. Ich habe alle Zeit der Welt, musst du wissen. So ein, zwei Stunden dürften sein Gedächtnis auffrischen.«

»Nicht gut«, sagte Carlos. »Er wird von der Hitze ohnmächtig, und Sie erfahren *nada*.«

»Danke für den guten Rat, Carlos.«

»Ist mir ein Vergnügen. Ich kenne auch das Wort Psychopath. Auf Spanisch sagen wir *psicópata*. Wie heißen Sie, Señor?«

»Joe Hope.«

»Joe Hope«, sagte Carlos, der zusah, wie Dom zitterte. »Joe Hope?« Er grinste Joe an. »Mein Vater war ein *psicópata*. Eines Tages wollte er meine Mutter mit dem Auto überfahren. Sie ist zur Polizei, aber die hat sich 'nen Scheiß drum geschert. Sie ist zu 'nem Anwalt, und der hat ihr gesagt, es sei sehr schlecht, wenn sie von zu Hause auszieht. Sie ist ins Gästezimmer gezogen. Sie hatte *tijeras* – eine Schere – unter dem Kopfkissen.« Carlos senkte den Kopf. »Die hat ihr aber nichts geholfen.«

»Deine familiären Probleme bekümmern mich zutiefst«, sagte Joe. »Aber im Augenblick habe ich andere Dinge im Kopf. Ich muss mit Mr. Park gewisse eigene familiäre Probleme besprechen.«

»Mein Vater hat meine Mutter umgebracht. Dann hat er sich selber umgebracht. Ich hatte Glück, dass er nicht versucht hat, mich umzubringen.«

»Du hast viel durchgemacht, Carlos. Ich weiß, wie du dich fühlst. Du tust mir sehr leid.«

»Er hat das mit ihr gemacht.« Carlos krümmte seine Finger, als hätte er einen unsichtbaren Ball dazwischen. Seine Hand ballte sich zur Faust. »Mit meiner Mutter.«

»Er hat sie erwürgt«, sagte Joe.

»Erwürgt. Ja.« Carlos lockerte die Finger und ließ die Arme fallen. »Ich war in meinem Zimmer und hatte Musik an. Ich habe nichts gehört. In der Stadt, wo ich herkomme, gibt es eine sehr hohe Brücke. Mein Vater ist zu dieser Brücke gefahren und hat in der Mitte angehalten. Er ist auf die Mauer geklettert und in den *precipicio* gesprungen.« Carlos machte ein pfeifendes Geräusch, während er den Sturzflug seines Vaters beschrieb, indem mit dem Zeigefinger eine Linie durch die Luft zog. »*Muerto*.« Er klopfte sich zweimal gegen die Brust. »*Huérfano*.«

Dom versuchte sich aufzurappeln. Joe warf ihm einen Blick zu, und er blieb, wo er war.

»Und wie bist du hier gelandet, Carlos?«, sagte Joe.

»Meine Freundin hat hier studiert. Sie ist nicht mehr meine Freundin. Ich habe eine neue Freundin.« Carlos lächelte.

»Schön für dich, mein Sohn«, sagte Joe. »Und einen Job hast du auch.«

»Mehr als einen Job. Florida Al's ist meine Firma.«

»Dir gehört der Laden? Dann kennst du Mr. Park.«

»Sie möchten mit ihm sprechen? Ich könnte Ihnen dabei helfen.«

Joe sah Dom an und sagte: »Steh auf.«

Dom erhob sich. »Carlos«, sagte er. »Du kannst doch nicht einfach so zulassen, dass dieser bescheuerte Affe mich zusammenschlägt. Schau dir meine Lippe an.«

»Geh ins Krankenhaus«, sagte Carlos. »Ich bezahl dir das Dreifache.«

»Dreimal so viel? Für den ganzen Tag?«

Carlos nickte.

»Willst du, dass ich morgen wiederkomme, Dom?«, sagte Joe.

Dom beachtete ihn nicht. »Ich hol meine Sachen und geh hinten raus.«

Carlos wartete ab, bis sie hörten, dass die Tür sich schloss. Er griff nach dem Telefon. »Sie starren mich an. Das ist unhöflich.«

»Ich frag mich nur«, sagte Joe, »wieso du mir hilfst? Ich könnte irgendwer sein.«

»Aber Sie sind nicht irgendwer. Ich habe den Namen Joe Hope schon gehört«, sagte Carlos. »Sie sind der Mann, der seine Frau umgebracht hat.«

»Ich hab sie nicht ... «

»Egal«, sagte Carlos. »Sie erinnern mich an meinen Vater.«

»Dein Vater hat deine Mutter kaltgemacht.«

»Genau. *La bija de puta.* Ich habe die Schlampe gehasst.« Carlos wählte. Nach ein paar Sekunden hob er den Daumen und sagte: »Mr. Park, ich rufe wegen Ihrer Verabredung bei Florida Al's an.«

27

Adam trank Mineralwasser aus seinem Brandyglas und wartete auf die Ankunft von Joes Anwalt, wobei er sich nach Kräften bemühte, nicht nach dem Mädchen in dem schwarzen Minirock zu glotzen. Er fragte sich, wie Dotty wohl in diesem Outfit aussehen würde. Verdammt sexy wahrscheinlich.

Er griff nach seiner *Evening Post* und las die Schlagzeile auf der Titelseite. In der Gegend von Seafield war auf einem Industriegelände eine Prostituierte tot aufgefunden worden. Die Polizei hatte keinen Hinweis auf ihren Mörder.

Adam legte die Zeitung auf den Tisch und lehnte sich in seinem Sessel zurück. Er wollte nichts über Tote lesen. Schon gar nicht über eine so junge Tote. Fünfzehn. Nicht mal erwachsen. Noch ein Baby, genau genommen. Er fragte sich, wie es ihren Eltern wohl gehen musste. Vermutlich genauso wie Joe. Oder vielleicht auch nicht. Sie hatten nicht ganz so viele Sorgen wie er.

Ronald Brewer hatte Adam wegen der Vorbereitungen für Gemmas Beerdigung angerufen, und sie waren ins Gespräch gekommen. Er hatte Adam über Joes aktuelle Lage unterrichtet. Joe war auf der Flucht. Trotzdem glaubte der Anwalt an seine Unschuld. Brewer beharrte darauf, dass Joe hereingelegt worden war. Der Anwalt schien ein netter junger Mann zu sein. Eifrig. Engagiert. Dennoch fragte sich Adam, ob er ihm trauen konnte. Auf wessen Seite stand er? Wollte er Joe wieder in den Knast bringen, auch wenn dann die Gerechtigkeit auf der Strecke blieb? Oder war das Gerechtigkeit? Hatte Joe Ruth umgebracht?

Adam wusste keine Antwort darauf. Die jüngsten Ereignisse hatten ihm gezeigt, wie sehr er sich irren konnte. Vielleicht hatte Joe seine Frau umgebracht, vielleicht nicht. Aber anscheinend hatte er Gemma nicht vergewaltigt. Und wenn Joe dafür nicht verantwortlich war, dann hatte er für den Mord an Ruth kein Motiv, wie Adam ihm unterstellt hatte. Doch dann hatte jemand anderes ein Motiv. Adam wollte Joe trotz aller Zweifel glauben. Gemma hatte ihren Vater geliebt. Das musste doch auch etwas zählen.

Sein Blick schweifte zu dem Ecktisch, wo das Mädchen mit dem Minirock mit einigen Freunden zusammensaß. Sie ließ den Kopf in den Nacken fallen, als sie lachte. Er hatte das Gefühl, ein kleiner Stein würde ihm in der Kehle stecken. Hastig wandte er den Blick ab. Er fragte sich, was Dotty wohl machte. Zu schade, dass sie ihn nicht hatte begleiten wollen. Sie hatte in seinem Schlafzimmer gestanden, auf ihre Brust gestarrt und an einem ihrer Westenknöpfe gezwirbelt. »Es ist keine gute Idee«, hatte sie gesagt, ohne den Kopf zu heben.

Ihre ruhig gesprochenen Worte waren für ihn ein Schlag ins Gesicht gewesen. Einen Moment lang war ihm ganz flau geworden.

Ihr Kopf bewegte sich auf und ab. Ihre Mundwinkel fielen nach unten.

Am liebsten wäre er zu ihr hin und hätte sie in die Arme genommen. Stattdessen sagte er: »Eine kluge Entscheidung.« Er verzog den Mund und nickte.

Sie nickte zurück.

Er streckte die Hand aus, und sie ergriff sie. Sie schüttelten sich die Hände. Dann verdarb er sich seinen würdevollen Abgang, indem er sagte: »Hast du dann vielleicht Lust, mich zum Flughafen zu bringen?«

Sie senkte die Augen zu Boden. Er spürte, wie sie seine Füße anstarrte, und fühlte sich unbehaglich. »Natürlich nicht, natürlich nicht. Dotty«, sagte er und hielt, ebenso bestrebt, das Thema zu wechseln wie die Wahrheit über Gemmas Vergewaltigung zu erfahren, Gemmas Tagebuch hoch, »ich möchte, dass du dir eine Stelle hier drinnen anschaust. Ich brauche deine Meinung. Falls du es aushältst, sie zu lesen. Es geht um Gemmas Vater. Möglicherweise. Ich bin mir nicht sicher.«

Sie schaute ihn aus feuchten Hundeaugen an. »Okay.«

»Ich brauche einen Moment, bis ich sie gefunden habe. Könntest du mir dann sagen, was es deiner Meinung nach bedeutet?«

Ihre Worte waren ein Flüstern. »Danke.«

Er verstand nicht recht, wieso sie ihm dankte. Wofür sollte sie ihm dankbar sein? Seufzend blätterte er in den Seiten herum. »Hier«, sagte er nach einer Weile. »Hier ist es.« Er reichte ihr das aufgeschlagene Tagebuch.

Sie nahm ihm das Buch ab. »Hier?« Sie zeigte auf die Stelle.

Er schwieg, während sie las. Als sie fertig war, sagte sie: »Was möchtest du wissen?«

Adam blinzelte. Er räusperte sich. »Von wem spricht sie da?«

»Na ja«, sagte sie, »Gemma war ... « Sie schloss den Mund, und auf ihrem Kinn erschien ein Grübchen. Einen Moment später sagte sie: »Der Mann bezeichnet sich selbst als Daddy.« Sie verstummte wieder. Sie hielt sich die Hand vor den Mund und sprach durch leicht gespreizte Finger. »Aber das heißt nicht unbedingt, dass er wirklich ihr Vater ist. Vielleicht hat er eine Rolle gespielt. Vielleicht macht es ihn an, wenn er so tut, als sei er ihr Vater.«

Adam nahm Dotty das Tagebuch aus den Fingern und blätterte weiter. »Hier«, sagte er, »ich lese es dir vor. Nur zwei Sätze, aber sie ergeben keinen Sinn. Sie schreibt: *Ich weiß, dass ich niemals die Wahrheit sagen darf. Ich kann Daddy nicht ins Gefängnis bringen.*« Er zeigte auf die Seite, die er gerade gelesen hatte.

»Manchmal bist du ein richtiges Kind«, sagte Dotty.

»Himmel noch mal!« Sofort wünschte er sich, er hätte nichts gesagt. Es hatte feindselig geklungen.

»Ich habe das nett gemeint.« Sie blickte zu Boden. »Ich mag Kinder.«

»Ich kenne nicht viele«, sagte Adam. Kurz darauf fügte er hinzu: »Aber die, die ich kenne, sind ganz nett.«

Dotty trat von einem Fuß auf den anderen. Sie hob leicht den Kopf. »Diese Stelle in dem Tagebuch«, sagte sie. »Gemma wollte nicht, dass ihr Vater erfährt, was passiert ist. Sie hat Angst gehabt, dass er den Mann, der sie vergewaltigt hatte, umbringen wird. Das hat sie mit ihn ins Gefängnis bringen gemeint.«

Adam schloss langsam das Tagebuch. »Klar.« Er nickte. »Jetzt, wo du es sagst.«

»Kann ich jetzt gehen?«, sagte Dotty.

Er schaute sie an. Es war ihr anzusehen, wie aufgeregt sie war. Er wünschte, er hätte nicht so heftig reagiert, als sie ihn ein Kind genannt hatte. Sie hatte ihn überhaupt nicht kritisieren wollen. »Es tut mir leid, dass ich das von dir verlange.« Sie schüttelte den Kopf und drehte ihm ihre Wange zu. Er brauchte einen Moment, um die unausgesprochene Einladung zu begreifen. Er legte ihr die Hand auf die Schulter, und sie beugte sich ihm entgegen. Er hielt sie. Sie zitterte. Er ließ das Tagebuch zu Boden fallen und nahm sie in die Arme. Sein Hals war nass von ihren Tränen.

»Tut mir leid, wenn ich mich wie ein Kind benommen habe«, sagte er.

Dotty antwortete nicht. Sie blieben lange so stehen. Adam hätte sie gerne noch viel länger so im Arm gehalten. Aber sie ging. Hastig. Schoss durch das Zimmer und zur Tür hinaus.

Sein Flieger ging am nächsten Morgen. Er traf sie fünf Minuten lang beim Frühstück, und ehe er sich versah, war er in Edinburgh, und Dotty war Hunderte von Meilen weit weg.

Sein Handy lag auf dem Tisch neben dem Glas Wasser. Er dachte daran, sie anzurufen. Seine Augen suchten die Bar ab. Das Mädchen in dem schwarzen Minirock kämpfte sich mit zwei Biergläsern, einem Klaren in einem Schnapsglas und einer kleinen Flasche Orangensaft an ihren Tisch zurück. Ihre hochhackigen Schuhe waren dabei eher hinderlich. Sie hatte schöne Beine. Ihre Wadenmuskeln spannten sich hübsch bei jedem Schritt. Stell dir vor, diese braunen Schenkel gehören Dotty. Stell dir nur vor, wie sie sich um deine Hüften legen. Mit einem Mal blieb sie stehen. Er schaute hoch, und ihm wurde bewusst, dass sie ihn anstarrte. Er wollte wegsehen, aber er konnte den Blick nicht von ihr losreißen. »Willst du runter auf die Knie gehen und dir's noch genauer angucken?«, sagte sie.

»Nein«, sagte er. Er wusste, dass es eine rhetorische Frage war, verspürte aber trotzdem den Zwang, sie zu beantworten. »Nein«, wiederholte er.

Als sie weiterging, wurde ihm klar, dass er hätte abstreiten sollen, sie angestarrt zu haben. Ihm war nicht mehr danach, Dotty anzurufen. Er hatte das Gefühl, dass alle Augen in der Bar auf ihn gerichtet waren. Sein Gesicht war heiß. Er stürzte das Wasser hinunter, bevor er es wagte, den Kopf zu heben. Niemand interessierte sich für ihn. Außer dem Jungen im Anzug, der ihn vom Eingang her anstarrte. Er sah viel zu jung aus, um hier bedient zu werden. Er kam auf ihn zu.

Adam steckte seinen Kopf in die Zeitung.

Sekunden darauf hörte er eine Stimme sagen: »*Evening News*, Mineralwasser aus einem Brandyglas. Sie müssen Adam Wright sein.«

Adam senkte die Zeitung. Es konnte nicht der Anwalt sein. Er war viel zu jung. »Mr. Brewer?«

DRITTER TEIL

28

»Vielen Dank, dass Sie bereit waren, sich mit mir zu treffen, Mr. Park.«

Der Händedruck des Auftragsmörders war fest. »Wenn Sie mich kurz entschuldigen«, sagte er. »Sie werden etwas Diskretion benötigen.« Er ging zum Fenster und zog die Gardinen zu. Der Raum wurde dunkler. Er schaltete die Tischlampe ein. »Ich muss Sie bitten, Ihre Kleider abzulegen.«

»Mr. Park«, sagte Joe. »Ich hätte nicht gedacht, dass ich Ihr Typ bin.«

»Wenn Sie Ihre Kleider nicht ablegen, Mr. Hope, haben wir nichts zu besprechen.«

»Darf ich Sie fragen, wieso Sie möchten, dass ich mich ausziehe?« Sollte das eine Demütigungsnummer sein? Carlos hatte es geschafft, Park zu einem Treffen zu überreden, und Joe wusste, dass er dankbar sein sollte. Aber jetzt stand er allein mit einem Profikiller in einem Hotelzimmer. Joe empfand nicht eine Spur von Dankbarkeit. Der abgedrehte Wichser wollte, dass er die Klamotten auszog.

»Ich möchte sichergehen, dass Sie nicht verwanzt sind. Oder eine Waffe verstecken.«

»Trauen Sie mir nicht?«

»Nicht im Geringsten.«

»Ich möchte wirklich nicht –«

»Guten Tag, Mr. Hope. Vergessen Sie nicht, die Zimmerrechnung zu bezahlen, wenn Sie gehen.«

Joe schüttelte den Kopf und holte tief Luft. Er presste die Lippen aufeinander. Sie fühlten sich an wie aufgesprungen. »Wieso durchsuchen Sie mich nicht einfach, Mr. Park?«

»Auf Wiedersehen.«

Also ein Scheißstriptease, wenn der Typ das unbedingt wollte. Park setzte sich aufs Bett und beobachtete jede seiner Bewegungen. Mühevoll zog Joe sich den Pullover über den Kopf. Faltete ihn zusammen, legte ihn auf den einzigen Stuhl im Zimmer. Dasselbe machte er mit dem T-Shirt. Unter Protest seiner Rippen bückte er sich dann, schnürte die Schuhe auf, streifte erst den einen ab, dann den anderen. Seine Socken rochen ziemlich übel. Er hoffte, dass Park etwas von dem Gestank in die Nase bekam. Er zog sie aus und steckte sie in die Schuhe. Er öffnete den Hosengürtel, den Knopf, den Reißverschluss. Er schob die Hose herunter und stieg heraus. Langsam faltete er die Hose zusammen und legte sie zu dem Kleiderstapel auf dem Stuhl. Nur noch in Boxershorts schaute er Park an.

Park zeigte mit dem Finger darauf.

»Ach, kommen Sie«, sagte Joe. »Glauben Sie im Ernst, ich hab 'ne Wanze in der Unterhose? Vielleicht sollten Sie mir noch in den Arsch gucken.«

Park schien nachzudenken. Dann sagte er: »Ich glaube nicht, dass das nötig sein wird.«

Joe drehte ihm den Rücken zu und zog die Boxershorts aus. »Okay?« Er hörte, wie Park aufstand. Er konnte den Mistkerl hinter sich spüren. Eine Sekunde lang dachte er wirklich, Park würde ihn sich tatsächlich vorbeugen lassen, um sein Hinterteil zu inspizieren. Aber er tat es nicht. Park verschwand mit Joes Klamotten im angrenzenden Badezimmer und erschien ohne Kleider wieder, dafür mit einem Hotel-Bademantel, den er Joe reichte. Joe hielt ihm seine Boxershorts hin. Park schüttelte den Kopf. Joe schaute sich um und ließ die Unterhose auf den Stuhl fallen. Er schlüpfte in den Bademantel und drehte sich zu dem Profikiller um.

»Ich kann Ihnen gar nichts sagen, Mr. Hope«, sagte Park. »Sie wissen das, nicht wahr? Ich weiß, dass Sie sich aufgrund unserer Bekanntschaft des Charakters meiner beruflichen Tätigkeit als Beseitigungsexperte bewusst sind. Ich bin sicher, Sie verstehen, dass ich darüber nicht sprechen kann. Falls Sie hierhergekommen sind, weil Sie Informationen von mir wollen, verschwenden Sie Ihre Zeit.«

»Wieso waren Sie bereit, sich mit mir zu treffen?«

»Sie wissen doch, worum es hier geht. Und Ihre, wie soll ich sagen, *Situation* interessiert mich.«

»Ich will keine Informationen.« Joe berührte den Gürtel seines Bademantels. Park war nicht so clever, wie er dachte. Joe hätte den Gürtel aus dem Bademantel ziehen und ihn damit erwürgen können. Ganz einfach.

»Was dann?«, sagte Park.

Seufzend zog Joe an dem Gürtel. Der Bademantel roch frisch.

»Ich sage es frei heraus, Mr. Park. Vielleicht sollten Sie sich hinsetzen.«

Park setzte sich aufs Bett. »Ah«, sagte er, als verspürte er einen jähen Schmerz. Er öffnete sein Jackett, und Joe sah eine Kanone, die er vorne in die Hose gesteckt hatte. Park zog sie heraus und legte sie neben sich aufs Bett. Nur gut, dass Joe ihn nicht hatte erwürgen wollen.

Für Joe gab es keine Sitzgelegenheit, aber es kam ihm komisch vor, im Bademantel im Zimmer zu stehen. Nach kurzem Zögern setzte er sich auf seine Boxershorts und schlug die Füße übereinander. »Ich habe einen Auftrag für Sie.« Park schwieg. Joe wartete eine Weile, sagte dann: »Ich möchte, dass Sie die Person umbringen, die meine Frau ermordet hat.«

Park fing an zu lachen.

Eine ganze Weile hörte Joe ihm zu, dann fragte er: »Nun?«

»Haben Sie außer in die Rippen auch einen Schlag auf den Kopf bekommen?«

»Ich meine es ernst.«

Park tippte mit den Fingern an seine Stirn. »Dann sollten Sie mir vielleicht mitteilen, um wen es sich handelt.«

»Das wissen Sie.«

»Ich fürchte, Sie irren sich, Mr. Hope. Vielleicht sollten Sie gehen.«

»Sie waren dabei.«

Park griff nach der Waffe. »Der Kummer bringt die seltsamsten Dinge in den Menschen hervor. Sie können nicht mehr klar denken.«

»Wollen Sie das Geld nicht? Ich dachte, Sie sind Profi.«

Park machte ein schnalzendes Geräusch mit der Zunge. »Wie Sie sagen, Mr. Hope. Ich bin Profi.« Er senkte die Kanone. Behielt sie in der Hand.

»Ach. Dann machen Sie es?«

»Erklären Sie mir etwas, Mr. Hope. Wenn Sie glauben, ich hätte irgendetwas mit dem Hinscheiden Ihrer Gattin zu tun, wieso wollen Sie dann nicht mich umbringen?«

»Habe ich etwa diesen Eindruck erweckt?« Joes Herz pochte wild unter seinem Bademantel.

»Also, was soll dieses Theater?«, sagte Park.

»Sie sind ein Bauer. Sie sind irrelevant.«

»Ach ja? Sagen Sie mir, wen ich umbringen soll.«

»Das wissen Sie bereits.«

Park lachte wieder. »Mr. Hope, wieso setzen Sie sich nicht wieder mit mir in Verbindung, wenn Sie die Fakten kennen? Es erleichtert mir meine Aufgabe ungemein, wenn ich weiß, wen ich für Sie töten soll.«

»Angenommen, ich tu es«, sagte Joe, »tun Sie es dann auch?«

»Können Sie zahlen?«

»Ich habe gerade einen ganzen Haufen geerbt.«

»Sie werden das Erbe nicht antreten können, wenn man Sie der Ermordung Ihrer Frau für schuldig befindet.«

»Stimmt. Wenn ich meine Unschuld nicht beweisen kann, dann bekomme ich das Geld nicht, und ich kann Sie nicht engagieren, und dann bekommen Sie auch kein Geld. Worüber reden wir hier, Mr. Park. Fünfzig Riesen? Hundert?«

»Die zweite Zahl kommt der Sache näher.«

»Denken Sie drüber nach«, sagte Joe. »Darf ich mich jetzt wieder anziehen?«

Park stand auf und steckte die Pistole wieder in den Hosenbund. Er ging ins Bad und kehrte mit Joes Kleidern zurück. »Wenn Sie die Identität des Mörders festgestellt haben, lassen Sie es mich auf jeden Fall wissen.«

Joe zog seine Boxershorts an. Den Bademantel zor er aus und ließ ihn zu Boden fallen. »Und wie steht es mit Ihnen? Die Aussicht auf hundert Riesen könnte Ihr Gedächtnis doch auffrischen.«

»Da gibt es nichts aufzufrischen.«

»Für alle Fälle gebe ich Ihnen die Nummer meines Anwalts. Haben Sie etwas zu schreiben? Ich bin wahrscheinlich in nächster Zeit etwas schwer zu erreichen.«

»Nicht nötig«, sagte Park. »Sagen Sie mir die Nummer einfach. Mein Gedächtnis ist tadellos.«

29

Das Mädchen in dem schwarzen Minirock ließ Adam beim Hinausgehen nicht aus den Augen. Er stieß einen Seufzer der Erleichterung aus, als sie den Pub verlassen hatte.

»Geben Sie mir das Tagebuch.« Der Anwalt trank einen Schluck Kaffee. »Ich sorge dafür, dass er es bekommt.« Sein Kaffee war in einem Glas mit Henkel gekommen und sah aus wie Schokolade-Vanille-Eiscreme. Er hatte sogar einen langen Löffel bekommen, genau wie bei den großen Portionen Spaghettieis, die Adam als Kind so geliebt hatte.

»Das ist nur für Joe bestimmt«, sagte Adam.

»Was ist denn so besonders daran?«

Adam schwenkte den Wasserrest in seinem Brandyglas. Die Kohlensäure war fast verschwunden. »Das ist persönlich.«

»Mr. Wright, ich bin informiert über den Vorfall auf Ihrem Anwesen auf den Orkneys. Sind Sie immer noch wütend auf Mr. Hope? Geht es hier um Rache? Denken Sie immer noch, er hätte Ruth umgebracht? Ist das der eigentliche Grund, weshalb Sie ihn sehen wollen?«

»Hier.« Adam zog Gemmas Tagebuch aus seiner Manteltasche und schlug die erste Seite auf. »Ich habe das nicht erfunden.« Er zeigte dem Anwalt ihren Namen. Dann blätterte er den Rest des Buches durch. »Das sind Gemma Hopes letzte Worte.«

Der Anwalt rührte einen Moment lang schweigend in seinem Kaffee, wobei sein Löffel gegen die Glaswand klirrte. »Weiß die Polizei von diesem Tagebuch?«

Adam schüttelte kaum merklich den Kopf.

Der Anwalt klopfte den Löffel einmal am Glasrand ab und legte ihn auf den Tisch. »Wieso nicht?«

»Ich sollte vielleicht gehen.«

Brewer packte ihn am Handgelenk. Die schmalen Finger des Jungen hatten einen festen Griff. »Nur eine Frage, Mr. Wright. Mehr nicht. Was Sie sagen, ist vertraulich, das verspreche ich Ihnen.«

»Wissen Sie, wo Joe ist?«

»Das habe ich doch bereits gesagt. Ich weiß nicht, wo er ist. Er ist auf der Flucht.« Der Anwalt ließ Adams Arm los und griff wieder nach seinem Kaffeeglas. Er spielte mit dem Glas, drehte es nach links und wieder zurück. Er nahm den Löffel. Drehte ihn um. Ein Tropfen lehmfarbenen Kaffees landete auf dem Tisch. Er verschmierte ihn mit dem Finger auf dem Tisch.

»Kann ich mit ihm sprechen?«, sagte Adam.

»Wieso fragen Sie mich das?«

»Warum schützen Sie ihn, Brewer?«

»Wieso sagen Sie das?« Der Anwalt drehte den Löffel zwischen den Fingern, dann ließ er ihn von der rechten Hand in die linke gleiten.

»Weil Sie lügen. Sie schauen sich ständig im Pub um. Und sehen Sie sich mal Ihre Hände an. Sie machen an Ihrer Tasse rum, Ihrem Glas, meine ich, spielen mit dem Löffel, als wäre er irgendein schickes neues Spielzeug. Und jetzt lecken Sie sich über die Lippen, als hätten Sie Sahne am Mund. Wie um alles in der Welt haben Sie es geschafft, die Polizei zu übertölpeln?«

Brewer senkte den Blick. »Ich habe überhaupt nicht mit ihnen gesprochen.«

»Wenn Sie es machen«, sagte Adam, »dann müssen Sie eine wesentlich bessere Vorstellung liefern.«

»Geben Sie mir das Tagebuch«, sagte Brewer. »Ich verspreche Ihnen, dass Joe es bekommt.«

»Entweder ich liefere es persönlich ab«, sagte Adam, »oder ich behalte es, und Joe bekommt es nie zu Gesicht.«

»Wieso liegt Ihnen das Buch so sehr am Herzen, Mr. Wright?«

»Es sind Gemmas letzte Worte.«

»Nur aus diesem Grund? Sonst nichts?«

»Wollen Sie noch etwas, Mr. Brewer? Noch einen Kaffee? Einen Latte, nicht wahr? Ich bin ganz ausgetrocknet. Die Hitze hier macht einen fertig. Ich wohne in einem alten Haus, wissen Sie, und auf den Orkneys ist es selten so heiß.«

»Es ist nicht heiß.«

»Viel zu warm. Stickig.«

Brewer schaute sich im Pub um. Für einen Moment starrte er ins Leere, dann richtete er den Blick wieder auf Adam. »Mir ist klar, dass etwas in dem Tagebuch steht, das die Polizei nicht lesen soll. Ich bin nicht die Polizei, Mr. Wright. Sagen Sie mir, um was es geht.«

»Gemma hat mir das Tagebuch anvertraut, bevor sie starb. Ich beabsichtige, es ihrem Vater zu übergeben, so wie sie es mir aufgetragen hat, und ich würde Ihre Hilfe in dieser Angelegenheit sehr zu schätzen wissen.«

»Geben Sie mir das Tagebuch. Ich werde es abliefern.«

»Ich habe es Ihnen gesagt, nein.«

»Ist ihr etwas zugestoßen, wovon ihr Vater nichts weiß?«

»Sie werden nichts aus mir rauskriegen, Mr. Brewer.«

Der Anwalt fing wieder an, mit seinem Glas zu spielen. »Dann kann ich Ihnen nicht helfen.«

Adam lachte. »Natürlich können Sie.« Er senkte die Stimme und beugte sich vor. »Sie gewähren einem Verbrecher Unterschlupf. Wieso machen Sie das?«

Brewers junges Gesicht wirkte mit einem Mal um zehn Jahre älter. »Nehmen Sie es mir bitte nicht übel, wenn ich so offen spreche, aber das ist totaler Schwachsinn«, sagte er. »Ich weiß nicht, wie Sie auf so einen absurden Gedanken verfallen konnten.«

»Okay«, sagte Adam. »Aber nehmen wir einmal an, ich hätte recht.«

»Haben Sie nicht.«

»Hypothetisch gesprochen. Lassen Sie uns nur mal für eine Minute so tun. Tun Sie mir den Gefallen.«

Der Anwalt stellte sein Glas beiseite und legte die Hände auf den Tisch.

»Mich interessiert«, sagte Adam, »was einen Anwalt wie Sie dazu bringt, einen Flüchtigen wie Joe zu schützen. Hat er Ihnen viel Geld angeboten, damit Sie ihn vor dem Gefängnis bewahren?« Adam hielt inne und beantwortete sich dann selbst die Frage. »Ich glaube nicht. Sie sind nicht käuflich, oder, Mr. Brewer? Sie sind jung. Idealistisch. Nicht wahr? Aber wo bleibt die Gerechtigkeit, frage ich mich. Sie müssen doch das Rechtssystem respektieren. Schließlich sind Sie ja Anwalt.«

Der Pub füllte sich rasch mit Feierabendtrinkern. In dem lauter werdenden Stimmgewirr war der Anwalt schwerer zu verstehen. »Auf der Universität mussten wir Rechtsphilosophie belegen. Ich musste einmal eine Abhandlung darüber schreiben, ob ein ungerechtes Gesetz eine Grundlage von Rechtsprechung sein kann. Was meinen Sie dazu, Mr. Wright? Wie würden Sie das beantworten?«

Adam dachte einen Moment lang nach. »Dem Buchstaben nach«, sagte er, »kann es das. Es ist ein Gesetz. Es mag ungerecht sein, aber ungeachtet dessen bleibt es ein Gesetz.«

»Genau. Und wissen Sie, was ich daraus gelernt habe? Das Gesetz hat nicht das Geringste mit Gerechtigkeit zu tun. Sie haben recht, ich bin ein Idealist. Ich glaube an die Gerechtigkeit. Aber das bedeutet nicht automatisch, dass ich an das Rechtssystem glaube.«

»Dann hat Joe seine Frau nicht umgebracht?«

»Ich glaube nicht.«

»Das heißt, er wurde reingelegt.«

»Das erscheint mir als die logische Folgerung.«

»Wer hat ihn reingelegt?«

»Ich wünschte, ich wüsste es.« Brewer stand auf.

»Ich komme mit.«

»Das geht nicht.«

»Glauben Sie denn, Joe wird denken, dass Sie nur in seinem besten Interesse gehandelt haben, wenn er erfährt, dass es ein Tagebuch von Gemma gibt?«

»Ich kann Sie unmöglich zu ihm bringen. Sie sind ein Risiko.«

»Ach, bin ich das?« Adam lachte leise. »Schauen Sie mich an. Ich habe ein paar Pfund zu viel auf den Rippen und bin nicht besonders fit. Ein Schlag von Joe, und ich lieg auf dem Boden. Herrgott, Mr. Brewer, ein Schlag von *Ihnen*, und ich lande auf der Schnauze.«

Der Anwalt setzte sich wieder. »Und was auf den Orkneys passiert ist, haben Sie das schon vergessen? Woher soll ich wissen, dass Sie nicht eine Pistole in der Hose oder ein Messer im Ärmel stecken haben?«

Adam legte das Tagebuch auf den Tisch. »Ein Zeichen meines Vertrauens«, sagte er. »Lesen Sie's. Nehmen Sie sich soviel Zeit, wie Sie wollen. Entscheiden Sie selbst, ob es echt ist, Mr. Brewer.«

Brewer streckte die Hand aus.

»Aber Sie dürfen es ihm nicht übergeben«, sagte Adam.

»Warum nicht?«

»Sie trauen mir nicht. Wieso zum Teufel, sollte ich Ihnen trauen?«

Brewer fing an zu lesen. Bald ertappte sich Adam dabei, dass er an das Mädchen in dem Minirock dachte. Er spürte, wie er rot wurde und ihm der Schweiß auf der Stirn stand. Er griff zu seiner Zeitung und tat, als ob er läse, während er Brewer aus dem Augenwinkel beobachtete. Nach und nach kühlte Adams Gesicht ab, und er entspannte sich ein wenig. Er wischte sich mit dem Zeigefinger die Stirn ab. Fuhr mit dem Handgelenk von Augenbraue zu Augenbraue. Kurz schaute er zu dem Anwalt hinüber, doch Brewers Gesicht war ausdruckslos. Er überflog die Seiten, schneller als er sie lesen konnte.

»Glauben Sie mir?«, sagte Adam.

Der Anwalt hob den Kopf, und seine Zungenspitze war zwischen den Lippen zu sehen. Nach ein paar Momenten sagte er: »Das kann ich nicht beurteilen.« Er schlug das Tagebuch zu und reichte es Adam. »Aber Ihre Geschichte ist nicht schlecht. Und es gibt gewisse Anhaltspunkte, dass etwas dran sein könnte. Ich denke nicht, dass Sie eine Bedrohung darstellen.« Er stand auf. »Also dann, gehen wir.«

Sie verließen den Pub. Brewers Auto stand eine Straße weiter, und sie gingen die paar Schritte. Brewer schloss auf, und Adam stieg ein. Brewer war schweigsam, und Adam wollte ihn nicht beim Nachdenken stören. Adam dachte an Dotty, während er immer noch das Mädchen in dem Minirock vor sich sah. Nach wenigen Minuten Fahrt hielt Brewer vor einem Betonbau und sagte ihm, er solle warten.

Adam sah den Anwalt über die Straße gehen und in einem Gebäude verschwinden. Adam schaute nach vorn. Zwei Felder. Auf den Orkneys wäre es das gewesen. Nichts als zwei Felder. Allerdings wären sie wahrscheinlich vor Kurzem gepflügt worden. Hier gaben sie sich als Park aus. Starker Verkehr rollte über die Hauptstraße an der näher gelegenen Seite. Zwei Jugendliche gingen im Zickzack über die Fahrbahn, wobei sie Bierdosen hochhielten wie Stoppschilder.

Die Autotür ging auf, und Brewer stieg wieder ein. »Joe ist nicht da.«

»Und das soll ich Ihnen glauben?«

Der Anwalt schaute ihn aus schmalen Augen an. »Glauben Sie, was Sie wollen.«

»Das war's dann, oder? Soll ich einfach aussteigen? Einen Bus zum Flughafen nehmen?«

»Ich weiß nicht, wo er ist.«

»Wir können warten, wenn Sie denken, dass er bald zurückkommt.«

»Ich weiß es nicht.«

Adam legte die Hand aufs Armaturenbrett. »Haben Sie denn keine Ahnung? Wen kennt er? Zu wem würde er gehen?«

Brewer runzelte die Stirn. Er ließ den Motor an. »Wieso hat er eigentlich kein Handy wie jeder andere normale Mensch?«

Adam sagte nichts.

Joes Freund Cooper war nicht zu Hause. »Mit fällt nur eine andere Möglichkeit ein, wo er sein könnte«, sagte Brewer.

Sie fuhren schweigend weiter. Nach einer Weile sagte Brewer: »Woher wussten Sie, dass ich Joe helfe?«

»Sie sind ziemlich nervös. Und dafür kann es eigentlich nur einen Grund geben. Sie sind sein Anwalt. Sie glauben, dass er reingelegt wurde. Also helfen Sie ihm. Scheint mir logisch.«

Der Anwalt biss sich auf die Lippe.

Er biss sich auch zwanzig Minuten später noch auf die Lippe. Der Verkehr hatte ziemlich nachgelassen. »Wo sind wir?«

»Leith.«

Die Sonne war hinter einer Wolkenbank verschwunden. Der Firth of Forth war grau und flach, dunkle Inseln ragten aus dem Fluss. Als sie nach links abbogen, versperrte ihnen eine Mauer die Sicht. Zwei Möwen, die sich flügelschlagend um ein paar Pommes stritten, die ein junger Bursche in einem Trikot der Hibs gerade hatte fallen lassen, scharrten geräuschvoll auf dem Pflaster. Das Auto bog erneut nach links ab, und Brewer hielt am Straßenrand. Kaum ein Mensch war zu sehen. Nur ein Paar, das händchenhaltend vorbeiging, und ein kleiner, pummeliger Mann in einer beigefarbenen Daunenjacke mit einem roten Logo vorne, der die Straße überquerte.

Adam drehte sich zur Seite und griff nach der Türklinke.

»Moment.« In Brewers Miene regte sich nichts.

»Was?«

»Der Typ, der da drüben in das Auto einsteigt.« Der Anwalt sprach nicht mehr weiter und schaute starr geradeaus.

»Was denn, um Himmels willen?«

»Das ist Cooper.«

Adam musterte die gedrungene Gestalt, die er hatte über die Straße gehen sehen. »Was macht der hier?«

»Scheiße«, sagte der Anwalt. »Sehen Sie das?«

»Was denn?« Cooper fuhr los. Adam drehte sich um und sah die Rücklichter verschwinden. Brewer war blitzartig ausgestiegen.

»Wieso die Eile?«, rief Adam durch die offene Tür, und spürte sein Gewicht, als er sich aus seinem Sitz erhob. »Hab ich was verpasst?«

»Sein Mantel«, sagte Brewer. »Da war ein Fleck vorne.«
»Er ist eben ein Penner. Was soll der Aufstand?«
»Sah aus, als hätte er einen Karton Cranberrysaft verschüttet.«
Adam knallte die Autotür zu. »Gehen Sie vor.«

30

Joe dachte über Monkman nach. Der Hund hätte an der jüngsten Entwicklung der Ereignisse ohne Zweifel seinen Spaß gehabt. Hatte sich inzwischen wahrscheinlich schon wieder in Joes Wohnung eingenistet. In diesem Moment saß er wahrscheinlich, die Füße hochgelegt, vor Joes Glotze und trank ein Glas von Joes Whisky. Egal, sollte er doch. Monkman konnte sich in der verdammten Bude breitmachen, solange er wollte, Joe konnte ohnehin nicht nach Hause. Selbst wenn Monkman nicht da wäre, die Polizei ließ die Wohnung sicher observieren.

Es sah nicht allzu gut aus für Joe. Ein Polizist wohnte in seiner Wohnung. Er hatte kein Auto. Seine Tochter war tot. Und er wurde wegen Mordes an seiner Frau gesucht. Am liebsten wäre er zu Cooper und hätte sich mit ihm zusammen darüber lustig gemacht. Aber (und das war etwas, was Joe immer noch nicht begreifen konnte), es sah immer mehr so aus, als ob Cooper der war, der ihn reingelegt hatte.

Joe suchte nach Fehlern in seiner Logik. Okay, Logik war das gar nicht. Es waren Vermutungen. Auf Indizien gestützte Mutmaßungen. Park hatte nicht das Geringste verraten. Joe hatte immer noch keinen wirklichen Beweis. Er sollte zu Cooper gehen und die Wahrheit aus ihm herausprügeln. Nur, wenn Ronald in Bezug auf die Überwachung recht hatte, dann nahmen die Bullen ihn hoch, sobald er auch nur den Kopf in Coopers Straße steckte. Und dann war er wirklich angeschissen.

Aber was, wenn er sich irrte? Was, wenn es nicht Cooper war, der ihn reingelegt hatte. Was, wenn sein Freund ihm wirklich durch das vorgetäuschte Alibi hatte helfen wollen und jemand anderes Ruth mit Joes Schläger erschlagen und in den Kofferraum seines Autos gestopft hatte? Die Schuldgefühle schlugen ihm auf den Magen. Irgendwie war es gut, dass ihm körperlich etwas wehtat, und die Schmerzen in seiner Seite waren längst abgeklungen. Aber wer sonst konnte es gewesen sein? Ein Bild blitzte vor Joes geistigem Auge auf. Ein Schnappschuss von Cooper, wie er mit dem Baseballschläger auf Ruth eindrosch. Es war so leicht, sich das vorzustellen. Mann, so viele Menschen gab es nicht, die eine Frau totschlagen konnte. Von allen Leuten, die Joe kannte, war es bei Cooper am wahrscheinlichsten, dass er zu so etwas fähig war und sie einfach wegstecken konnte. Joe wollte nicht, dass Cooper Ruths Mörder war, aber auch wenn er sich noch so sehr dagegen wehrte, es sah verdammt danach aus.

Bei dem Gespräch mit Park hatte Joe ihn direkt fragen wollen. Aber einen Auftragsmörder auszufragen, war eine heikle Angelegenheit, und letztlich wusste Joe, dass es keinen Zweck gehabt hätte. Park hätte ihm nicht geantwortet. Und hätte Joe weitergebohrt, hätte Park ihn aufgefordert zu gehen. Vielleicht hätte er sogar versucht, ihn umzubringen. Joe hatte getan, was er konnte. Er war sich so gut wie sicher, dass Cooper der Mörder war. Zu ungefähr neunzig Prozent sicher. Was alles andere als sicher war. Aber ganz sicher würde er nicht darauf wetten, dass Cooper unschuldig war, dazu standen die Chancen einfach zu schlecht. Oder? Es musste eine andere Erklärung geben, die so verzwickt war, dass er einfach nicht draufkam. Cooper konnte Ruth nicht umgebracht haben.

Joe schaute hoch und stellte fest, dass er den ganzen Weg zu Ronalds Wohnung zu Fuß zurückgegangen war. Er suchte in seiner Tasche nach den Schlüsseln, die der Anwalt ihm gegeben hatte. Sein Instinkt hatte ihn zurück in Sicherheit gebracht. Es war gut zu wissen, dass sein Selbsterhaltungswille noch intakt war. Ronald hatte recht. Er würde nie an den Bullen vorbei zu Cooper in die Wohnung kommen. Aber verflucht, dachte er, wie sollte er dann jemals die Wahrheit herausfinden?

Joe steckte die Schlüssel wieder ein und wandte sich um. Er setzte sich auf die Schwelle des Hauses. Nach einer Weile stand er wieder auf. Er schloss die Tür auf und stieg die Treppe hoch. Er ging direkt zum Telefon.

Sally nahm ab. »Er ist noch unterwegs.«

Joe legte auf und wählte die Nummer von Coopers Handy. Cooper ging nicht ran, und Joe machte sich nicht die Mühe, eine Nachricht zu hinterlassen.

31

Das Mädchen hielt sich ein Tuch vors Gesicht, als es die Tür öffnete. Das Tuch sah aus, als hätte jemand damit verschütteten Rotwein aufgewischt. Nur die Ecken waren noch in seinem ursprünglichen Weiß.

Sie sah Adam direkt in die Augen. Sein Mund zuckte im Ansatz zu einem Lächeln, aber als ihr Blick zu dem Anwalt wechselte, erstarrten Adams Züge. Ihre Stimme klang näselnd. »Was wollen Sie?«

»Sind Sie okay, Tina?«, fragte der Anwalt.

»Wie sieht's wohl aus?« Sie drehte sich um und ließ die Tür offen. Brewer verharrte einen Moment, dann folgte er ihr in die Wohnung. Adam trat ein, blickte in den langen Flur und schloss die Tür hinter sich.

Im Wohnzimmer fragte der Anwalt: »Hat Cooper das angerichtet?«

»Woher wissen Sie das?«

»Ich habe ihn in sein Auto steigen sehen.«

»Ist er komisch gelaufen? Ich hab ihm 'nen ordentlichen Tritt in die Eier verpasst.« Sie nahm das Tuch vom Gesicht. An ihrem geschwollenen Nasenflügel klebte getrocknetes Blut. »Ich wollte ihm gerade noch einen verpassen, da hat er mich erwischt. Ich kann's nicht fassen, dass ich da voll reingerannt bin. Hat Ihnen schon mal einer die Birne gegen den Schädel gerammt?«

Brewer schüttelte den Kopf. Sie blickte zu Adam. Auch er schüttelte den Kopf.

»Ich glaube, wir kennen uns noch nicht, oder?« Sie streckte ihm die Hand ohne das Tuch entgegen. Ihre Finger waren kalt, und sie zitterten in seinem Griff. Er vermutete, dass sie trotz ihrer Kaltschnäuzigkeit innerlich ziemlich durcheinander war.

»Sind Sie sicher, dass Sie okay sind?«, fragte er sie.

»Ich bin's gewöhnt, einen auf die Schnauze zu kriegen. Das da« – sie berührte behutsam ihre Nase – »ist gar nichts.«

»Das würde ich nicht sagen. Könnte gebrochen sein.«

»Wär nicht das erste Mal.«

»Sie sollten sie untersuchen lassen.« Er hielt noch immer ihre Hand.

»Was ist passiert?«, fragte Brewer.

»Ich weiß immer noch nicht den Namen von Ihrem Freund«, sagte Tina zu dem Anwalt, ohne den Blick von Adam zu wenden.

Adam nannte ihr seinen Namen. »Ich bin der Cousin von Joes Frau«, fügte er hinzu. Sie entzog ihm ihre Finger, sodass seine Hand eine Sekunde lang in der Luft hing, bevor er sie fallen ließ.

»Was ist passiert?«, wiederholte Brewer.

»Setzen Sie sich«, sagte sie. »Ich muss das Tuch hier noch mal auswringen.« Sie marschierte in die angrenzende Küche und drehte den Wasserhahn auf.

Adam folgte dem Anwalt. Brewer setzte sich auf das Sofa, und Adam setzte sich neben ihn. In Tinas Wohnung herrschte makellose Ordnung. Vielleicht wollte sie sie ja verkaufen. Hatte sie tipptopp aufgeräumt für eventuelle Interessenten. Adam suchte den Teppich ab. Keine Spur von Blut. Wie zum Teufel hatte sie das nur hingekriegt? Die Nase eingeschlagen, Coopers Hemd offensichtlich blutgetränkt, aber hier keine Spur. »Hübsche Wohnung«, sagte er. »Sehr sauber.«

»Eigentlich wohne ich gar nicht hier«, sagte Tina. »Ich meine, ich wohne schon hier – ich meine, die meiste Zeit bin ich im Schlafzimmer. Wie's dort aussieht, sollten Sie mal sehen!«

Adam rückte an den Rand des Sofas vor. Er hatte das Gefühl, wenn er sich anlehnte, könnte er die Kissen beschädigen. Er wollte Tina gerade fragen, wieso denn kein Blut auf dem Fußboden war, als Brewer sagte: »Sind Sie sicher, dass Sie nicht ins Krankenhaus wollen? Mein Wagen steht draußen. Es wäre kein Problem, Sie hinzubringen.«

Tina kam mit dem frisch ausgespülten Tuch ins Wohnzimmer zurück. »Mir geht's gut«, sagte sie. »Ehrlich. Wo ist Joe?«

Brewer schaute Adam an. Adam blickte zurück. »Das wissen wir nicht«, sagte der Anwalt. »Wir hatten gehofft, er wäre hier.« Einen Augenblick herrschte verlegenes Schweigen, während Tina mit dem Tuch ihre Nase abtupfte und Brewer ein imaginäres Stäubchen von seiner Hose zupfte. »Die Sache ist die, dass Joe irgendwie verschwunden ist«, sagte er schließlich. »Er wird von der Polizei gesucht. Wir müssen ihn finden. Er steckt in massiven Schwierigkeiten.«

»Das hab ich gehört.« Tina faltete das Tuch auseinander, inspizierte es und faltete es wieder zusammen. »Aber ich versteh's nicht. Ich dachte, er wär aus dem Schneider.«

Brewer erklärte die Sache mit den Fußballfans, die Joe vor Coopers Wohnung gesehen hatten. »Zu dem Zeitpunkt, als er angeblich mit Ihnen zusammen war«, fügte er hinzu.

»Ich habe gehofft, dass das nicht stimmt«, sagte sie. »Scheiße. Dann wissen die Bullen ja, dass ich gelogen habe. Und jetzt sitz ich zusammen mit Joe in der Scheiße.«

»Ich vermute, sie hatten sowieso schon ihre Zweifel«, sagte der Anwalt.

»Kein Wunder, dass Cooper nicht zahlen wollte.«

»Cooper weiß von alledem nichts.«

Sie blickte Brewer durchdringend an. »Er weiß es.«

Der Anwalt hielt ihrem Blick stand. »Wenn er sich geweigert hat, Sie zu bezahlen, dann muss das einen anderen Grund haben.«

»Er hat mir gesagt, er würde keine Kohle rüberwachsen lassen, weil irgendwelche neue Zeugen aufgetaucht sind. Er hat mir das erzählt, was Sie mir eben erzählt haben. Ich hab gesagt, dann würd ich meine Aussage zurückziehen. Soll ich ruhig machen, hat er gesagt. Mal sehen, ob ihn das juckt. Er hat gesagt, Joe wäre ziemlich angeschissen. Da wär nichts mehr zu machen. Für mich sah's so aus, als ob Cooper nur hier war, um mir eine reinzuwürgen. Ich hab ihm 'ne Tasse Kaffee angeboten, die ich ihm ins Gesicht werfen wollte. Ich glaub, er hat's geahnt, aber 'ne Weile hat er mitgespielt. Kam in die Küche. Hab gespürt, wie er sich hinter mir ranschleicht. Ich hab nicht abgewartet, bis das Wasser kocht. Ich hab mich auf dem Absatz umgedreht und ihm in die Eier getreten.« Sie demonstrierte es, indem sie herumwirbelte und den rechten Fuß so schnell vorschnellen ließ, dass Adam in seinem Sitz zusammenfuhr. »Danach war's vorbei mit seinem miesen Grinsen.«

»Aber woher wusste Cooper von den Zeugen?«, fragte der Anwalt.

»Keine Ahnung«, sagte Tina.

»Ich kenne Mr. Cooper nicht«, sagte Adam. »Aber ich bekomme den entschiedenen Eindruck, dass er kein Freund von Joe ist.«

»Keine Frage, jemand hat Joe hereingelegt«, sagte Brewer. »Es muss jemand sein, der ihm nahesteht, jemand, der Joe ziemlich gut kennt. Könnte Cooper gewesen sein. Ich meine, allzu viele Kandidaten gibt es nicht.«

Und jemand aus dem Umkreis der Familie hatte Gemma vergewaltigt.

»Ich hätt's auch tun können«, sagte Tina. »Die Eifersüchtige-Nutte-Nummer, wissen Sie? Die's satt hat, dass Joe andauernd von seiner Frau quatscht.«

»So was gibt es wirklich?«, fragte Adam.

Sie beachtete ihn nicht. »Und ich kann ziemlich hart zuschlagen mit 'nem Baseballschläger.«

»Wirklich?«, sagte der Anwalt. »Sehen Sie sich doch an, was Cooper mit Ihnen gemacht hat.«

»Geben Sie mir 'nen Baseballschläger. Dann zeig ich's Ihnen.«

Adam sah sie an.

»Lust auf ein paar Schläge?«, fragte sie ihn. »Wollen Sie gegen mich antreten?«

Adam grinste. »Ich bin sicher, Sie würden gewinnen.«

»Cooper hat mich kalt erwischt«, sagte Tina. »Eigentlich sollte ich es besser wissen. Egal, ich bezweifle, dass Joes Frau eine so harte Nuss war wie Cooper.«

»Nehmen wir an, Sie haben recht.« Brewer stand auf und schaute Tina an. »Dann sind Sie jetzt des Mordes verdächtig. Würden Sie zur Polizei gehen? Freiwillig?«

»Mit den Bullen hab ich schon mehr als genug zu tun.«

»So oder so, Sie werden noch mehr mit ihnen zu tun kriegen.«

»Ich kann's abwarten, danke.«

»Auch wenn Sie das von Ihrer Falschaussage entlastet? Und Sie als Verdächtige ausschließt?« Er hielt inne. »Und wenn Sie dadurch den Mann hinter Gitter bringen können, der das mit Ihrer Nase gemacht hat?«

Tina warf das Tuch in die Küche. Es landete klatschend mitten in der Spüle. »Wie haben Sie sich die Sache vorgestellt?«

32

Die ganze Zeit überlegte Joe, wie er Cooper erreichen könnte, und ihm fiel ein, dass sein Anwalt ihn ja problemlos kontaktieren konnte. Ronald war nicht auf der Flucht, und die Polizei würde ihn bestimmt nicht festnehmen, wenn er vor Coopers Wohnung auftauchte. Und wenn Cooper nicht zu Hause war, konnte Ronald in der Wohnung auf ihn warten, ohne dass irgendjemand mit der Wimper zuckte. Wahrscheinlich konnte Joe den Anwalt nicht dazu bringen, die Wahrheit aus Cooper herauszuprügeln, aber zumindest könnte Ronald einen sicheren Treffpunkt mit Cooper vereinbaren, wo Joe dann die körperliche Arbeit selbst übernehmen konnte.

Joe rief Ronald an. Der Anwalt klang aufgeregt, als er sich meldete. »Probleme?«, sagte Joe.

»Wir sprechen gerade über Sie. Wo sind Sie?«

»In Ihrer Wohnung. Ich hab mir Ihren Vorschlag zu Herzen genommen und ruh mich aus.«

»Ich habe vorhin angerufen. Wo waren Sie da?«

»Kurz weg. Hab ein bisschen mit meinem neuen Lieblingskumpel geplaudert, DS Monkman.«

»Ich hoffe, Sie machen Witze, Joe. Hören Sie, wir müssen mit Ihnen reden. Es gibt ein paar Dinge, die wir besprechen sollten. Bleiben Sie bitte, wo Sie sind. Wir sind gleich da.«

»Wir?«, sagte Joe, aber Ronald hatte schon aufgelegt. Joe erwog, ihn zurückzurufen, tat es dann aber nicht. Er würde ihn und wen immer er mitbrachte, sowieso gleich sehen. Cooper etwa? Joe verspürte ein nervöses Kribbeln im Magen, das sich in seinen Unterleib ausbreitete. Es machte ihn kirre, dass er die Wahrheit nicht wusste. Er hoffte, dass der Anwalt Cooper mitbrachte. Er ballte die rechte Hand zur Faust und knallte sie gegen die offene Handfläche seiner Linken. Nach einer Weile wurde er sich eines tiefen grollenden Geräuschs bewusst. Seine Augen waren feucht. Er stieß einen langen Atemzug aus. Das grollende Geräusch verstummte, und er merkte, dass es aus seiner Brust gekommen war.

Eine Zigarette. Was hätte er jetzt für eine Zigarette gegeben. Nicht um sie zu rauchen. Nur um sie anzuzünden und zwischen den Fingern zu halten und zu beobachten, wie sie herunterbrannte.

Ein kleiner Trost.

Wieder das Grollen. Er schnappte nach Luft.

Wenn er doch nur mit Gemma sprechen könnte. Er wollte hören, wie es ihr da oben auf den Orkneys ging. Vielleicht könnte er sie fragen, weshalb sie gegangen war. Irgendetwas war passiert. Jedenfalls hatte Ruth das gesagt. Etwas, worüber Gem nicht hatte sprechen können. Es gab keinen Grund, warum Ruth sich hätte irren sollen. Wieso hatte Gemma dann kein Wort gesagt? Er hasste die Vorstellung, dass seine Tochter leiden musste. Mehr als alles auf der Welt hasste er das. Nun, eins war sicher: Gemma würde nie wieder leiden.

Er sollte Adam anrufen. Irgendwo hatte Joe die Nummer. Scheiße, die war zu Hause. Trotzdem kein Problem. Er konnte bei der Auskunft nachfragen. Dann fiel ihm wieder ein, dass Adam in Edinburgh war und die Nummer seines Festnetzanschlusses ihm nicht viel nützen würde. Aber Ronald hatte sich mit ihm getroffen. Der Anwalt müsste wissen, wie Joe mit ihm in Verbindung treten konnte.

Joe rief Ronald noch einmal an, aber das Handy war ausgeschaltet. Er musste sich gedulden.

Eine Viertelstunde später trafen sie ein. Der Anwalt und Tina und Adam. Tina hatte einen auf die Nase gekriegt. Die Schwellung machte ihre Nasenflügel noch größer. Es war seltsam, sie zu treffen, wenn andere dabei waren. Soweit Joe sich erinnern konnte, hatten sie sich immer nur zu zweit getroffen. Er nickte ihr zu, und sie nickte zurück. Adam sah besorgt aus und hielt ein Buch an seine Brust gedrückt.

»Adam«, sagte Joe, »ich hab Ruth nicht umgebracht.« Vielleicht konnte er Adam durch die paar Worte beruhigen.

»Mr. Brewer hat mir alles erklärt«, sagte Adam. »Ich möchte dir gern glauben.«

»Mr. Wright hat etwas von Gemma, was er Ihnen geben möchte, Joe«, sagte Ronald.

Joe nahm die Hand vor den Mund. Er presste die Finger gegen seine Lippen. Adam trat vor und nahm das Buch von seiner Brust.

»Darin steht, was du wissen willst.« Adam hielt das Buch mit beiden Händen am unteren Rand fest. »Gem hat es mir anvertraut«, sagte er. »Sie wollte nicht, dass die Polizei es in die Hände bekommt. Es ist ihr Tagebuch. Der Inhalt ist vertraulich. Es ist ihr etwas zugestoßen, Joe ... «

»Du weißt davon?«

»Ich habe die Ecken der entsprechenden Seiten umgeknickt. Ich hoffe, das war okay.«

»Es steht da drin? Was ist mit ihr passiert? Warum ist sie weg?«

»Lies es«, sagte Adam.

Joe streckte die Hand aus und nahm das Tagebuch entgegen. Er schlug es auf und sah ihren Namen in roter Tinte. Er fuhr mit dem Daumen darüber.

Adam sagte: »Vielleicht sollten wir dich alleinlassen«

»Gehen wir rüber in die Küche«, sagte Ronald. »Ich koche Kaffee.«

»Adam«, rief Joe dem Cousin seiner Frau nach, der gerade in der Küche verschwand. »Es stimmt, was ich über Ruth gesagt habe. Auch wenn du mir nicht glaubst.«

Tina legte Joe im Vorbeigehen die Hand auf die Schulter.

33

Die Tür zum Wohnzimmer stand einen Spalt offen. Die lebhaften Stimmen in der Küche wurden lauter und leiser, doch Joe konnte kein Wort verstehen. Er blickte auf die Stelle, die er gerade gelesen hatte, und las sie noch einmal. Als er fertig war, las er sie erneut. Er legte das Buch auf das Kissen neben sich und schloss die Augen. Als er sie wieder öffnete, nahm er das Tagebuch und las die Stelle wieder. Er verstand sie immer noch nicht, und deshalb las er sie ein weiteres Mal.

Er las sie, bis er sie auswendig wusste.

Er blätterte vor zu der zweiten Stelle, die Adam markiert hatte. Er las jeden Satz ein Dutzend Mal, bevor er zum nächsten ging. Die Worte ergaben keinen Sinn. Was sie bedeuteten, was er in sie hineinlas, war erschütternd. Er begann wieder beim ersten Satz. Ging weiter zum nächsten. *Nur eine Vergewaltigung, sage ich mir selbst.* Sein Gehirn wehrte sich gegen den Gedanken. Er konnte sich nicht vorstellen, wie jemand Gemma hatte so wehtun könne. Er las weiter bis zur nächsten Seite. Gemma erinnerte sich an den Abend, als er sie zu den Meteoritenschauern auf den Calton Hill mitgenommen hatte. Für ihn war es ein unbedeutendes Ereignis gewesen. Wer hätte gedacht, dass sie ...? Joes Schultern begannen zu zittern.

Er blätterte zur nächsten Seite weiter. Nach einer Weile klappte er das Tagebuch zu. Er zitterte immer noch.

Vielleicht war das ganze Ding ja ein raffinierter Schwindel. Jemand anderes hatte das Tagebuch geschrieben. Vielleicht hatte Gemma alles erfunden. Es war ein schlechter Witz.

Doch er wusste, dass es nicht so war. Auch wenn er es nicht wahrhaben wollte, er wusste, dass er sich der Sache stellen musste. Er schluckte, nahm das Tagebuch in die Hand und schlug es wieder auf. Sein Mund war trocken wie Papier. Er zwang sich, die markierten Stellen noch einmal zu lesen. Er versuchte es zu verstehen. Gemma hatte nirgends geschrieben, dass Cooper sie vergewaltigt hatte. Nicht genau. Sie hatte es angedeutet, es stand zwischen den Zeilen. Jemand hatte sie vergewaltigt, daran gab es keinen Zweifel. Jemand, der ihr nahestand. Jemand, der sich selbst als Daddy bezeichnete. Jemand, der sie Gem nannte. Jemand, von dem sie glaubte, dass Joe ihn umbringen würde, wenn sie ihm sagte, was er getan hatte. Jemand, dem Joe vertraute. Ein Mann, der zu so etwas fähig war, war auch fähig, Ruth zu ermorden. Aber Coopers Name stand nirgends. Trotzdem wusste Joe, dass er es gewesen war. Er hatte immer noch keinen Beweis, aber das Gewicht der Indizien war erdrückend. Nur ein Idiot hätte jetzt noch an Coopers Schuld gezweifelt. Und Joe war kein Idiot.

Er schloss das Tagebuch und drückte es an seine Brust.

Joe wusste nicht, was er machen sollte. Er hatte Cooper mit den eigenen nackten Händen erwürgen wollen, doch, das hätte ihn vielleicht befriedigt, wenn Cooper nur Ruth ermordet hätte. Wenn er nur den Mord ihm hätte anhängen wollen. Aber Cooper hatte Gemma Gewalt angetan. Joe konnte sich nicht einmal ansatzweise vorstellen, welche Schmerzen er dem Dreckschwein zufügen musste, um der Gerechtigkeit Genüge zu tun. Der Tod war viel zu milde.

Joe konnte nicht verstehen, wieso er nicht wütender war.

Galle stieg in seiner Kehle hoch. Er stand auf und erbrach sich auf dem Teppich. Er krümmte sich. Fiel auf die Knie. Kotzte noch einmal. Seine Eingeweide schmerzten. Seine angeknacksten Rippen stachen wieder. Er blieb auf den Knien und legte den Kopf auf die Armlehne des Sofas. Sein Kopf war heiß. Daumen pressten sich auf seine Augen. Ihm drehte sich der Magen um. Er würgte. Er schüttelte sich. Der Rotz lief ihm aus der Nase. Sein Magen verkrampfte sich. Nichts mehr da zum Kotzen. Er hätte sich gern übergeben. Schweiß stand ihm auf Haut. Sein Magen war leer. Er würgte, krächzte wie ein heiserer Frosch. Gleich darauf krächzte er noch einmal.

Als er den Kopf hob, blickte Adam auf ihn herunter. Er hielt ein Glas Wasser in der Hand.

Das Tagebuch lag immer noch an Joes Brust gepresst. Er hielt es so fest gepackt, dass seine Finger schmerzten. Dann legte er es auf das Sofa und nahm Adam das Glas ab. Joe stürzte das Wasser in einem Zug hinunter. Die kalte Flüssigkeit linderte das flaue Gefühl in seinen Eingeweiden und nahm den ranzigen Geschmack aus seinem Mund.

»Mehr?«, fragte Adam.

Joe wischte sich die Stirn. Er legte den Kopf in seine Hände. Als er wieder hochblickte, war Adam weg. Joe atmete stoßweise. Er hatte den Teppich des Anwalts versaut. Ronald würde nicht gerade erfreut sein.

Adam kam mit einem weiteren Glas Wasser zurück. Ronald und Tina waren bei ihm.

»Tut mir leid«, sagte Joe und deutete auf die Kotze auf dem Teppich.

Ronald verschwand ohne ein Wort in der Küche. Gleich darauf hörte Joe Wasser laufen.

»War es Cooper?«, sagte Adam.

»Wieso sagst du das? Du kennst ihn doch gar nicht.«

»Willst du darüber reden, Joe?«, sagte Tina.

Joe schaute sie an und schüttelte den Kopf. Er hielt ihren Blick nicht aus. Ihre Nase war geschwollen und glänzte und sah wie eine Clownsnase aus, doch es war kein bisschen zum Lachen. Er wischte sich den Mund ab. »Was kümmert dich das?«

»Das betrifft uns alle«, sagte Adam.

Joe sagte ihm, er solle sich verpissen.

»Wenn du das möchtest.« Adam ging in Richtung Tür. »Viel Glück«, sagte er. »Wir sehen uns bei der Beerdigung.«

Joe schaute ihm durchs Zimmer nach.

»Übermorgen«, sagte Adam. »Brewer weiß Genaueres.«

Joe war sich nicht sicher, welche Beerdigung Adam meinte. »Die von Gemma?«, sagte er.

Adam sagte: »Dein Anwalt weiß die Einzelheiten.«

»Ich hab dich gefragt, ob du von der Beerdigung meiner Tochter redest.«

Adam nickte.

»Hier? In Edinburgh?«

Adam nickte wieder.

»Und Ruth?«

Ronald kam mit Gummihandschuhen und einer orangefarbenen Schüssel aus der Küche. »Die ist verschoben worden«, sagte er. »Sie brauchen die Leiche noch.«

Adam stand in der Tür, die Hände auf der Klinke, die Schultern hochgezogen. Er beobachtete, wie Ronald mühsam Joes Erbrochenes aufwischte. »Du hast es nicht getan, oder Joe? Du hast Ruth nicht umgebracht?«

Joe wusste, dass er Adam dankbar sein sollte. Er hatte ihm Gems Tagebuch gebracht. Der Bursche war mehrere hundert Meilen gereist, um es ihm persönlich auszuhändigen. Dabei hatte er ihn noch vor Kurzem umbringen wollen, er wurde wegen Mordes an seiner Cousine gesucht. Er ... Scheiße. Mit einem Schlag wurde Joe klar, wieso Adam sich so seltsam aufgeführt hatte. Verdammte dreckige Scheiße! Wie hatte er so etwas auch nur eine Minute lang denken können? Joe wartete, bis Adam nicht mehr vollkommen von den Reinigungstätigkeiten des Anwalts in Bann geschlagen war. »Du hast gedacht, ich hätte Sex mit meiner eigenen Tochter gehabt«, sagte er ruhig.

Adam öffnete die Tür. »Ich hätte nie an dir zweifeln sollen, Joe. Es tut mir leid.« Er ließ kurz den Kopf hängen, dann sagte er: »Wer war es? Hast du einen Verdacht?«

Joe sprach monoton. »Ein Freund von mir. Cooper.«

Adam schaute ihn an. »Und was ist mit Ruth? Meinst du, dass ... meinst du, dafür ist er auch verantwortlich?«

Joe nickte.

»Kannst du das von hier aus regeln?«, fragte Adam.

»Hau ab.«

Adam entschuldigte sich erneut.

Joe sah, wie die Tür hinter ihm ins Schloss fiel. »Hätte nicht gedacht, dass du das Zeug dazu hast«, brummte er in sich hinein.

Tina sagte: »Was hat Cooper gemacht?«

»Moment«, sagte Joe. Er tippte Ronald auf die Schulter. »Geben Sie mir die Handschuhe. Ich kann meine Kotze selber aufwischen.«

34

Trotz einer offenbar mehr als gründlichen Reinigung stank der Teppich immer noch nach Erbrochenem. Joe hatte Desinfektionsmittel direkt draufgeschüttet, und der beißende Geruch nach antiseptisch überlagerter Kotze hatte die drei in die Küche getrieben, wo sie nun um Ronalds Küchentisch saßen. Joe und der Anwalt saßen einander gegenüber, Tina seitlich zwischen ihnen.

»Danke, dass du es uns gesagt hast«, sagte sie zu Joe.

Joe blickte starr auf seine Hände. Er hatte sie gewaschen, aber sie fühlten sich von den Handschuhen immer noch klebrig an. »Adam weiß es«, sagte er. »Wieso sollte ich es euch dann nicht sagen?« Er krümmte die Finger. Die feine Narbe war immer noch zu sehen, von jener Nacht bei Cooper, als er das Whiskyglas zerbrochen hatte.

»Im Fall Ihrer Tochter können wir gar nichts machen«, sagte Ronald. »Sie ist tot. Und jeder Beweis einer Vergewaltigung ist mit ihr gestorben.«

»Meinen Sie?«, sagte Joe.

»Wir müssen uns auf den Mord an Ruth konzentrieren.« Der Anwalt hielt inne und suchte Blickkontakt mit Joe, dann schaute er zu Tina.

Joe spürte Tinas Hand auf seinem Arm. Diesmal sagte sie: »Meinen Sie?«

»Vergessen Sie Gemma. Wir müssen folgende Frage beantworten«, fuhr Ronald fort. »Haben wir genügend Beweise, um die Polizei davon zu überzeugen, Cooper in Gewahrsam zu nehmen?«

Tina lehnte sich zurück und musterte den jungen Mann stirnrunzelnd. Ganz leicht schüttelte sie den Kopf, bevor sie sich vorbeugte und Ronald hart auf die Wange schlug. Bei dem Geräusch zuckte Joe zusammen.

Ronald kippte fast vom Stuhl, und vor Scheck riss er die Augen auf. Nach ein paar Sekunden legte er sich die Hand ans Gesicht. »Was zum Teufel sollte das denn?« Mit offenem Mund rieb er sich die Wange.

»Willst du's ihm sagen, Joe?«

»Beim nächsten Mal, wenn Sie meine Tochter so abtun«, sagte Joe, »schmiere ich Ihnen eine.« Er machte eine Pause. »Könnte sogar sein, dass ich meine Faust dazu benutze.«

»Ich verstoße hier gegen das Gesetz, verdammte Scheiße.« Ronald presste die Lippen aufeinander. Er rieb sich immer noch die Wange.

»Ihre Entscheidung.«

»Ich mache das für Sie.«

»Blödsinn.«

»Tina?« Ronald streckte die geöffneten Hände aus. »Sie kennen diesen Mann besser als ich.« Er verzog das Gesicht, grinste, sodass seine Zähne zu sehen waren. Einen Augenblick lang sah er so alt aus, wie er war. »Was ist sein Problem?« Mit steifen Fingern schien er unsichtbare Gewichte auf den Handflächen zu balancieren.

Tina sagte einen Moment lang nichts. Dann griff sie nach Joes Hand und drückte sie. »Er hat's Ihnen gesagt, Ronald.«

»Das hat nichts mit Gemma zu tun«, sagte der Anwalt und sank in den Stuhl zurück. Er berührte wieder seine Wange. »Was Cooper ihr angetan oder nicht angetan hat, ist reine Spekulation.«

Joes Faust schoss vor und verfehlte das Kinn des Anwalts knapp.

»Okay, okay«, sagte Ronald und lehnte sich rasch atmend zurück. »Ich werde es nicht wieder erwähnen.« Sein Blick glitt zu Joes Faust, die immer noch geballt und zum erneuten Zuschlagen bereit war. »Okay?« Joe rieb sich mit dem Daumen über die Handknöchel. »Okay«, fuhr der Anwalt fort, »aber könnten wir uns auf die Beweise konzentrieren, die wir brauchen, um Cooper wegen des bedeutend leichter nachweisbaren Mordes an Ihrer Frau hinter Gitter zu bringen? Sehen wir den Tatsachen ins Auge. Wir werden nicht beweisen können, dass er Ihre Tochter vergewaltigt hat, Joe. Sie ist« – er breitete die Hände aus – »tot. Sie kann nicht mehr aussagen. Ganz zu schweigen von dem Umstand, dass es nach so langer Zeit absolut unmöglich ist, materielle Beweise zu erlangen.«

Joe dachte nach. Er hatte nicht mit voller Kraft zugeschlagen. Er wollte den Jungen nicht wirklich verletzen. Ronald wollte ihm ernsthaft helfen, und er ging Risiken für Joe ein, ohne Frage. Riskierte seinen Hals. Er verstieß nicht nur gegen das Gesetz, sondern bot Joe, einem Wildfremden, einem mutmaßlichen Verbrecher, einem Mörder, den Schutz und die Gastlichkeit seines Heimes an. Auch wenn es, nebenbei bemerkt, nicht sehr gastlich war, angesichts des Mangels an Unterhaltungsmöglichkeiten. Tinas Ohrfeige hätte Warnung genug sein sollen, aber manche Leute kapierten einfach nicht, wann es reichte. Wenn Joe ihm richtig eine verpassen und ihn ausknocken würde, würde er wahrscheinlich noch beim Aufwachen irgendwas von Gem brummen. Wenn der Mistkerl mal an einer Sache dran war, dann gab er so leicht nicht auf. Der konnte einfach nicht anders.

Aber wenigstens war er ehrlich.

Joe öffnete die Faust. »Wie kommen Sie darauf, dass ich Cooper hinter Gitter bringen will?«

»Sie leben in einer sehr einfach gestrickten Welt, Ronald«, sagte Tina.

Der Anwalt starrte die beiden eine Weile an. »Wie meinen Sie das?« Langsam verzogen sich seine Lippen zu einem Lächeln. »Ah, Rache. Sie wollen sich an Cooper rächen, ist es das? Mann, dann helfen Sie mir, ihn hinter Gitter zu bringen. Welche bessere Form von Rache verlangen Sie denn? Hören Sie, wenn Sie ihn umbringen, Joe, dann wird es verdammt schwer sein zu beweisen, dass Sie nicht für den Tod Ihrer Frau verantwortlich sind.«

»Hab ich gesagt, dass ich ihn umbringen will?«

Nach einem Moment sagte Ronald: »Ich habe angenommen, dass Sie darauf hinauswollen.«

Joe antwortete nicht.

Ronald trommelte mit den Fingern auf dem Tisch. »Wieso sagen Sie mir nicht, was Sie vorhaben.«

»Ich glaube nicht, dass Sie da mit reingezogen werden wollen«, sagte Joe.

»Ich stecke schon bis zu den Augäpfeln mit drin.«

»Genau der richtige Moment, um auszusteigen. Noch ein paar Zentimeter, und Sie stecken bis über den Kopf drin.«

»Hören Sie«, sagte Ronald, »ohne mich können Sie gar nichts tun. Ich bin Ihr Mittelsmann. Ich kann mit der Polizei sprechen. Ich kann mit Cooper sprechen. Ich mache, was immer Sie wollen.« Er senkte die Stimme. »Schließen Sie mich nicht aus, Joe.« Er stand auf und ging zum Fenster. Er schaute hinaus.

Joe warf einen Blick zu Tina. Ihre Nase schien noch stärker geschwollen zu sein. Er grinste sie an, weil er das Gefühl hatte, dass er jeden Moment hysterisch loslachen musste. Sie saugte an ihren Zähnen, sodass sich ihre Lippen spitzten.

Der Anwalt starrte immer noch aus dem Fenster.

Joe fuhr sich mit der Hand durch die Haare. Er wusste nicht, was er mit Cooper machen sollte. Der Tod war zu gut für ihn. Joe wollte ihn leiden lassen, und Cooper konnte nur leiden, wenn er lebte. Cooper hatte Ruth ermordet. Dann hatte er versucht, es Joe anzuhängen. Joe hatte es damals nicht gewusst, aber Cooper hatte ... Joe wurde wieder übel. Er schluckte und atmete aus. Cooper hatte Gemma vergewaltigt. So war es. Er hatte sie vergewaltigt. Und als wäre das noch nicht schlimm genug, war er auch verantwortlich für ihren Selbstmord. Indirekt hatte Cooper sie umgebracht. Indirekt, ja, aber genauso gut hätte er ihr ein Messer ins Herz stoßen können. Genauso gut hätte er sie mit dem Baseballschläger totschlagen können wie Ruth.

Okay, Joe wollte Cooper leiden lassen. Die Frage war, wie er das am besten erreichte.

Wenn Joe wollte, dass Cooper starb, dann musste er nur Park anrufen und sich mit ihm auf ein Honorar einigen.

Coopers Verrat war so ungeheuerlich, dass es Joe alles zusammenzog. Ihm war, als würde ihm jemand mit der Faust die Eier zerquetschen. Bei einem der ersten Male, als er mit Ruth geschlafen hatte, hatte sie ihm mit den Fingern über den Bauch gestrichen, und da hatte es sich genauso angefühlt. Als ob sich alles in ihm verkrampfte. Sein Schwanz war schlaff geworden, und er hatte ihn und sie und sich selbst gehasst. Er hatte aufgeschrien, und sie hatte gefragt, was verflucht noch mal nicht mit ihm stimmte.

Joe spürte Tinas Hand auf dem Arm. »Nicht«, sagte sie.

Die Wärme ihrer Finger drang durch sein Hemd. Er ließ die Handvoll Haare los, die er sich gerade fast aus seinem Schädel gerissen hätte. Komisches Gefühl, ihre warmen Finger.

Er hatte noch nie mit Tina geschlafen. Sie bot ihm ihren Körper, beziehungsweise ihre Dienste immer wieder an. Er zahlte ja dafür, sagte sie. Aber er hatte immer abgelehnt. Das einzige Mal, als sie zusammen ins Bett gegangen waren, hatten sie nur geschlafen. Okay, sie hatte geschlafen, und Joe hatte zugehört, wie sie atmete und wie die Regentropfen ans Fenster schlugen. Er war betrunken gewesen, aber er hatte hellwach dagelegen. Nach einer Weile war nur noch das Rauschen des nächtlichen Verkehrs zu hören gewesen. Er hatte an Ruth gedacht. Er hatte sich gefragt, mit wem sie wohl schlief und warum es ihm scheißegal war. Er hatte sich gefragt, wieso er nicht ficken konnte, selbst wenn er's wollte, und ob es als Ehebruch zählte, wenn er hier neben Tina lag. Er hatte sich gefragt, wie Ruth ihren außerehelichen Sex vor sich selbst rechtfertigte, und ob er sie verlassen sollte, nun da Gemma von zu Hause weggegangen war. Er hatte sich gefragt, ob er wohl je mit Tina ficken würde, und wie es sich wohl anfühlen würde, wenn es ihm wirklich scheißegal wäre, mit wem Ruth schlief.

Er konnte nicht mit Tina ficken, weil er verheiratet war. Und mit seiner Frau konnte er nicht ficken, weil sie mit jemand anderem fickte, und er das nicht aus dem Kopf bekam.

Allerdings konnte er niemandem einen Vorwurf machen. Er musste die Verantwortung für sich selbst übernehmen. Er hatte sich auf die Seite gedreht und seinen Schwanz in die Hand genommen. Es war schon hell gewesen, als er endlich eingeschlafen war.

»Hör auf«, sagte Tina.

Joe ließ zu, dass sie seinen Arm auf den Tisch zog. Sie legte ihre Hand auf seine. Ihre Finger waren warm. Er entzog seine zitternde Hand ihrem Griff.

Seine Gedanken kehrten zu Cooper zurück. Joe erwog die verlockende Möglichkeit, die Park ihm in Aussicht gestellt hatte. Wenn Joe Cooper tot haben wollte, musste er nur Park anrufen und ihn davon überzeugen, dass er das Honorar aufbringen konnte. Ruths Lebensversicherung, das Haus. Mehr als genug Kohle. Er selbst würde nie so nah an Cooper rankommen. Aber wollte er wirklich, dass Cooper tot war? Vielleicht war ja, wie Ronald gemeint hatte, das Gefängnis die bessere Strafe. Aber es war unpersönlich, hatte nichts mehr mit Joe zu tun.

Ronald trat vom Fenster zurück. »Was haben Sie vor, Joe? Wie sieht Ihr großer Plan aus?« Als Joe nichts sagte, fuhr Ronald fort: »Sie kommen nicht mal in die Nähe von Cooper. Sie werden verhaftet, sobald Sie sich dort blicken lassen.«

Joe presste die Handflächen gegeneinander. »Was schlagen Sie vor?«

Ronald strich sich mit den Fingern über die Wange, als spürte er noch immer Tinas Ohrfeige. »Wir haben nicht genügend Beweise, um vor Gericht zu gehen. Wir müssen ihn dazu bringen zu gestehen.«

»Das ist einfach.« Joe hakte die Finger ineinander.

»Ohne einen Baseballschläger.«

»Noch einfacher«, sagte Joe. »Außerdem, wo sollte ich mitten in der Nacht einen Baseballschläger hernehmen?«

»Ich muss mit der Polizei sprechen. Mit Grove.«

»Die sperren mich nicht wieder ein«, sagte Joe.

»Vielleicht bleibt Ihnen nichts anderes übrig.«

Joe dachte wieder an Park, daran, ihm den Startschuss zu geben. Wie Park es wohl machen würde? Mit einer Kanone, einem Messer, den bloßen Händen? Joe fuhr es kalt über den Rücken. Park jagte ihm immer noch Angst ein. Joe erinnerte sich an das Gefühl, als er sich in dem Hotelzimmer heute Nachmittag vor ihm ausgezogen hatte. »Scheiße«, sagte er. »Was bin ich doch für'n Arschloch.« Er stand auf und blickte zu Robert. »Auf eins kann man sich bei Cooper verlassen, er gibt gern an.« Er schaute zu Tina. »Würd's dir was ausmachen, dich verkabeln zu lassen?« Sie wirkte verblüfft. »Um Cooper 'ne Falle zu stellen.«

»Du meinst wirklich, der plappert das alles vor mir aus?«

»Man weiß nie. Wär einen Versuch wert.«

Sie schloss die Augen. »Wie geht's der Nase, Tina?«, sagte sie mit verstellter Stimme. »Ach übrigens, ich hab Joes Frau gekillt, was sagst du dazu?« Sie schlug die Augen wieder auf und sprach mit normaler Stimme weiter: »Kann ich mir nicht vorstellen, dass das klappt.«

»Vielleicht nicht gleich. Aber wenn man ihm ein bisschen gut zuredet ... «

»Ich hab's Ihnen doch gesagt«, sagte Ronald. »Keine Gewalt.«

»Und ich hab *Ihnen* gesagt«, sagte Joe, »dass Sie sich aus der Sache raushalten sollen.«

»Na, und wen wollen Sie dann verflucht noch mal bei der Sache dabeihaben? Ich meine, nehmen wir an, Sie locken Cooper an einen abgelegenen Ort. Schalldicht, wegen der Nachbarn. Sie prügeln ihn halbtot, und er plaudert aus, wie es wirklich war mit Ruth. Dabei haben Sie Tina verkabelt, und das Geständnis wird übertragen. Aber an wen wird es übertragen? Wer hört denn zu am anderen Ende? Wer soll denn so etwas genehmigen?«

Joe musste lachen.

»Was ist daran so komisch?«

Joe lachte weiter und fragte sich, ob es Monkmans Kopf wohl besser ging.

35

Die Dämmerung setzte ein. Adam überprüfte das Gras auf Hundehaufen und setzte sich unter eine Gruppe dürrer Bäume, die wie Statuen in der reglosen Luft standen. Er holte sein Handy heraus. Wählte.

»Wie läuft es?«

Adam berichtete Dotty was bisher geschehen war.

Sie klang nicht überrascht. »Der beste Freund ihres Vaters?« Es war fast, als bestätigten Adams Worte nur, was sie schon die ganze Zeit geahnt hatte. »Familienangehöriger. Familienfreund. Es ist gewöhnlich jemand Nahestehendes«, sagte sie. »Was hat ihr Vater vor?«

»Er will es ihm irgendwie heimzahlen.«

»Und wie geht es dir damit?«

Er war sich nicht sicher, was er davon halten sollte. »Ich will natürlich nichts damit zu tun haben.«

»Und das war's?«

»Ich verstehe nicht, was du meinst.«

»Was hast du erwartet?«

»Ich habe nicht darüber nachgedacht. Das Wichtigste war, dass ich Joe das Tagebuch bringe, und das habe ich getan ... «

»Gemma hat gewusst, dass es auf Rache hinauslaufen wird. Willst du dich einfach hinsetzen und dabei zuschauen? Egal wie sehr dieser Cooper es verdient hat?«

»Ich kann doch nichts machen.«

»Du hast Gemma im Stich gelassen.«

»Hör zu, ich glaube nicht ... «

»Nein, red dich nicht raus, Adam. Sei ehrlich zu dir.«

Adam riss ein paar Grashalme aus der Erde, während er darauf wartete, dass Dotty weiterredete.

»Sie ist in deinem Haus gestorben. Du hattest die Verantwortung für sie.«

»Ich bin schuld. Willst du mir das damit sagen?«

»Du weißt doch, was das Richtige ist, oder Adam? Glaubst du, dass Joe ihn umbringen wird?«

»Vielleicht macht er noch etwas viel Schlimmeres.«

»Was könnte schlimmer sein?«

»Ich weiß nicht. Ich habe nicht seine Fantasie.« Adam zupfte noch ein paar Grashalme aus.

Dotty sagte: »Sag schon. Was könnte schlimmer sein?«

»Ich möchte nicht darüber nachdenken.«

So hätte das Gespräch verlaufen können. Er wählte erneut, und diesmal legte er nicht auf, bevor Dotty abnahm.

Als sie antwortete, schnürte sich ihm die Kehle zu. Seine Stimme klang piepsig. Er fragte, wie es zu Hause gehe. Sie erzählte ihm, dass Willy zu einer Notbehandlung in die Zahnklinik gebracht worden war. Es ging ihm gut. Ein Zahn weniger und er konnte noch nicht richtig kauen, aber er war außer Lebensgefahr. Sie sagte, dass sie kündigen werde. Adam fragte, ob die Stadtverwaltung den Müllberg auf dem Feld hinter Wrighters' Retreat abgeholt hätte. Er war nicht abgeholt worden. Er fragte Dotty, ob sie ihm einen Gefallen tun und dort anrufen könnte. Sie sagte, sie würde Leute wegen so etwas nicht gern belästigen. Sie sagte, sie könne nicht länger in Wrighters' Retreat bleiben. Es tue ihr leid, aber sie habe sich entschieden, und auch er könne sie nicht davon abbringen. Er sagte, sie solle sich wegen des Abfalls keine Gedanken machen, er werde sich nach seiner Rückkehr darum kümmern. Er fragte, ob sie ihren Flug zur Beerdigung gebucht habe. Sie werde in Edinburgh übernachten müssen. Er fragte, ob er ihr irgendwie helfen könne. Sie fragte ihn, ob er ihr überhaupt zuhöre.

»Irgendwelche Anrufe für mich?«, sagte er.

Sie seufzte vernehmlich. »Jemand von der Polizei. Wollte dich wegen Gemma sprechen.«

Sofort fiel ihm Monkman ein. Er hatte zugeschaut, als der

Polizist auf Joes wehrlosen Körper eingetreten hatte. Und mit einem mal erzählte er ihr, was an diesem Abend geschehen war. Er erzählte ihr, wie Monkman Joe zusammengeschlagen hatte. Dass er gerne mitgemacht hätte und sich gleichzeitig dafür hasste. Dass er krank war vor Schuldgefühlen, nun, da er wusste, dass Joe unschuldig war. Und wie erbärmlich er sich vorkam, weil er ihm nicht helfen konnte.«

Sie sagte nichts. Er wartete. Sie sagte immer noch nichts.

»Dotty?«

»Wie soll das deiner Meinung nach zwischen Joe und Cooper ausgehen?«, fragte sie ihn.

»Ich möchte, dass Cooper seine gerechte Strafe bekommt.«

»Und was bedeutet das?«

Nachdem sie aufgelegt hatte, blieb er eine Weile sitzen. Dann stand er auf, hielt ein vorbeifahrendes Taxi an und nannte dem Fahrer den Namen seines Hotels.

Er dachte darüber nach, was Dotty gesagt hatte. Er war sich nicht sicher, ob er das Richtige tat. Der Gedanke, zu Brewer hinüberzulaufen und zu fragen, ob er helfen könne, hatte etwas Verlockendes. Anzubieten, das Schwein Cooper festzuhalten, während Joe ihm den Schädel einschlug. Allein wenn er daran dachte, was Cooper alles getan hatte, drehte sich ihm der Magen um. Mit Gemma. Mit Ruth. Mit Joe, verdammt noch mal. Mit Tina. Der Mann war eine Bestie. Dotty hatte gesagt, sie werde kündigen. Ihm war so kalt, als hätte er mit einem mal keine Kleider mehr an. Cooper verdiente jede Strafe, die Joe sich für ihn ausdachte.

Das Taxi setzte Adam an seinem Hotel ab. Er holte seinen Schlüssel an der Rezeption und ging durch den schmalen Flur zu seinem Zimmer.

Wieso wollte Dotty gehen? Hatte er etwas Falsches gesagt?

Als er die Tür öffnete, dachte er zuerst, er wäre im falschen Zimmer. Ein Mann mittleren Alters in einem eleganten Anzug schaute ihn an. »Mr. Wright?« Der Mann hob die Hand zum

Gruß, dann zog er eine Brille aus der Tasche und setzte sie auf. Seine Nasenspitze war rot, als wäre er erkältet.

»Wer sind Sie?«, sagte Adam. »Was machen Sie in meinem Zimmer?«

»Kommen Sie herein«, sagte der Mann. »Ich beiße nicht.« Er ging zu dem Tisch an der hinteren Wand, nahm den Wasserkocher und verschwand damit im Bad. Adam hörte das Geräusch von fließendem Wasser. Er erwog zu gehen, solange es noch möglich war, aber der Fremde hatte ziemlich harmlos ausgesehen. Ein bisschen verrückt vielleicht. Der Mann kam zurück, stellte den Kocher auf den Tisch und schaltete ihn an. »Tee?«, sagte er. »Kaffee? Heiße Schokolade?«

»Beantworten Sie meine Frage?«, fragte ihn Adam.

»Wenn Sie meine beantworten.« Er zeigte auf die beiden Tassen, die er neben den Kocher gestellt hatte. In einer Tasse war ein Teebeutel.

»Für mich nichts, danke. Fühlen Sie sich wie zu Hause.«

Der Mann goss eine Einzelportion Milch über den Teebeutel. Als der Kocher sich ausschaltete, goss er Wasser dazu. Er rührte das Gebräu um und stellte sich dabei vor. »Grove«, sagte er. »Detective Sergeant.«

Das passte. Nur ein Polizist konnte so ungehobelt sein. »Was wollen Sie?«

»Nur ein, zwei Augenblicke Ihrer Zeit.« Er nippte an seinem Tee. »Sie sind gerade nicht beschäftigt, oder? Ich würde Ihnen gern ein paar Fragen stellen.«

»Ich hätte da selbst ein paar Fragen.«

»Schießen Sie los.«

»Wie haben Sie mich gefunden?«

»Ich habe bei Ihnen auf den Orkneys angerufen. Eine junge Dame hat sich gemeldet. Sie sagte mir, Sie seien in Edinburgh.«

»Weshalb haben Sie angerufen?«

»Es gibt da einiges im Zusammenhang mit dem Tod von Mrs. Ruth Hope, worüber ich mit Ihnen sprechen möchte. Ich bin an den Ermittlungen beteiligt.«

»Wie haben Sie herausgefunden, dass ich hier bin?«

»Ich habe die junge Dame gefragt. Sie hat es mir gesagt.«

»Wie sind Sie in mein Zimmer gekommen?«

»Ich habe dem Portier meine Marke gezeigt. Er hat mich reingelassen.«

»Das gefällt mir nicht«, sagte Adam. »Es gefällt mir nicht, dass Sie meine Privatsphäre verletzen. Das möchte ich klarstellen, bevor ich irgendeine Ihrer Fragen beantworte.« Er blinzelte. Über seinen Augen stand ihm der Schweiß auf der Stirn.

»Ich nehme zur Kenntnis, dass Sie mein Eindringen nicht gutheißen, und ich entschuldige mich dafür.« Der Detective Sergeant stellte seine Tasse auf die Untertasse. Sie klapperte, und bei dem Geräusch zuckte Adam zusammen. »Wie sieht es aus? Bitte akzeptieren Sie meine Entschuldigung, Mr. Wright.«

Was sollte er dazu sagen? Er beschloss, die Aufforderung zu ignorieren. »Was möchten Sie wissen?«

»Ich möchte, dass Sie mir sagen, wo ich Joe Hope finde.«

»Woher soll ich ...?«

»Machen wir uns nichts vor, Mr. Wright. Wo ist er?«

»Was wissen Sie ...?«

»Nehmen Sie Platz, Mr. Wright.« Der Polizist zog einen Stuhl heran, und Adam ließ sich darauf nieder. »Sie hören sich ein bisschen heiser an. Sind Sie sicher, dass Sie nichts mit mir trinken wollen?«

»Kaffee«, sagte Adam. »Schwarz.« Grove riss einen Kaffeebeutel auf. Adam ging im Kopf schnell die jüngsten Ereignisse durch. So wie er es sah, war er aus dem Schneider. Er hatte Tina und Brewer und Joe sich selbst überlassen. Sie entschieden ohne ihn über Coopers Zukunft. Und da stand dieser Polizist und fragte, ob er wüsste, wo Joe war. Na, Adam würde es ihm sicher nicht verraten. Gott sei Dank wusste er nicht, was die anderen vorhatten. Auch bei einem noch so gründlichen Verhör konnte niemand aus ihm herausholen, was er ehrlich nicht wusste. Er war direkt froh, dass er die Wohnung des

Anwalts verlassen hatte, bevor er noch mehr erfahren hatte. Erleichtert atmete er aus.

Er nahm den Kaffee, den der Polizist ihm reichte, und sagte: »Ich kann Ihnen wirklich nicht helfen.«

»Sagen Sie mir, weshalb Sie in Edinburgh sind.«

»Wegen der Beerdigung von Joe Hopes Tochter Gemma.«

Grove rülpste. »Verzeihung«, sagte er. »Verdauungsbeschwerden.« Er schlug sich auf die Brust. »Sie sind sehr pünktlich, Mr. Wright. Sind Sie sicher, dass es keinen anderen Grund gibt?«

36

»Glauben Sie, Sie können einen besorgen?« Ronald war im Flur und sprach über den Festnetzanschluss. Die Küchentür war angelehnt. Joe lauschte angestrengt und versuchte, den Erfolg der Mission des Anwalts an dessen Stimme abzuschätzen. Im Augenblick hörte Brewer sich ziemlich begeistert an.

Joes Magen war noch empfindlich. Der Gedanke an Cooper war schon übel genug, aber wenn er an Monkman dachte, stieg ihm die Kotze in die Kehle. Das Blut pochte ihm wie Trommelschläge in den Schläfen.

Beim Reden tigerte Ronald in einem engen Kreis, verhedderte sich im Telefonkabel und machte kehrt. »So bald wie möglich. Genau«, sagte er.

»Er ist einverstanden«, sagte Joe zu Tina. Sie drehte sich im Sessel um und nickte ihm kurz zu. Er beugte sich zu ihr hinunter, wobei seine Seite ein wenig schmerzte. Er berührte sachte ihre Hand und sagte ihr ins Ohr: »Wir müssen miteinander reden.« Er trat einen Schritt zurück.

Sie zog die Augenbrauen zusammen. »Was hält uns davon ab?«

Joe war einen Blick durch die offene Tür in den Flur. Dort tigerte Ronald immer noch mit dem Hörer am Ohr herum. Joe blickte Tina an und deutete über seine Schulter. »Ich will nicht riskieren, dass unser Freund was mitkriegt.«

»Kriegt er nicht«, sagte sie. »Nicht, wenn wir flüstern.«

Joe beugte sich wieder zu ihr. Sie drehte den Kopf zur Seite. Ihre Haare rochen nach Zigarettenrauch. Er konnte eine schwache Spur billigen Parfüms riechen und spürte die Wärme ihres Halses. Erst, als seine Lippen fast ihr Ohr berührten, redete er. »Ich will nicht, dass er was ahnt. Wenn er uns miteinander flüstern sieht, weiß er, dass wir ihm was verheimlichen.«

Sie nickte. Dann lehnte sie sich zurück und schaute über Joes Schulter. Kurz blickte sie zu Joe, dann wieder auf die Stelle hinter ihm. Sie lächelte.

Joe drehte sich um.

Grinsend wie ein Schulbub kam Ronald in die Küche gestürzt. »Ich habe ihm den Plan erzählt.«

Der Plan war folgender.

Tina sollte mit einer Wanze präpariert werden (deshalb hatten sie Monkman angerufen – er war der Einzige, der Zugang zu der Ausrüstung hatte). Unter dem Vorwand, Joe würde später dazukommen, würde sie ein Treffen mit Cooper arrangieren. Im Laufe des Abends würde Tina ihre gesamte beträchtliche Erfahrung in der Kunst der Verführung aufbieten, damit Cooper nicht mehr an Joe dachte. Sie würde Cooper zu verstehen geben, dass sie auf Männer stand, die etwas brutal mit Frauen umsprangen. Sie würde ihm schmeicheln. Sein Ego streicheln. Vielleicht sogar noch etwas anderes streicheln. Und wenn alles so lief, wie Ronald sich das dachte, würde Cooper den Mord an Ruth zugeben. Cooper war so von sich selbst überzeugt, dass ein Geständnis durchaus im Bereich des Möglichen lag. Das hatte Joe dem Anwalt gesagt. Und an diesem Punkt kam dann die Wanze ins Spiel. Wenn sie Coopers Geständnis erst einmal auf Band hatten, konnte der sich bei der Polizei nicht mehr so einfach herausreden. Er hätte sich selbst belastet, und Joe wäre frei. Alle wären glücklich. Die Gerechtigkeit hätte ihren Lauf genommen.

Der Plan stammte von Joe, und wenn er Cooper nicht besser gekannt hätte, hätte er ihn vielleicht sogar für aussichtsreich gehalten. Auf jeden Fall musste es für Ronald und Monkman so aussehen, als ob der Plan klappen könnte. Es war entscheidend, dass der Plan die beiden überzeugte.

Aber im Grunde war der Plan ein Haufen Scheiße.

»Ich weiß, ich sollte mich nicht wundern«, sagte Ronald, »aber ich hätte nicht gedacht, dass er so schnell anbeißt. Zuerst war er dagegen, aber als ich ihm gesagt habe, dass Sie in den Pub kommen, hat er seine Meinung völlig geändert.«

»Ich hab's Ihnen gesagt«, sagte Joe. »Ich bin noch wenigen Leuten über den Weg gelaufen, die so berechenbar sind wie Monkman. Und er mag mich nicht besonders.«

»Er ist also definitiv dabei?«, sagte Tina.

»Er will sehen, was sich machen lässt, hat er gesagt.«

»Das heißt Ja«, sagte Joe.

»Und was passiert, wenn du nicht auftauchst?«, fragte Tina. »Was wenn Monkman dann in den Pub gestürmt kommt und alles verdirbt.«

»Warum sollte er das tun?« Joe schaute Ronald an. Der lächelte immer noch. Joe fuhr fort: »Er wird einfach annehmen, ich habe mich verspätet. Er wird warten und davon ausgehen, dass ich komme. Und bis er auf den Trichter kommt, dass ich euch versetzt habe, wird er so von deiner Unterhaltung mit Cooper gefesselt sein, dass er euch mit Sicherheit nicht unterbrechen wird. Es wäre vollkommen idiotisch, in dein Date reinzuplatzen.«

»Du scheinst dir ziemlich sicher zu sein, dass Cooper sich auf dieses Treffen einlässt.«

Trotz der Tatsache, dass Cooper seine Frau umgebracht und seine Tochter vergewaltigt hatte, war Joe fest davon überzeugt, dass er immer noch wusste, wie Cooper tickte. »Das wird er sich um nichts in der Welt entgehen lassen.«

Es war einfach gewesen, Ronald davon zu überzeugen, dass Cooper mit seinen Taten herumprahlen würde. Doch so dumm war Cooper nicht, auch wenn Joe das nicht laut sagte. Aber Cooper sprang immer auf Sex an, und die Chance, dass er zu einem Gratisfick Nein sagen würde, war ziemlich gering.

»Wir holen Sie da raus. Wir kriegen Sie frei«, sagte Ronald zu Joe. »Hat jemand Lust auf einen Drink?«

Joe hatte verdammt Lust auf einen Drink, aber Alkohol war im Moment das Letzte, was er brauchen konnte. Er musste den Anwalt aus dem Weg kriegen. Wie wurde man jemanden los, den man nicht um sich haben wollte? Das war schon schwer genug, wenn man kein Gast in dessen eigenem Haus war. Ein Blick auf Tina, und ihm kam eine Idee.

»Ich kann mir was Besseres zum Feiern denken«, sagte Joe. Er beugte sich zu Tina. Sie wandte ihr Gesicht zur Seite. Er gab ihr einen Kuss. Griff nach ihrer Hand. Sie ließ zu, dass er sie hielt.

»Den Drink lass ich sausen«, sagte sie. »Aber was zu futtern könnte ich echt vertragen. Ich bin am Verhungern.«

Joe drehte sich beim bloßen Gedanken an Essen der Magen um.

Ronald schaute auf die Uhr. »So spät schon? Was möchten Sie? Ich habe nicht viel hier. Ich hole mir meistens etwas. Mögen Sie Indisch?«

Joe spürte ein Brennen in der Speiseröhre, verstand aber, was Tina vorhatte. »Wissen Sie was?«, sagte er. »Ich hab unheimlich Lust auf Fisch & Chips.«

»Ja?«, sagte Ronald. »Und Sie, Tina?«

»'Ne Wurst mit Beilagen. Aber auf keinen Fall die ekelhafte braune Soße.«

»Salz?

»Nur Essig.«

»Joe?«

»Salz und Soße.« Er wühlte in seiner Tasche. »Ich geb Ihnen Geld mit.«

»Geht aufs Haus«, sagte Ronald. »Bin in ein paar Minuten wieder da.«

Sobald er weg war, sagte Tina: »Zweierlei. Du hast nicht bezahlt. Und selbst wenn, küsse ich nicht.«

Joe verschränkte seine Arme. »Soll ich dich für die Zeit mit Cooper heute Abend bezahlen?«

»Da geht's nicht ums Geschäft«, sagte Tina. »Das ist mein Privatvergnügen.« Sie wühlte in ihrer glänzenden weißen Handtasche und fischte eine Packung Zigaretten heraus. »Was dagegen?«

»Ronald könnte was dagegen haben.«

»Wirklich schade, dass wir ihn nicht fragen können.« Sie

zündete die Zigarette an. »Erzählst du mir, was ich wirklich machen soll? Oder soll ich raten?«

Joe hätte sie gerne noch einmal geküsst. Er war nicht scharf auf sie. Nur ein Kuss auf die Wange. Aber er blieb sitzen, stütze die Ellbogen fest auf den Tisch. »Wenn du in dem Pub bist«, sagte er, »fang so an, wie wir's geplant haben. Mach Cooper so scharf und geil, wie du nur kannst.«

»Du willst immer noch, dass ich ihn dazu bringe auszupacken?«

»Das wird er nicht.«

»Kennst du ihn so gut?«

»Ich glaub schon«, sagte Joe. »Auf bestimmten Gebieten wenigstens.«

»Na schön. Ich mach ihn also an. Aber ich versuche nicht, ihn zum Reden zu bringen.«

»Doch, doch. Versuch's auf jeden Fall. Ich sag nur, dass es nicht funktionieren wird. Aber um Monkman zu täuschen, musst du so tun als ob. Kannst du das?«

Sie brach in ein lautes, tiefes Lachen aus. Sie verschluckte sich an dem Rauch und musste husten. Als sie wieder Luft bekam, sagte sie mit tränenden Augen: »War das ernst gemeint? Ob ich so tun kann als ob? Was denkst du denn, was ich jeden Abend mache?«

»Was, wenn Cooper dich küssen will?«

Es klingelte an der Tür.

Tinas Blicke schossen hin und her. »Sollen wir aufmachen?«, flüsterte sie.

Es klingelte erneut.

»Könnte Ronald sein.« Sie flüsterte immer noch. »Er hat vielleicht die Schlüssel vergessen.«

»Glaub ich nicht. Lass es klingeln, das hört gleich wieder auf.«

Es klingelte wieder. Dreimal lang. Wie ein vereinbartes Signal.

»Er weiß, dass jemand in der Wohnung ist.«

Sekunden später klingelte das Telefon.

»Nicht abnehmen«, sagte Joe. Er ging in den Flur, und Tina folgte ihm. Er beobachtete den Apparat, als sei er ein gefährliches Tier.

Wieder klingelte es an der Tür. Dreimal lang. Dreimal kurz. Dreimal lang. Dabei klingelte das Telefon weiter.

Als es schließlich wieder still wurde, hallte das Klingeln noch ein paar Sekunden in Joes Kopf nach wie ein Phantom. Dann ein Krachen.

Tina packte ihn am Arm. »Was war das?«

Das Geräusch war aus dem Wohnzimmer gekommen. Joe schaute sich um. Zuerst konnte er nichts entdecken. Dann entdeckte er einen kleinen Stein inmitten von Glassplittern auf dem Teppich. Eine kleine Scherbe lag in der Nähe des feuchten Flecks, wo er hingekotzt hatte. Er schaute zum Fenster. Von einem kleinen Loch genau in der Mitte der linken, unteren Scheibe breiteten sich mehrere Haarrisse aus. Langsam näherte er sich dem Fenster.

37

Adam blickte über die Schulter. Vermutlich war es nicht besonders klug gewesen, mitten im Gespräch mit einem Detective der Polizei aus seinem Hotelzimmer zu stürmen. Aber der Charme und die guten Manieren des Polizisten hatten sich als verhängnisvolle Kombination erwiesen, und er hatte schon gespürt, dass er im Begriff war, dem Polizisten Vertrauen zu schenken. Adam hatte angefangen ihn zu mögen, und er war sich dabei wie ein Verräter vorgekommen.

»Und wenn ich nicht einverstanden bin?«, hatte er den Detective gefragt.

Grove hatte die Tasse auf die Untertasse gestellt, sich mit Daumen und Zeigefinger in die Nase gezwickt und nichts gesagt.

Adam beobachtete ihn eine Weile und fragte dann: »Werden Sie mich festnehmen?«

»Meinem Chef würde es sehr imponieren, wenn ich den Mörder Ihrer Cousine schnappe. Ich glaube, Sie können mir dabei helfen.«

Adam lief es kalt über den Rücken. »Wenn Sie mich nicht festnehmen wollen, verlassen Sie bitte mein Zimmer.«

»Ich mag diese schicken Kaffeesorten nicht«, sagte Grove. »Lattes und Mochas und diese Frappés und was weiß ich noch. Ich bin mit Tee aufgewachsen. Eine Familie von Teetrinkern. Hauptsächlich Assam und Darjeeling. Indische Tees. Ceylon. Meine Mutter hatte auch eine Kenia-Phase. Grünen Tee hab ich nie besonders gemocht. Kaffee vertrage ich nicht. Sogar von dem Instantzeug krieg ich Kopfschmerzen. Ich will mir gar nicht ausmalen, wie ich auf Espresso reagieren würde. Ich mag meinen Tee schwach. Und nicht zu heiß. Zu viel Milch mag ich auch nicht. Stört es Sie, wenn ich mir noch eine Tasse nehme?«

»Wenn Sie nicht gehen, dann gehe ich eben.« Adam wandte sich zur Tür.

»Einen Augenblick«, sagte Grove. »Arbeiten Sie mit mir zusammen, um diesen Mann zu fassen.«

»Auf Wiedersehen«, sagte Adam.

»Warten Sie.« Grove ging auf ihn zu und griff dabei in seine Jacketttasche. Für einen Moment dachte Adam, er würde ihm Handschellen anlegen und ihn mit aufs nächste Polizeirevier schleppen. Stattdessen reichte er Adam seine Visitenkarte. *Detective Sergeant Arnold Grove, Lothian and Borders CID*, stand darauf. Ganz unten war seine Handynummer. »Wenn Sie erfahren, wo Joe steckt, rufen Sie mich an.«

»Halten Sie es für wahrscheinlich, dass ich Joe über den Weg laufe?«, sagte Adam. »Und überhaupt, Joe ist unschuldig.«

»Und woher wissen Sie das, Mr. Wright?«

»Ich ... ich habe nur so eine Ahnung.«

»Zum Glück verlassen wir uns bei der Polizei nicht auf Ahnungen.«

»Kann ich jetzt gehen?«

»Nur noch eine Frage, Mr. Wright, wenn Sie die Zeit erübrigen können. An Mr. Coopers Stelle wäre ich sehr auf der Hut. Haben Sie ihn in jüngster Zeit gesehen?«

»Ich kenne niemanden mit diesem Namen.«

Vor dem Hotel starrte Adam vor sich hin und merkte kaum, dass gerade ein Taxi vorbeigefahren war. Seine Finger krallten sich um die Karte in seiner Tasche, als er die Straße überquerte. Er kam an ein paar Zeitungshändlern vorbei und an einem afrikanischen Restaurant und einem Pub, aus dem stampfende Musik dröhnte, anscheinend mit einem Zementmixer als Sänger. Vor einem Abfallkorb blieb er stehen. Er nahm die Karte aus der Tasche. Dann steckte er sie wieder ein.

Er wartete am Straßenrand. Als wieder ein Taxi mit leuchtendem Signalschild ankam, winkte er.

Auf dem Rücksitz schloss er die Augen und versuchte, den

Teich unten im Garten seiner Eltern zu sehen. Er verspürte keine Freude wie sonst. Es war, als hätte ihn seine Vorstellungskraft verlassen. Er konzentrierte sich auf den Garten, versuchte, sich die Reihe der Stachelbeersträucher vorzustellen. »Nimm dir eine«, sagte er zu seinem neuen Freund. Und sein neuer Freund nahm eine der prallen Beeren mit den feinen Härchen und biss hinein. Sein Freund schrie voller Ekel auf und verzog das Gesicht und spukte die Beere aus. Nur wenige bestanden die Prüfung. Keiner kam je wieder. Seine Mutter hatte ihm geraten, damit aufzuhören, sonst würde er nie Freunde finden. Einmal, als er elf war, hatte er sie angeschrien: »Wieso darf ich nicht zur Schule gehen wie andere Kinder?«

Er stellte sich das Gemüsebeet vor, das links an den Rasen, rechts ans Gewächshaus grenzte, und ganz hinten, im Schatten des Ahorns, erblickte er endlich den Teich. Er konzentrierte sich auf das Bild, ließ es näher kommen. Sonnenstrahlen glitten wie zarte Finger über die Wasseroberfläche. Der Wind rauschte in den Ahornblättern. Das Spritzen im Wasser überraschte ihn. Er sah es, aber er hörte nichts. Es war, als würde er sich ein Video in Zeitlupe anschauen. Lautlos trieben Wellen und Kreise auf den Rand des Teichs zu. Mitten auf dem Gras die Sohle eines nackten Fußes. Ein schlanker Knöchel. Eine dünne Wade. Die Oberschenkel halb im Wasser. Der Oberkörper untergetaucht. Unter Wasser erhoben sich die winzigen Warzen jugendlicher Brüste. Dottys Augen standen offen, ihre Haare waren ausgebreitet wie eine Muschel. Wasser wogte über sie.

Er hob den Kopf. Das Taxi näherte sich den Meadows. »Lassen Sie mich raus«, sagte er.

»Wie bitte, Kumpel?«, sagte der Taxifahrer.

Adam versuchte die Tür zu öffnen, indem er hart am Griff zog.

»Jetzt machen Sie sich mal nicht in die Hosen.« Heftig bremsend bog das Taxi in eine Bushaltestelle ein.

Adam versuchte noch einmal, die Tür zu öffnen. Sie war immer noch verriegelt. »Lassen Sie mich raus.«

»Sechs Pfund dreißig.«

Adams Portemonnaie war leer. Er fand etwas Kleingeld in der Tasche, aber es reichte nicht, um das Taxi zu bezahlen. Er ließ eine Pfundmünze fallen, die über den Boden rollte. Er bückte sich, um sie aufzuheben. »Nehmen Sie Kreditkarten?«

»Wofür halten Sie das hier? Für Edinburghs kleinsten Supermarkt? Sehen Sie da hinten irgendwo Suppendosen?«

»Na schön, wo ist der nächste Geldautomat?«

»Ich lass Sie hier nicht raus, bis Sie bezahlt haben.«

»Ich habe nicht genügend Geld dabei.«

»Daran hätten Sie denken sollen, bevor Sie eingestiegen sind.«

Adam wartete etwas und sagte: »Was schlagen Sie vor?«

»Keine Ahnung. Wenn ich Ideen hätte, wär ich ein Erfinder, oder? Geben Sie mir das Fahrgeld. Sechs Pfund dreißig. Ich hab die Uhr angehalten, dafür können Sie schon dankbar sein.«

»Nehmen Sie, was ich habe.« Adam gab ihm eine Handvoll Kleingeld.

Der Fahrer nahm das Geld entgegen und zählte es. Als er fertig war, sagte er: »Da fehlen noch zwei Pfund sechzehn.«

»Dann lassen Sie mich zu einem Geldautomaten gehen.«

»Hier kommen Sie nicht raus.«

»Und wie soll ich an das Geld kommen, um Sie zu bezahlen?«

»Da kann ich Ihnen auch nicht helfen. Ich bin kein Finanzberater.«

Adam griff durch die Abtrennung und packte den Fahrer am Hemdkragen.

»Zwei Leute, die ich kenne, sind in letzter Zeit gestorben.« Er verstärkte den Griff am Hemd des Fahrers. »Mir reißt allmählich die Geduld. Und ich finde, Sie verhalten sich verdammt unvernünftig. Also, lassen Sie mich raus, bevor ich ernsthaft sauer werde.«

Der Fahrer fuhr sich mit der Zunge über die Lippen und nickte.

Adam ließ das Hemd los. Als er am Türgriff zog, ging die Tür auf.

»Wenn ich dich noch mal sehe«, sagte der Fahrer, als Adam ausstieg, »schlag ich dir den Schädel ein.« Er trat das Gaspedal durch und fuhr mit quietschenden Reifen aus der Haltebucht. Da er nicht geblinkt hatte, verfehlte er nur knapp einen herannahenden Landrover, der laut hupend gerade noch rechtzeitig bremste. Der Taxifahrer antwortete mit einer Fanfare, die nicht verstummte, bevor er außer Sicht war.

Adam rief Dotty an, doch niemand nahm ab. Er versuchte es noch einmal. Immer noch keine Antwort. Er fragte sich, ob Dotty schon ausgezogen war. War es vorbei? Würde sie morgen herfliegen und nicht einmal mehr ins Retreat zurückkommen? War das ihr Plan? Ein One-Way-Ticket nach Edinburgh? Was war mit ihrem Zeug? Sie konnte doch wohl kaum alles, was sie besaß, in einem Koffer unterbringen. Würde sie die Orkneys verlassen? Und warum überhaupt ging sie eigentlich? Was sollte das? Sie musste doch nicht gehen, weil sie beide etwas füreinander empfanden.

Er versuchte es noch einmal.

Sie meldete sich, außer Atem.

»Wo bist du?«, sagte er.

»Beschäftigt.«

»Du hörst dich an, als seist du gerannt.«

Pause. »Was ist los, Adam?«

»Bitte, geh nicht.«

»Ich muss.«

»Wegen mir?«

»Ich rede morgen mit dir. Ich möchte dieses Gespräch nicht am Telefon führen.«

»Es *ist* wegen mir.«

»Können wir es nicht einfach dabei belassen?«

»Was habe ich falsch gemacht?«

»Du hast überhaupt nichts falsch gemacht.«

»Ich muss was falsch gemacht haben. Sonst würdest du bleiben.«

»Du bist ein liebenswerter Mann.«

»Woran liegt es dann, dass du gehen willst? Sag's mir, und ich bringe es in Ordnung.«

»Es ist nichts, was du in Ordnung bringen könntest.«

»Was ist es? Wenn ich es nicht bin, was ist es dann, verdammte Scheiße?«

»Reg dich bitte nicht auf. Können wir nicht morgen darüber reden? Bitte.«

»Sag's mir jetzt.« Er wartete ab. »Sag's mir, Dotty. Was es auch ist, ich will es lieber wissen.«

Ihre Stimme war leise. »Okay«, sagte sie. Sie sagte noch etwas.

Er konnte es nicht verstehen. Er wartete, bis er die Straße überqueren konnte, die einen Bogen um die Meadows machte. Die Autos im Verkehr rollten Stoßstange an Stoßstange an ihm vorbei. »Ich kann dich nicht hören, Dotty. Warte eine Sekunde.«

Bei der ersten kleinen Lücke zwischen den Fahrzeugen rannte er über die Straße. »Was hast du gerade gesagt?«

»Mein Gott, Adam. Ich möchte dir nicht wehtun.«

»Das tust du nicht. Aber ich mache mir allmählich Sorgen. Sag es mir einfach. Es ist schlimmer, wenn du es mir nicht sagst.«

»Okay, ich weiß.« Sie hielt inne. Dann sagte sie: »Du bist nicht mein Typ, Adam. Okay? Ich finde dich körperlich nicht attraktiv. Ich werde mich nie in dich verlieben, und wenn ich bleibe, tu ich dir nur weh.«

Die Stille lastete auf Adam. Ihm war, als sei er unter Wasser, mit einem Geräusch in seinem Kopf wie von einem vorbeirasenden Zug. Er schluckte, um den Druck auf den Ohren loszuwerden. »Ich kann abnehmen.«

Sie hörte sich an, als würde sie gleich zu weinen anfangen. »Du bist mir nicht zu dick.«

»Was ist es dann?«

»Es ist nichts Fassbares. Ich empfinde nur nicht so für dich, wie du für mich.«

Wieder Stille.

»Das macht nichts«, sagte er.

»Natürlich macht das etwas.«

»Nein, es ist in Ordnung. Es macht mir nichts, wirklich nicht. Wir sehen uns morgen.«

Er legte auf. Steckte das Handy in die Tasche. Er wusste nicht, wie er hierher gekommen war, doch er stand vor Ronald Brewers Haus. Er drückte auf die Klingel. Die Wichser drinnen reagierten nicht. Er klingelte noch einmal. Wieso machten die nicht auf? Das hier war wichtig. Sie waren da, da war er sich sicher. Zumindest Joe war da. Er rannte bestimmt nicht in Edinburgh herum, wo überall die Polizei nach ihm suchte. Wieso öffneten die Idioten nicht? Das hier war ein Scheißnotfall! Er war gerade vernommen worden, verdammte Scheiße.

Er klingelte ein SOS-Signal. Das würden sie doch wohl merken. Wieso ließ ihn Brewer nicht rein? Was hatte der denn für ein Problem, verdammt noch mal?

Adam fischte das Handy aus der Tasche, fand die Festnetznummer des Anwalts und wählte. Er ließ es ewig klingeln, aber niemand ging ran.

Er suchte im Garten herum. Fand einen kleinen Stein und warf ihn gegen das Wohnzimmerfenster des Anwalts. Die Scheibe zerbrach. Das würde dem Arsch eine Lehre sein.

Joes Gesicht erschien im Fenster. Dann verschwand er, und kurz darauf summte der Türöffner. Adam stürmte durch die Tür und die Treppe hinauf.

Tina stand auf der Schwelle von Brewers Wohnung und hielt die Tür auf. »Sie haben das Fenster eingeworfen«, sagte sie.

»Ich wollte euch auf mich aufmerksam machen.« Er war etwas außer Atem.

»Was willst du?« Joe stand hinter ihr.

»Darf ich vielleicht mal rein?«

»Was willst du?«

»Ich bin ins Hotel gegangen«, sagte Adam. »Da hat ein Polizist auf mich gewartet. Er hat mich verhört und gefragt, wo du bist und so, aber ich habe ihm nichts gesagt.«

»Und was willst du dann hier?«, sagte Joe.

»Ich möchte dir helfen.«

»Das ist echt nett von dir«, sagte Joe. »Wenn man bedenkt, dass du mich noch bis vor Kurzem für einen Vergewaltiger gehalten hast.«

»Ich will das wiedergutmachen«, sagte Adam. »Aber das ist nicht der einzige Grund. Was das Schwein Gemma angetan hat. Was er Ruth angetan hat.« Er hielt inne. »Ich muss dabei sein, Joe. Ich will sein Gesicht sehen, wenn er kapiert, dass du Bescheid weißt.«

»In den Kreisen, in denen du verkehrst, gibt es wenig Gewalt, oder Adam?«

»Zum Glück habe ich nicht viel davon erlebt, Gott sei Dank.«

Joe packte Adam an den Haaren und riss ihm den Kopf nach hinten. »Woher soll ich wissen, dass du nicht im letzten Moment dazwischengehst?«, flüsterte Joe ihm ins Ohr. »So wie auf den Orkneys, als Monkman und seine Kumpels mich zusammengeschlagen haben?«

»Und wenn, würde es dich jucken?«, keuchte Adam. Er hatte das hier verdient. Er hatte verdient, dass Joe ihn gleich verprügelte. Er schloss die Augen, presste die Lider zusammen. Wartete. Aber nichts geschah.

38

»Du hast Grove nicht gesagt, dass ich hier bin?« Joe ließ Adams Haare los und setzte sich neben Tina auf das Sofa. Ein schwacher, von Desinfektionsmittel überdeckter Gestank stieg vom Teppich hoch, und er atmete durch den Mund ein.

Adam rieb sich mit dem Handballen den Kopf. »Wenn, dann wärst du schon längst verhaftet.« Mit der Schuhspitze tippte er gegen den Stein, den er durch das Fenster geworfen hatte.

»Kann sein.« Joe hätte ihm gern geglaubt, aber die jüngsten Erlebnisse hatten ihn in seiner Überzeugung bestärkt, dass jeder schuldig war, bis das Gegenteil bewiesen war. Er schlug die Beine übereinander. »Vielleicht hast du Grove ja gesagt, dass ich hier bin, und er hat dich gebeten rauszufinden, was wir vorhaben.«

»Wieso sollte ihn das interessieren?« Adam kickte den Stein. Er rollte ein paar Zentimeter über den Teppich. Adam rieb sich noch einmal am Kopf.

»Vielleicht kennt er Cooper.«

»Du wirst wegen Mordes gesucht, nicht Cooper.«

»Vielleicht kennt er Coopers Ruf«, fuhr Joe fort. »Vielleicht weiß er, dass es nichts bringt, wenn er Cooper zu einem Verhör aufs Präsidium bringen lässt.« Joe strich mit dem Daumen über sein Kinn und starrte Adam an. Der Mann konnte seinem Blick nicht standhalten. Adam schaute auf seine Füße und den Stein, mit dem er Ronalds Fenster eingeworfen hatte. Wieder tippte er verlegen mit der Fußspitze gegen ihn.

Obwohl er ganz den Eindruck machte, glaubte Joe nicht, dass Adam log. Dennoch fuhr er mit seinen Überlegungen fort. »Cooper ist bekannt für seine mangelnde Kooperationsbereitschaft. Vielleicht ist Grove ja zu dem Schluss gekommen, dass er Cooper schneller überführen kann, wenn er mich einfach machen lässt.«

»Wie kommst du darauf, dass Grove Cooper überführen möchte? Grove hält dich für den Schuldigen. Er verdächtigt Cooper nicht.«

»Vielleicht will Grove ja, dass ich frei herumlaufe. Er weiß, dass ich es auf Cooper abgesehen habe. Wenn ich hinter ihm her bin, wird Cooper vielleicht nervös und gibt auf.«

»Meinst du?« Tina hörte sich erstaunt an.

»Ich versuche zu denken wie'n Polizist, nicht wie'n normaler Mensch.«

»Das heißt, du meinst das nicht wirklich?«

»Cooper ist kein Typ, der nervös wird.«

»Alles Fantasie, Joe«, sagte Adam. Er trat erneut gegen den Stein. »Und ich denke, du weißt das.«

»Möglich. Wieso sollte ich dir trauen?«

Adam ließ endlich den Stein in Frieden und konzentrierte sich auf Joe. »Ich bin den ganzen Weg von den Orkneys gekommen, um Gemmas Tagebuch persönlich bei dir abzugeben.«

»Und dafür bin ich dir auch dankbar. Aber das beantwortet meine Frage nicht.«

»Ich hätte heimfliegen und dort zur Polizei gehen können. Bin ich aber nicht.«

»Ich frag's noch mal: Wieso sollte ich dir trauen?«

Adam wurde rot im Gesicht. Einen Augenblick lang hatte es den Anschein, als würde er gleich ersticken. Er drückte sich die Finger an die Schläfen und brummte etwas in sich hinein. Nach einer Weile hob er den Kopf und sagte: »Weil sie es gewollt hätte.«

Joe schaute auf den etwas pummeligen, kleinen Mann, und auch wenn es ihm schwerfiel, musste er zugeben, dass Adam recht hatte. Gemma hätte gewollt, dass Joe ihm vertraute. Aber Gemma war nicht hier, und selbst wenn – er hätte seine Meinung nicht geändert.

Adam schien das zu wissen. Die Enttäuschung in seinem Gesicht war nicht zu übersehen. »Ich kann bestimmt etwas für euch tun«, sagte er. »Ihr braucht doch sicher Hilfe bei irgendetwas.«

»Bisher wollten Sie uns doch auch nicht unbedingt helfen«, sagte Tina.

»Ich habe schlechte Nachrichten von zu Hause erhalten«, sagte Adam. »Da ist mir so einiges noch mal durch den Kopf gegangen.« Er blickte Joe unverwandt an. »Verdammt, ich will dir wirklich helfen.«

Joe nickte. »Ich schätze, du könntest wirklich zu was nütze sein.«

Ein Lächeln breitete sich auf Adams Zügen aus.

»Aber ich verrate dir nicht, was wir vorhaben. Dann kannst du auch Grove nichts verraten.«

»Ich habe nicht die Absicht, ihm irgendetwas zu verraten. Aber wenn du dich sicherer dabei fühlst, mich im Dunkeln zu lassen ... « Adam holte mit dem Bein aus und trat so fest gegen den Stein, dass er von der Fußleiste abprallte, »mir soll's recht sein.«

»Du kannst gleich anfangen«, sagte Joe. »Ich möchte, dass du etwas für mich tust.«

39

Adam sagte sich immer wieder, dass er nicht in Gefahr war. Was er vorhatte, war nicht gefährlich. Cooper war zu dem Treffen mit Tina gegangen. Zumindest, wenn alles nach Plan lief. Das Treffen sollte um acht Uhr stattfinden. Soviel hatte Joe ihm verraten. Jetzt war es zehn nach acht, also müsste Cooper die Wohnung schon seit Ewigkeiten verlassen haben. Trotzdem wäre es Adam lieber gewesen, wenn sie irgendein Signal vereinbart hätten. Tina hätte ihm heimlich eine SMS schicken können, ein kurzes OK, dass Cooper im Pub eingetroffen war. Na gut, dazu war es jetzt zu spät.

Er klingelte.

Der Anwalt hatte ihn nervös gemacht. Brewer war nicht besonders erfreut gewesen, als er nach Hause gekommen war. Er hatte einen Blick auf Adam geworfen und nur gesagt: »Ich dachte, Sie sind weg.« Im nächsten Moment hatte er das Fenster gesehen und gefragt: »Was ist denn hier passiert?«

Adam hatte es ihm erklärt. Na ja, er hatte ein bisschen geflunkert. So getan, als habe er das Fenster versehentlich eingeworfen, obwohl es eigentlich ja Absicht gewesen war. Er hatte den unwiderstehlichen Drang verspürt, etwas kaputtzumachen. Er war nur selten so wütend. Er konnte es immer noch nicht fassen, dass Dotty Wrighters' Retreat verließ. Nachdem Joe ihn bedroht hatte, war er vorübergehend wieder ruhiger geworden, aber sobald die Angst nachgelassen hatte, war die Wut wieder zurückgekehrt.

»Ich hoffe, Sie bezahlen mir das«, sagte Brewer.

»Ich habe kein Bargeld bei mir.«

»Ich nehme auch einen Scheck.«

»Ich habe mein Scheckbuch nicht dabei.«

»Dann schicken Sie mir einen, Sie verdammter Trottel.«

Adam hatte einen Schritt auf den Jungen zu gemacht, und hätte er Joes Blick nicht aufgefangen, wäre er ihm vielleicht noch näher gekommen. Mitten in der Bewegung war Adam bewusst geworden, dass er dem kleinen Wichser nicht wirklich den Hals umdrehen konnte. Er hatte zu zittern begonnen. Hatte die Hände in die Hosentaschen gesteckt. Es hatte nicht viel geholfen.

Jetzt war er okay. Er hatte nur Angst, Cooper könnte aus irgendeinem Grund doch noch zu Hause sein.

Wenn sich ein Mann über die Gegensprechanlage meldete, würde Adam sofort zur Straße zurückrennen.

Eine Mädchenstimme meldete sich. »Ja?«

Was sollte er sagen? Sie kannte ihn nicht, deshalb hatte es wohl wenig Sinn, wenn er seinen Namen nannte.

»Ja«, sagte sie noch einmal.

»Ich bin ein Freund von Joe Hope.«

»Cooper ist nicht da.«

Adam ballte die Faust und spannte die Armmuskeln an. »Sind Sie Sally?«

»Ja?«

»Es geht um Folgendes. Na ja. Joe braucht etwas.«

»Ja? Und was hab ich damit zu tun?«

»Es ist was von Cooper, das Joe sich ausleihen möchte. Kann ich hochkommen?«

»Was will Joe sich denn ausleihen?«

Adam senkte die Stimme. »Coopers Baseballschläger.«

»Ach so.« Sie zögerte. »Geht's Joe gut?«

»Er ist in Ordnung. Mit einem Baseballschläger würde er sich nur viel sicherer fühlen.«

»Das versteh ich. Kommen Sie rauf.«

»Da ist noch etwas.«

»Was denn?«

40

»Test. Test. Monkman is'n Wichser.« Monkmann zu beleidigen, war nicht gerade toll, und klug war es auch nicht, aber es war besser, als an Cooper zu denken.

Vier Kippen lagen im Aschenbecher. Als Tina sich vor zehn Minuten an den Tisch gesetzt hatte, war er noch leer gewesen. Diese Warterei auf Cooper war Scheiße. Auf Kunden warten, von denen man weiß, dass sie auf brutalen Sex stehen, war immer Scheiße. Sie musste sich bei Laune halten, bis er kam. Sie öffnete den Deckel ihrer Zigarettenpackung und klopfte eine weitere Kippe heraus. Rauchen war gesundheitsschädlich, aber ihre Gesundheit hatte mehr darunter gelitten, dass sie dieses Schwein in ihre Wohnung gelassen hatte. Sie runzelte die Nase, um zu sehen, ob sie noch wehtat. Das tat sie immer noch.

»Immer noch keine Spur von ihm«, murmelte sie. Fast hätte sie Coopers Namen gesagt, was den ganzen Plan ruiniert hätte. Monkman wartete natürlich darauf, dass Joe aufkreuzte.

Alle Plätze waren besetzt gewesen, als sie vor einer halben Stunde im Pub angekommen war. Sie hatte sich überzeugt, dass Cooper noch nicht da war, dann war sie auf die Toilette gegangen und hatte die Wanze eingeschaltet. Monkman hatte ihr gesagt, sie solle bis zur letzten Minute damit warten, aber was scherte sie das? Die Batterien reichten für knapp drei Stunden, hatte man ihr gesagt. Das reichte. Sie bestellte einen Drink an der Bar und hielt nach einem freien Tisch Ausschau. Bald erwischte sie einen gemütlichen Zweisitzer in der Ecke, als ein Paar im Streit aufstand und ging. Tinas Stuhl stand mit Blick auf die Tür. Jedesmal wenn sie sie aufgehen hörte, hob sie den Kopf in der Hoffnung, es sei Cooper.

Die verdammte Verkabelung nützte niemandem etwas. Monkman hatte es großen Spaß gemacht, das kleine schwarze Kästchen anzubringen. Er hatte es ihr vorher gezeigt. Ohne großes Interesse hatte sie einen kurzen Blick draufgeworfen. Sie hatte eine Bemerkung darüber gemacht, dass die Wanze von Sony war und dass das gut sei, oder? Dann hatte sie ihn gebeten, das Ding endlich zu befestigen. Er hatte sie sofort aufgefordert, alle Klamotten bis auf ihren BH und den Slip auszuziehen. Im Rückblick wäre das nicht nötig gewesen. Die kleine Sau.

»Es ist allgemein bekannt, dass Polizisten kleine Penisse haben. Hören Sie, Monkman?« Der Polizist hatte ihr angeboten, sie mit dem Auto herzubringen. Wegen des Halteverbots hatte er nicht direkt vor dem Pub stehen bleiben können, und er musste ein Stück weiter in einer der engen Seitenstraßen parken. Sie stellte sich vor, wie er zusammengekauert auf dem Fahrersitz saß und vor Zorn über ihre Unverschämtheiten kochte. Aber sie war so nervös, dass sie sich nicht wirklich an seiner misslichen Lage freuen konnte. »Ich würd mir deshalb keine grauen Haare wachsen lassen«, sagte sie.

Sie hatte ihre Bloody Mary langsam getrunken. Jetzt goss sie den letzten Rest Tomatensaft ins Glas und nahm einen winzigen Schluck.

Die Tür ging auf. Das Glas schlug gegen ihre Zähne. Ein Motorradfahrer kam herein und schloss sich einer Gruppe bärtiger, in Leder gekleideter Kumpels an. Fast unmittelbar darauf wurde die Tür wieder aufgerissen, und herein stolzierten drei, nein vier spärlich bekleidete kleine Nutten auf gefährlich hohen Stöckeln. Wo blieb er bloß? Sie schaute wieder auf die Uhr.

Als sie den Kopf hob, hatten es die Häschen bis zur Bar geschafft, ohne sich was zu brechen, und Cooper kam auf seinen massigen Beinen auf Tina zugeschlendert. Seine Miene verriet nichts. Er hatte sich allerdings für den Anlass etwas anderes angezogen. Ein weißes, kragenloses Hemd unter einem Marineblazer. Anthrazitfarbene Stoffhose. Seine Schuhe sahen frisch poliert aus. Ein gutes Zeichen. Er nahm das Treffen ernst.

Sie schaltete auf Arbeitsmodus um. Zog einen Schmollmund und ließ die Zunge schnell über ihre Lippen gleiten. »Sie kommen zu spät.«

»Mach mich nicht gleich wieder an. Wo ist Joe?«

Sie seufzte. »Noch nicht da. Er ist aufgehalten worden.«

Er knurrte. »Vielleicht geh ich besser wieder.«

»Bleiben Sie«, sagte sie. »Der kommt schon noch. Trinken Sie was mit mir. Ganz unattraktiv bin ich doch nicht, oder?«

»Was hat das denn damit zu tun?«

»Ein Mädchen hört es eben gern, wenn sie einem Mann aufgefallen ist«, sagte sie. »Verstehen Sie, was ich meine?« Sie hielt ihm ihr fast leeres Glas hin. »Spendieren Sie mir einen.« Sie öffnete die Lippen einen Spalt und ließ die Zunge hervorgleiten.

Cooper nickte. »Was willst du?«

»Was ich will? Sie schaute ihm zwischen die Beine. Dann hoch zu seinen Augen. »Eine Bloody Mary. Mit viel Worcestersauce. Und Eis. Lassen Sie sich extra Eis geben.«

Er bahnte sich einen Weg zur Bar.

So weit, so gut. Alles lief nach Plan. Joe hatte sogar vorausgesagt, dass Cooper zu spät kommen würde. In der Wohnung des Anwalts hatten sie versucht, miteinander zu reden. Nachdem sie Ronald zum Essenholen geschickt hatten, war ihnen Wright mit seinem dramatischen Auftritt dazwischengekommen. Und als sie mit dem fertig gewesen waren, war Ronald mit dem Essen zurückgekommen. Inzwischen hatte sie wirklich Hunger gehabt. Sie hatte ihr Essen gegessen und den größten Teil von Joes Portion.

Nach dem Essen hatte Joe zu Ronald gesagt: »Was dagegen, wenn ich mich eine Weile in Ihr Bett lege?«

»Sind Sie müde? Ich begreife nicht, wie Sie jetzt schlafen können.«

»Hab ich was von schlafen gesagt?« Joe schaute Tina an. »Kommst du?«

»Ach so«, sagte Ronald. »Verstehe. Vielleicht sollte ich die Laken wechseln.«

»Nur keine Umstände.« Joe schaute sie immer noch an.

»Dann müssen Sie die Bettwäsche auch nicht zweimal abziehen«, sagte sie.

Ronald zuckte mit den Achseln. »Sie haben eine halbe Stunde, Joe. Dann muss ich Tina wegbringen.« Er zwinkerte. Er meinte, dass Monkman dann die Wanze anbringen musste. Der Anwalt wandte sich anschließend zu Wright und sagte: »Das möchte ich noch mal genau hören. Sie haben nicht gemerkt, wie groß der Stein war?«

Im Schlafzimmer hatten Tina und Joe den Plan entworfen, der nun in die Tat umgesetzt wurde.

Sie hob den Kopf, als Cooper mit den Drinks und einem Bier zurückkam. Er setzte sich ihr gegenüber. »Was soll das alles?«

»Was soll was?«

»Dass du mich anmachst.«

»Ich ... ich ... «

»Ich hab versprochen, dass ich dir zehn Riesen gebe.« Er zeigte mit dem Finger auf sie. »Dann hab ich's nicht getan. Und damit du mich auch wirklich ins Herz schließt, hab ich dir noch einen auf den Zinken verpasst. Und jetzt willst du mir erzählen, dass du mich geil findest?«

Mit zwei Fingern strich sie über den Glasrand. »Genau das will ich Ihnen erzählen.« An seinem Gesichtsausdruck sah sie sofort, dass er so leicht nicht zu überzeugen war. »Sie können sich wohl nicht vorstellen, dass eine Frau einen Mann attraktiv finden kann, der manchmal ein bisschen grob wird?«

»Ach, ich kenne eine oder zwei.«

»Jetzt kennen Sie drei.«

Er trank einen Schluck Bier. »Ich kann nicht die ganze Nacht auf Joe warten. Ich hab auch noch was anderes zu tun.«

Wenn er gehen will, dann sprich über den Kleinen. Das hatte ihr Joe geraten. »Joe hat gesagt, Sie hätten 'nen kleinen Jungen. Gary?« Sie schob ihm ihre Zigarettenschachtel hin.

Cooper entspannte sich und zündete sich eine Kippe an. Er ließ sich in den Stuhl zurücksinken. Mit einem Lächeln griff er nach seinem Drink. »Süßer kleiner Scheißer.« Sein Lächeln wurde breiter. »Genau wie sein Vater.« Er beugte sich zu ihr. »Du findest mich scharf, stimmt's?« Er wartete nicht auf Antwort. »Seine Mutter, weißt du, die ist richtig vernarrt in ihn. Mich mag sie nicht so sehr. Aber das macht nichts. Der kleine Mann ist wie 'ne Art Klebstoff.«

Sie hatte keine Ahnung, wovon er redete. Er merkte es, wahrscheinlich an ihrem Gesichtsausdruck

»Er hält uns zusammen. Überleg doch mal. Warum sonst sollte ein gebildeter Mann im besten Alter mit so 'ner jungen Schnalle wie Sally zusammensein? Hm?«

Tina fragte sich, ob Monkman das alles mithörte. Cooper wartete auf ihre Antwort. »Aus Liebe?«, sagte sie.

»Also, ich hätte nicht erwartet, dass 'ne Nutte so was sagt.«

»Ich stecke voller Überraschungen. Für 'ne Nutte.«

»Glaubst du etwa an Liebe?«

»Und was ist mit Gary? Lieben Sie den nicht?«

»Das ist was anderes.«

»Wieso?«

»Darüber will ich nicht sprechen, verdammt noch mal. Das ist eben was anderes, okay?«

Sie hob beruhigend die Hand. Der Kerl war irre. Wenn er ein Freier wäre, hätte sie jetzt die Fliege gemacht. Ehe es zu spät war. »Haben Sie Joe gesehen, seit er raus ist aus dem Gefängnis?«

»Ein Mal. Er war nicht besonders gut drauf.«

»Wieso glauben Sie, dass er's getan hat, Cooper?«

Cooper drückte seine halb aufgerauchte Kippe im Aschenbecher aus. Er faltete die Hände und legte die Daumen aneinander. »Weil er's abstreitet.«

»Er war doch bei Ihnen in der Nacht, oder nicht?«

»Wenn er das sagt.«

»Ich frag ja nur.« Sie zuckte die Achseln. »Sieht übel aus für ihn.«

»Was soll die ganze Fragerei?« Er hielt inne. »Jetzt lass mich mal was fragen, hm? Wieso bist du nicht sauer auf mich?«

»Wollen Sie's genau wissen?« Sie bot Cooper eine weitere Zigarette an. Er lehnte mit einem Kopfschütteln ab. »Ich sag's Ihnen.« Sie klopfte eine für sich heraus. »Bei meinem Job ist es schwierig, Männer überhaupt sexuell attraktiv zu finden. Mich macht fast nie einer wirklich an.«

»Wenn man's die ganze Nacht treibt, wird's ein bisschen öde.« Er nickte. »Das seh ich ein.«

Manchmal war sie schlicht und einfach wund vom Ficken, aber das sagte sie ihm nicht. Hätte sich wahrscheinlich wenig verführerisch angehört. Sie hatte schon ewig keinen festen Freund mehr gehabt. Der letzte, Dennis, war klasse gewesen. Er wollte keinen Sex. Er liebte es, ihr den Rücken zu massieren, und genau das wünschte sie sich, wenn sie von der Arbeit nach Hause kam. Es war alles wunderbar gelaufen, bis er gemerkt hatte, dass er schwul war.

»Ab und zu kommt's vor, dass ich mich für 'nen Typen interessiere.« Sie senkte den Blick und starrte in ihren Drink. »Gewöhnlich ist das einer, der sein Leben in der Hand hat. Der weiß, was er will, und dann auch tut, was nötig ist, um's zu bekommen.«

»Und das gefällt dir?«

»Einer, den es nicht schert, was andere denken.«

»Mir ist's scheißegal, was die ganzen Arschlöcher denken.«

»Ist mir aufgefallen.«

»Du eingeschlossen.«

»Was dich noch interessanter macht.«

Er starrte sie an, ohne einen Muskel zu bewegen. Seine Augen blieben weit offen. Sie konnte nicht sagen, ob er sie tatsächlich anschaute. Er blickte ins Leere. Sie hatte den Eindruck, wenn sie aufstehen würde und ginge, dann würde er weiterhin auf den Platz starren, den sie verlassen hatte. Am liebsten hätte sie diese Theorie in die Praxis umgesetzt. Stattdessen sagte sie mit gesenkter Stimme: »Du willst mit mir vögeln, stimmt's?«

Seine Miene blieb unverändert. »Wie kommst du darauf?«

»Joe hat mir gesagt, dass du auf Nutten stehst.«

»Auf manche schon. Da könnte er recht haben.«

»Und, was gefällt dir nicht an mir? Meine Nase?« Sie grinste. »He, wenn sie dir nicht gefällt, dann weißt du, wer dafür verantwortlich ist.«

»Stimmt. Vielleicht sollte ich beim nächsten mal keine halben Sachen mehr machen.«

In ihren Achselhöhlen prickelte der Schweiß. Sie trank aus. »Glaubst du an Gott?«

Er schob sein Kinn vor, spannte die Muskeln an seinem Hals an. »Könnt ich nicht behaupten.«

»Wann bist du das letzte mal in der Kirche gewesen?«

»Wieso willst du das wissen?«

»Wirst du schon noch sehen. Lauf nicht weg. Ich muss mal aufs Klo.«

Sie ging zur Toilette und spritzte sich kaltes Wasser ins Gesicht. Jemand hatte Patschuli aufgelegt. Der ganze Raum stank danach. Sie schloss sich in einer Kabine ein und nahm das schwarze Kästchen ab. Sie löste die Drähte. Dann hob sie den Deckel des Spülkastens und warf alles hinein. Sie entriegelte die Tür, blieb vor dem wandhohen Spiegel stehen und frischte ihr Make-up auf. Als sie an die Bar zurückkam, beendete Cooper gerade ein Gespräch am Handy. Er legte sofort auf und steckte das Handy in die Tasche. Sein Stuhl schrammte über den Boden, als er aufstand.

Tina hakte sich bei ihm unter. »Heute Nacht hast du das große Los gezogen.«

»Was hast du vor?«

»Ich werd dir Gott zeigen.« Sie manövrierte ihn weg von der Straße, in der Monkman parkte.

»Wo willst du hin?«, sagte er. »Ich bin mit dem Auto da.«

»Aber du wohnst doch gleich um die Ecke.«

»Na und?«

Sie bemühte sich, dass die Angst nicht in ihrer Stimme zu hören war. »Wo parkst du denn?«

»Weißt du, ich hab gleich gewusst, dass du auf mich stehst«, sagte er und ging weiter in die Richtung, die sie eingeschlagen hatten. »Ich hab's gleich gewusst, verdammt.« Mit jedem Schritt entfernte sich Monkman, und Joe kam ein Stückchen näher.

41

Joe hielt es nicht länger mit ihnen in dem Raum aus. Adam war auch keine Hilfe. Er zitterte wie ein Mann mit schwerem Parkinson.

Joe öffnete die Tür zum Vorraum und trat in die winzige, dunkle Kirche. Er zog die Tür hinter sich zu. Sein Finger schwebte über dem Lichtschalter. Nackte Dielen glänzten im dunkel-orangefarbenen Schein von zwei Straßenlaternen. Lange Kirchenbänke waren, vier Reihen tief, links von ihm an die Wand geschoben. An der Rückwand war ein undeutlicher Schatten zu sehen, der sich als ein unordentlicher Stapel Übungsmatten entpuppte. Rechts von ihm führten zwei Stufen hoch zum Altarraum. Dort stand ein Pult, dahinter im Dunkeln ein einzelner Chorstuhl. Der andere war herausgerissen, zerlegt, die Teile auf einen Haufen geworfen und vergessen worden. Er konnte den Teil eines Beins ausmachen, das durch ein paar zerbrochene Holzplatten ragte.

Er ließ das Licht ausgeschaltet. Es war das Risiko nicht wert.

Der Schein der Straßenlampen erinnerte ihn an nächtliche Autofahrten. Auf dem Rückweg von Coopers Klienten, von denen die meisten in Siedlungen am Stadtrand wohnten. Fahrten durch die Niddrie Mains Road um zwei Uhr früh, während sie Blue Nile hörten. Kaum Verkehr. Joe am Steuer. Cooper lachte. Sagte: »Hast du seine Fresse gesehen?«, und Joes Antwort: »Vorher oder nachher?«

Junge, Junge. Wie hatten die Zeiten sich geändert. Jetzt war er hier in dieser kleinen alten Ruine von Kirche und wartete darauf, dass sein ehemaliger bester Freund aufkreuzte, damit er ihn ... damit er ihn was? Umbringen konnte?

Joe schauerte. Kalt war's hier drinnen. Er vermutete, dass die hohen Kirchenfenster wahrscheinlich früher einmal bemalt gewesen waren. Jetzt war das Glas farblos und mit Vogelscheiße beschmiert, und die meisten Scheiben hatten Löcher. Er fragte sich, ob man wohl draußen im Kirchhof hören konnte, was im Innern der Kirche vorging.

Das mit der Kirche war Tinas Idee gewesen. Zurzeit wurde sie, hatte Tina gesagt, nur zu Freizeitzwecken genutzt. Sie hatte sie an einem Abend in der Woche für Selbstverteidigungskurse gemietet. An einem anderen Abend benutzte eine Rockband sie als Übungsraum. Samstagnachmittags kam ein Hausmeister vorbei und wischte flüchtig den Boden. Heute Abend war die Kirche leer. Und Tina hatte einen Schlüssel. Mehr hatte sie Joe nicht gesagt.

Zum Beispielt hatte sie ihm verschwiegen, dass es hier stank. Nach verfaultem Holz. Überlagert von Schimmel. Ein schwacher Geruch nach Schweiß, der ihn an Schulturnhallen erinnerte.

In den Ecken huschten Schatten über die Wand. Er trat ins Licht, schaute auf die Uhr und ging zur Tür. Er kam in den kleinen, mit Holz verkleideten Eingangsbereich und griff nach dem Baseballschläger, der dort an der Wand lehnte.

Wenn Tina pünktlich war, musste sie bald hier sein.

Na, komm schon. Beim Warten wurde ihm immer klarer, auf was er sich eingelassen hatte, und das machte ihn ziemlich nervös, was eigentlich nicht seine Art war. Er stellte Coopers Schläger beiseite und streckte die Finger. Lockerte seine verspannten Schultern. Er fing an herumzulaufen. Der Eingangsbereich war ihm zu eng. Er ging wieder in die Kirche und durchquerte sie von einer Seite zur anderen. Er packte eine umgefallene Kirchenbank. Stellte sie aufrecht hin. Er setzte sich so auf die Bank, dass er die Eingangstür im Blick hatte.

Fünf Minuten vergingen. Ihm kam es wie eine verdammte Ewigkeit vor. Er stand wieder auf und schaute nach den anderen.

Das helle Licht einer einzelnen nackten Glühbirne beleuchtete den winzigen Raum. Adam schaute hoch zu ihm. Sally warf ihm einen verängstigten Blick zu. Wenigstens hatte sie inzwischen aufgehört zu flennen. Joe hatte ihr eigentlich keinen Knebel verpassen wollen, aber er hatte keine andere Wahl gehabt. Nachdem Adam sie hergebracht hatte, hatte Joe sie sich setzen lassen und ihr von seinem Verdacht gegen Cooper erzählt. Irgendwie hatte er gedacht, sie würde ihn verstehen, sich auf seine Seite stellen. Als er zu reden aufgehört hatte, hatte sie gefragt, ob sie gehen dürfe. Er hatte gesagt, sie müsse bleiben. Sie hatte zu schreien angefangen und wollte nicht mehr aufhören, so sehr er sie auch bat. Er versuchte es mit Drohungen. Es funktionierte nicht. Mit Adams Hilfe riss er eine von Garys Decken in Streifen. Adam hielt ihr die Arme an den Seiten fest, während Joe ihr einen Strumpf auszog. Er rollte den Strumpf zu einer Kugel, stopfte ihn ihr in den Mund und sicherte ihn mit einem Streifen von der Decke. Mit den übrigen Streifen band er sie an den Stuhl.

Joe ging hinüber zum Kinderbett. Gary schlief noch. Er schob das, was von der Decke übrig war, unter die Arme des kleinen Burschen und sagte zu Sally: »Mir wäre es auch lieber, wenn das alles nicht sein müsste.«

Zwanzig Minuten später stand er im Hauptportal der Kirche und horchte auf das Geräusch sich nähernder Schritte.

Zum ersten mal seit Ewigkeiten spürte er wieder einen stechenden Schmerz an den Stellen, wo Monkman ihn getreten hatte. Er griff sich an die Seite, hoffte, die Verletzung würde seine Schwungkraft nicht allzu sehr beeinträchtigen. Er vollführte einen einhändigen Schwinger. Es ging. Er versuchte es mit beiden Händen. Leicht unangenehm, aber nichts, womit er nicht leben konnte. *Reiß dich am Riemen.*

Was hielt Tina denn auf? Sie hatte doch nichts weiter zu tun, als Cooper davon zu überzeugen, dass sie scharf auf einen Fick war. Wie schwierig konnte das schon sein? Kamen sie etwa zu Fuß hierher? Er konnte sich nicht vorstellen, dass Cooper einen romantischen Abendspaziergang vorgeschlagen hatte. Es war natürlich möglich, dass man ihnen auf die Schliche gekommen war. Monkman konnte irgendwie draufgekommen sein, was hier eigentlich gespielt wurde. Oder Cooper hatte Tinas Theater durchschaut. Immerhin musste ein Mann schon ziemlich eitel sein, um zu glauben, dass Tina scharf auf ihn war. Wahnsinnig eitel.

Joe grinste im dämmrigen Licht. Todsicher würden sie kommen. Er musste nur Geduld haben.

Wenige Minuten später hörte er das Auto. Der Motor brummte, dann erstarb er. Kurz darauf schlug eine Tür, und das Lachen eines Mannes hallte durch die Nacht. Noch eine Autotür fiel zu. Eine Frauenstimme. Tina? Er hätte gern die Tür aufgemacht und rasch einen Blick riskiert. Er hatte schon die Hand an der Klinke, aber er zwang sich, in die Kirche zurückzugehen. Er drückte sich flach an die Wand, versteckte sich mit erhobenem Schläger hinter der Tür zum Eingangsbereich.

Sie betraten plaudernd den Vorraum. Tina sagte gerade: »Natürlich gibt's kein Bett. Aber da ist 'ne Kanzel. Nur Stehplätze.«

»Das reicht mir«, sagte Cooper.

Und dann ging die Tür auf.

Joe hielt den Atem an. Er ließ Cooper ein paar Schritte an sich vorbeigehen, dann schlug er dem Wichser von der Seite ans Knie. Cooper jaulte auf und knickte ein.

Tina knipste das Licht an und warf die Tür zu.

»Was war'n das, verdammte Scheiße?«, fragte Cooper.

»Einer von diesen.« Joe schwang den Schläger erneut. Er knallte ihn auf die selbe Stelle am selben Knie.

Cooper schrie. Er schrie eine ganze Weile. Er hörte nur auf, um Luft zu schnappen. Dann schrie er weiter. Kurz hörte er auf, aber nur, um zu sagen: »Du Arschloch. Du hast mir das Bein gebrochen, du Arsch. Mann, du Arsch, Joe. Du verfluchtes Arschloch.« Er schrie wieder. Mehr vor Wut als vor Schmerz.

Während Cooper immer weiterbrüllte, sagte Joe zu Tina: »Du gehst jetzt besser.«

»Ich bin ja grade erst gekommen.«
»Es ist besser, wenn du nichts damit zu tun hast.«
»Zu spät.«
»Das wird hässlich.«
»So hässlich, wie ich's gerne hätte, wird's bestimmt nicht.«
»Verpiss dich einfach. Ich kann dich hier nicht brauchen.«
»Das war nicht im Plan vorgesehen.«
»Der Plan hat sich geändert.«
»Du willst mich loswerden, weil ich 'ne Frau bin, stimmt's?« Sie nahm Joe den Schläger aus der Hand. Cooper wand sich auf der Seite am Boden und umklammerte mit beiden Händen das linke Knie. Tina schlug ihm mit dem Schläger hart auf den Ellbogen. Das Gebrüll erreichte ein neues Niveau. Mit weit aufgerissenem Mund rollte Cooper auf den Rücken, sein Kopf zuckte im Takt seiner Schreie.
Joe streckte die Hand nach dem Schläger aus.
»Ich bleibe«, schrie Tina.
Joe nickte.
Sie gab ihm den Schläger. »Und was machen wir jetzt?«
»Drauf warten, dass der Haufen Scheiße sich abregt.«
Während Cooper sich die Kehle heiser schrie, stellte Joe sich vor, wie er auf Gemma lag, wie er über ihr sabberte, wie die Spucke ihm von seinen Lippen runterhing, während sie verzweifelt versuchte, ihn abzuwerfen. Seinen nach Whisky stinkenden Atem. Die Worte fielen ihm ein, die sie in ihr Tagebuch geschrieben hatte. Diese schrecklichen Worte. Joe kämpfte den brennenden Wunsch nieder, Cooper erneut zu schlagen. Zuerst wollte er jedoch Antworten auf ein paar Fragen.
Die Tür hinten öffnete sich, Adam schaute sich kurz um und verschwand schnell wieder.
Schließlich wurde Coopers Gebrüll leiser. Er stöhnte laut. Zwischen zwei schmerzerfüllten Atemzüge beschimpfte er Joe als Arschloch.

»Wieso hast du Ruth umgebracht?«, fragte Joe schließlich.

»Fick dich«, zischte Cooper durch zusammengebissene Zähne.

»Ich schlag noch mal zu.«

»Dann ziel aber richtig, du blöder Wichser.«

Joe dachte nach. So kam er nicht weiter. Cooper würde nicht reden. »Bring das Mädchen raus«, sagte er zu Tina.

Mit einem mal war Cooper still. Er drehte sich auf dem Boden, sodass er sehen konnte, wie Tina zu dem Raum am anderen Ende ging. Kurz darauf erschien sie wieder mit Sally. Als Sally Cooper auf dem Boden sah, fing sie hinter ihrem Knebel an zu wimmern. Urplötzlich drehte sie sich um und versuchte, wieder in den Raum zu gelangen, aus dem sie gerade gekommen war. Tina schnitt ihr den Weg ab, packte sie an den Schultern und schob sie vorwärts.

»Sag mir, was passiert ist«, sagte Joe zu Cooper.

»Fick dich.« Cooper stieß ein langes Stöhnen aus.

»Ich mein's ernst.«

Tina schob Sally näher heran. Joe hätte sich am liebsten bei dem Mädchen entschuldigt, aber er wusste, dass er die Sache nicht durchziehen konnte, wenn er mit ihr redete.

»Willst du sehen, wie ernst ich's meine?« Er ging auf Sally zu und holte mit dem Schläger aus. »Wo, Cooper? Sag mir, wohin ich sie schlagen soll?«

»Fick dich, Joe.«

»Wie wär's mit dem Hüftknochen? Der härteste Knochen im menschlichen Körper. Es braucht ganz schön viel Kraft, um den zu brechen. Was meinst du?«

»Mach, was du willst«, sagte Cooper.«

»Halt sie fest, Tina. Was ist in der Nacht passiert, Cooper?«

»Ich hab's dir gesagt.« Er sprach mit ruhiger Stimme. »Du kannst mich mal.«

»Ich möchte Sally nicht wehtun müssen«, sagte Joe. »Sagst du's mir jetzt?«

Coopers Stimme war ein ersticktes Flüstern. »Fick dich.«

»Du gibst nicht nach, was?« Joe senkte den Schläger. »Er liebt dich wirklich, Sally. Vergiss das nicht.« Er rief: »Bring ihn raus, Adam.«

»Wen soll er rausbringen?« Cooper zuckte zusammen, als er versuchte, sich aufzusetzen.

»Wen meinst du wohl?«, sagte Joe.

»Scheiße, Joe. Das wagst du nicht, ihm was anzutun.«

»Nein? Du hast meine Familie zerstört. Meine Frau ermordet. Meine Tochter vergewaltigt. Du bist schuld an ihrem Tod.«

»Ich hab das alles nicht gemacht, Joe.«

»Adam?«, rief Joe.

Die Tür öffnete sich, und Adam erschien mit Coopers Baby im Arm. Sally versuchte, sich von Tina loszureißen. Tina packte sie um die Hüften. Sally schrie hinter ihrem Knebel.

»Bring ihn hier rüber«, sagte Joe zu Adam. »Leg ihn auf den Boden.«

»Du tust ihm nichts, Joe«, sagte Cooper. »Das weiß ich.«

»Ich hab mir auch nicht vorstellen können, dass du Gemma so was antun könntest.«

»Ich schwör dir, dass ich Gemma überhaupt nichts getan hab.«

»Wir haben ihr Tagebuch gelesen«, sagte Tina. »Sie sagt, du hast sie vergewaltigt.«

»Dein Name steht da drin«, log Joe.

»Sie hat ein Tagebuch hinterlassen?« Cooper schüttelte den Kopf. »Dreckige Schlampe.« Er schüttelte noch mal den Kopf. »Ich sag dir was, Joe. Ich bin froh, dass die miese Schlampe tot ist, hörst du? Und vergewaltigt, Scheiße noch mal? Die hat's genauso gewollt wie ich, das sag ich dir. Miese Schlampe. Ist doch alles gelogen, ihr Tagebuch. Du glaubst doch nicht, was die da geschrieben hat. Die war verrückt. Wusste nicht, was sie sagt. Die hat mich reingelegt. Ich wollte gar nicht. Sie war schuld. Sie hat's gewollt.«

Fast hätte Joe die Beherrschung verloren. Doch er konnte

seine Wut gerade noch im Zaum halten. »Und was ist mit Ruth? Wieso hast du sie umgebracht?«

»Das war ich nicht, Joe. Das ist die reine Wahrheit.«

»Bring mir das Baby«, sagte Joe zu Adam.

Gary war still, obwohl Adam ihn ziemlich herumschüttelte. Joe ging Adam entgegen, um ihn auf halbem Weg zu treffen.

»Du rührst ihn nicht an«, sagte Cooper. »Das wagst du nicht. Wenn du ihm verdammt noch mal auch nur ein Härchen krümmst, bist du tot.«

»Lass mich die Situation mal klarstellen.« Joe blieb stehen. »Ich habe meinen besten Freund, meinen Job, meine Frau, meine Tochter, mein Zuhause und meine Freiheit verloren. Ich hab nichts mehr zu verlieren. Du kannst selbst entscheiden, was du alles riskieren willst, aber keiner von uns beiden geht hier raus, bevor du mir erzählt hast, was passiert ist. Wenn du das Leben von deinem Kind aufs Spiel setzen willst, dann bitteschön.«

Sally heulte in die abgerissenen Streifen der blauen Decke, die als Knebel dienten. Ihre Augen waren nass und weit aufgerissen. Sie fing an, würgende Geräusche von sich zu geben.

»Sie will was sagen«, sagte Adam.

»Lass sie sprechen«, sagte Joe.

Tina griff um sie herum und löste den Knebel.

Sally spuckte die Socke auf die Erde. Ihre Schultern hoben und senkten sich. Sie holte mehrmals scharf Atem, dann sagte sie: »Er ist noch mal weg. Nachdem du ins Bett bist, Joe. Da kamen ein paar Anrufe, und dann hat er sich angezogen und ist gegangen. Er war stundenlang weg.«

»Stimmt das?« Joe lächelte. »Ach. Was hast du denn die ganze Nacht gemacht, Cooper?«

»Ich glaube nicht, dass er darauf antworten wird, Mr. Hope.«

Joe drehte sich um. In der Tür zum Vorraum stand Mr. Park, der mit einer Pistole auf Joe zielte. Die Waffe sah aus wie die, die er in dem Hotelzimmer gehabt hatte, als

Joe ihn aufgesucht hatte. Einen Moment lang hatte Joe das Gefühl, als müsse er sich wieder übergeben.

»Lassen Sie den Schläger fallen«, sagte der Profikiller.

Joe ließ den Schläger fallen. Er fiel klappernd zu Boden und rollte in einem Bogen auf Adam zu.

»Ich dachte schon, Sie kreuzen gar nicht mehr auf«, sagte Cooper.

»Sie hatten zwanzig Minuten gesagt. Ich habe zwanzig Minuten gewartet. Sie haben nicht angerufen.«

»Ja, ja. Helfen Sie mir schon hoch. Die haben mich total zusammengedroschen. Nicht zu fassen. Bein kaputt. Ellbogen kaputt.«

Park half Cooper aufzustehen. Cooper stützte sich auf Park. Das verletzte Bein baumelte über den Dielen, den Arm hielt er fest an die Seite gepresst. »Sally, nimm Gary und mach, dass du rauskommst.«

Sally ging ein paar Schritte auf Adam zu. »Wie soll ich nach Hause kommen?«, fragte sie Cooper.

Er steckte die Hand in die Tasche. »Nimm die Scheißkarre.« Er warf ihr die Schlüssel zu. »Und jetzt nimm dem fetten Trottel Gary ab und verzieh dich.«

Adam übergab ihr das Baby. Mit Gary in den Armen stolperte Sally tränenüberströmt in Richtung Tür.

»Und wenn ich heimkomme«, sagte Cooper, »dann versohl ich dir erstmal deinen verschissenen Arsch, weil du mich verpfiffen hast.«

Die Tür zum Eingangsbereich fiel hinter Sally zu.

»Geben Sie mir die Kanone«, sagte Cooper zu Park. »Ich will die Bande selbst abknallen.« Park reichte ihm die Waffe. »Helfen Sie mir, mich auf die Scheißbank zu setzen.« Park trat einen Schritt zur Seite und ließ Cooper langsam auf den nächsten Sitz gleiten. Cooper winkte ihn beiseite. »Okay, ihr Wichser, jetzt kniet euch alle mal hin.« Er zielte mit der Pistole auf Tina. »Wird's bald.«

Sie fiel auf die Knie. Adam folgte ihrem Beispiel.

Cooper zielt auf Joe. »Die Knarre ist geladen«, sagte er.

»Entsichert. Auf dich gerichtet. Hast du Angst, Joe? Bekomm ich jetzt gleich das Panikblinzeln zu sehen?«

Joe stand absolut still. Er fragte sich, ob Cooper gleich seine Stillhalterede vom Stapel ließe. Joe sah Cooper direkt ins Gesicht. Cooper würde nicht die geringste Spur von Panik in seinen Augen sehen, egal wie lange er da saß.

»Eigentlich sollte ich dich zuerst erschießen, aber so macht das keinen Spaß.« Cooper wandte sich an Tina. »Und du, du Schlampe, dich werd ich erst mal richtig ordentlich durchficken. Da warst du doch so scharf drauf, oder? Komm her.« Er lächelte aufmunternd, als sie auf den Knien auf ihn zukroch. Eine Armlänge vor der Bank machte sie halt. »Näher ran.« Sie bewegte sich ein paar Zentimeter weiter. Er streckte die Hand aus und zeichnete mit der Pistole eine Linie auf ihrem Gesicht. Sie zuckte zusammen, als er ihr die Waffe gegen die Nase drückte. »Du findest mich doch unwiderstehlich. Stimmt's?« Seine Miene wurde hart. »Geh wieder zurück zu deinem Freund da.«

Er wandte sich an Adam. »Na, Joe, jetzt schau dir das mal an. Hier haben wir doch ein echtes, ausgewachsenes Panikblinzeln.«

Adam schlotterte von Kopf bis Fuß. Er machte Joe Sorgen. Hoffentlich beging er keine Dummheit.

Tina streifte mit der Hand Joes Bein, als sie an seine Seite zurückkam.

»Du willst uns jetzt alle umlegen, oder?«, sagte Joe.

Cooper nickte. »Letzten Endes schon.«

»Sag mir, was mit Ruth passiert ist.« Joe zuckte die Achseln. »Was kann's schon schaden?«

»Wieso sollte ich?«

»Um unserer Freundschaft willen.«

»Wir sind keine Freunde.«

»Wir waren's mal.«

Cooper zuckte mit den Achseln. »Nur weil wir mal Freunde waren? Ich glaub nicht, Joe. Du hast mir echt wehgetan mit dem Bein.«

»Gut. Dann kannst du es mir ja jetzt zurückzahlen. Sag mir, wieso du mich reingelegt hast.«

»Zuerst geh auf die Knie, wie ich's dir gesagt habe.«

Langsam sank Joe zu Boden.

»Braver Junge«, sagte Cooper. »Also, wo waren wir? Ach ja. Ich soll dir was zurückzahlen.« Cooper schaute zu Park hinüber. Der Profikiller stand mit verschränkten Armen und ausdrucksloser Miene neben der Bank. »Ich sag dir was, Joe«, sagte Cooper. »Ehe ich dich kaltmache, erzähl ich dir was, das wirklich wehtut.« Er holte tief Luft und sagte dann: »Ich weiß nicht genau, wie's zu diesem traurigen Zustand kam. Also im Rückblick, na ja, ist Ruth eigentlich selber schuld. Ich wollte nur, dass sie damit aufhört, alles zu vermasseln. Wenn du mich fragst, hab ich meine Sache echt gut gemacht. Angesichts der Umstände. Obwohl du da wahrscheinlich anderer Meinung bist, Joe. Scheiße. Ich hab versucht, dich zu beschützen. Mehr nicht. So hat's angefangen. Du warst mein Freund. Was für einen Sinn hätt's gehabt, wenn du dahintergekommen wärst?«

»Wo dahinter?«

»Du hast 'ne ganz schön große Klappe, Joe. Ich geb dir 'nen guten Rat. Halt die Klappe. Du kriegst ja nicht mal deine eigenen Probleme auf die Reihe. Weißt nicht mal, wenn du welche hast. Also reiß bloß die Schnauze nicht so weit auf. Das hier ist mein beschissener Kopf, und der kontrolliert mein beschissenes Leben. Du siehst ja nicht mal, was unter deiner beschissenen Nase vorgeht, Joe. Das ist dein Problem. Hast noch nie was mitgekriegt. Irgendwelche Einwände?«

Joe schüttelte den Kopf.

»Dann red ich weiter«, sagte Cooper. »Du würdest doch auch sagen, dass Ruth 'ne erstklassige Fotze ist, oder?«, fuhr er nach ein paar Momenten fort.

Joe öffnete den Mund.

»Halt deine Dreckschnauze. Jetzt rede ich.«

Joe schloss den Mund.

»Wenn Ruth nicht gewesen wäre, dann würd's mir gutgehen, dir würd's gutgehen, allen würd's gutgehen. Wir könnten weitermachen wie gehabt. Aber nein, sie muss ja hingehen und für uns anderen alles versauen.« Er zögerte kurz, bevor er sagte: »Und deshalb ist sie tot.«

»Wieso hast du sie umgebracht, Cooper?«

»Glaubst du, ich hab Lust, mein Leben lang so wie du in der Ecke zu hocken, so'n erbärmlicher Wicht, den Ruth Samstagabends mal aus Spaß abgeschleppt hat? Du willst wissen, was passiert ist? Du willst wissen, wieso ich sie kaltgemacht hab? Also, das hier gefällt mir wirklich, Joe. Ich hab'n echt aufmerksames Publikum. Danke, dass du das so hübsch für mich arrangiert hast.« Er lachte leise. Dann verschleierte sich sein Blick. »Sag mir, wenn ich dich langweile, Tina, dann hör ich kurz auf und jag dir 'ne Kugel durch den Kopf.«

»Nicht mal im Traum würd ich das hier langweilig nennen«, meinte Tina.

»Okay, dann pass mal verdammt gut auf.« Cooper sah Joe an. »Scheiße, tut mir das Bein weh«, sagte er. »Aber ich bin Mann genug, um die Schmerzen zu ignorieren. Vielleicht sehen wir später, ob du auch so hart drauf bist. 'Ne Kugel in jedes Knie, wie findest du das? Freu dich schon mal drauf. Und eine in einen Ellbogen oder auch in beide. Was meinst du? Und dann hab ich immer noch zwei Kugeln für deine Eier. Dann werden wir ja sehen, wie tough du wirklich bist.

Also, wo war ich stehengeblieben? Es hat in der Nacht an der Tür geklingelt, und ich war nicht gerade hocherfreut. Gary war wach und wollte was zu trinken, sonst wär ich noch stinkiger gewesen. Kein guter Anfang, Joe. Ich also raus aus dem Bett. Frag noch durch die Sprachanlage, was für'n Arschloch mich um diese Zeit aufweckt. Und dann hör ich deine liebliche Stimme, Joe. Irgendwie leise. Im Hintergrund so'n Heulen. Wie von 'nem Gewitter. Obwohl's so stark gar nicht geregnet hat. Ich hab dich gefragt, woher der Krach kommt. Fußballfans, hast du gesagt. 'Ne interessante Information, für später. Ich hab dich reingelassen, hab mir 'ne Kippe angesteckt und in der Tür gewartet. Der Wind hat mir ganz schön kalt um die Beine geblasen. Hatte nur die Unterhose an, aber ich hab mir keine Sorgen gemacht, dass jemand über mich herfällt. Warst ja nur du, Joe, und ich wusste ja, dass du dir aus Sex nichts machst.«

»Wer hat dir das gesagt?«

»Geduld, Joe. Kommt alles noch. Also, du hast gesagt, du willst über Gemma reden, und ich hab mir fast in die Hosen geschissen. Ich hab versucht, cool zu bleiben. Hab mir die Hand in die Unterhose gesteckt und mich ordentlich gekratzt. Und als du angefangen hast, von den Mösenschnorcheln zu quatschen, da hab ich gewusst, dass es dir schlecht geht. Hast dir ständig die Hände gerieben, viel zu begeistert über dieses neue Mösentaucherzeugs. Ich hab dich weiterquasseln lassen. Wenn du mir was über Gemma erzählen wolltest, dann wollte ich dich bestimmt nicht drängen. Alles in deinem eigenen Tempo, Kumpel. Ich hatte Zeit. Ich war ruhig. Konzentriert.

Ich hab dir'n paar Erziehungstipps gegeben. Du hast mir das Wort abgeschnitten. Mir erzählt, dass Gemma tot sei. Einfach so. Wirklich reizend, was? Du weißt gar nicht, wie mich das fertiggemacht hat.«

Cooper kratzte sich mit der Pistole am Kiefer. »Du hast keine Ahnung, verdammt.« Er hielt einen Moment inne, bevor er fortfuhr: »Ruth hat angerufen, als du schon im Bett warst. Ich war noch auf, hab noch'n Glas Whisky getrunken. Ruth hatte auch getrunken. Weiß nicht, was oder wie viel, aber genug. Sie war stinkbesoffen. Hat mir gedroht. Kannst du dir das vorstellen? Nach schottischem Recht ist eine verbale Drohung eine Straftat, ich hätte zur Polizei gehen und sie einsperren lassen können. Das hab ich ihr auch erklärt, aber sie war so dicht, dass sie nur gelacht hat. Das hat mich gekränkt. Ich bin sensibel, das weißt du. Trotzdem. Ihre Tochter war tot, und ich bin ein vernünftiger Mensch. Ich dachte, ich lass Ruth ein bisschen Leine. Und mit etwas Glück hängt sie sich vielleicht selbst dran auf.«

Er starrte Joe an. Joe blieb absolut reglos. Sein Blick flackerte nicht.

Cooper kratzte sich wieder mit der Pistole am Kinn. »Ich hab aufgelegt und drüber nachgedacht, was sie gesagt hatte. Na ja, musste ich wohl. In der Glotze lief nur Scheiße. Da gibt man ein halbes Vermögen für 'ne LCD-Glotze aus, alles wunderbar, aber die Qualität von dem Scheiß, den sie bringen, wird dadurch auch nicht besser. Egal, ich konnte mich nicht konzentrieren. Ich war immer noch voll auf Adrenalin. Als sie dann wieder angerufen hat, war ich schon angezogen. Sie hat gefragt, wo du bist, und gesagt, sie würd's dir sagen. Hat gemeint, es sei an der Zeit, dass du's weißt.«

»Was erfahren?«

»Nur die Ruhe, Joe«, sagte Cooper. »Ich erzähl's dir ja.« Er atmete langsam ein, dann aus. »Ich hab sie beruhigt. Hab gesagt, ich komme zu ihr rüber. Hab ihr zugeredet, sie soll warten, sich zusammenreißen, ich würde gleich vorbeikommen. Weißt du, ich kann dich gut leiden, Joe. Ich kann dich sogar besser leiden als Ruth, wenn du's genau wissen willst. Und deshalb wollte ich auf keinen Fall, dass du dahinterkommst.«

»Hinter was?«

»Auf keinen Fall, verdammte Scheiße. Armer Hund, dir ist gerade die Tochter weggestorben, und da will Ruth dir noch Salz in die Wunden reiben. Wieso, verdammt noch mal, seid ihr so grausam zueinander? Ich weiß nicht, ob du dich erinnerst, aber ich hab dich mal gefragt, wieso ihr zusammenbleibt. Du hast nur gesagt, scheiß drauf, sie ist Gemmas Mum. Wir sind verheiratet, haben zusammen ein Kind. Das muss doch was wert sein. Wenn sonst schon nichts was wert ist.

Und dann gehst du hin und bumst die Nutte da neben dir. Wieso machst du so was, Joe? Sie bläst gut, sagst du. Findest du, das ist Grund genug?

Egal, ich hab nie gewollt, dass du in Schwierigkeiten kommst. Nur darum ging's. Ich ... «, er schlug sich mit dem Griff der Pistole an die Brust, »wollte dich schützen.« Er zeigte mit der Pistole in Joes Richtung. »Das weißt du. Aber was sollte ich denn machen? Entweder so, oder du hättest rausgefunden, dass ...

Ich greife vorweg. Hab nicht viel geschlafen, seit das alles passiert ist. Vielleicht 'ne Stunde am Stück. Wenn ich eindöse, dann träum ich von Gemma. Kannst du dir das vorstellen? Ich hab nicht ein einziges mal von Ruth geträumt. Wenn das kein Beweis für ein ruhiges Gewissen ist.

Also, ich bin in der Nacht quer durch die Stadt zu deinem Haus gefahren. Ruth war total durch den Wind. Sie war so abgedreht, dass sie mich gleich wieder rausschmeißen wollte. Hat behauptet, sie will mich nicht sehen. Wollte nicht, dass ich sie anfasse. 'N Haufen Gefühlsscheiß halt. Ich hab gewartet, dass sie sich beruhigt. Hab einfach nur still dagestanden. Ohne mich zu rühren. Wie bei der Arbeit. Das fand sie gar nicht gut. Sie hat mich tatsächlich getreten. Der blaue Fleck ist noch da. Auf meinem Scheißschienbein. Auf dem Bein, das du kaputtgeschlagen hast. Und beschimpft hat sie mich, ich wusste gar nicht, dass Ruth solche Ausdrücke kennt.

Na ja, ich stand unter Druck, das musst du verstehen, und da bin ich geplatzt.«

Er stieß einen langen Atemzug aus. Eine Weile lang war es vollkommen still. Joe konnte seinen eigenen Atem hören.

Schließlich sprach Cooper. »Ich hab sie einmal geschlagen. Damit sie den Mund hält. Sie ist hingefallen. Muss bewusstlos gewesen sein, ehe sie auf dem Boden lag. Ist auf den Hinterkopf geknallt. Sah ganz schön hässlich aus. Ich wusste gleich, dass sie so bald nicht wieder hochkommt. Ich hab sie untersucht. Kein Blut. Allerdings'n Ansatz von 'ner Schwellung. Sie hat geatmet. Ich dachte mir, sie wird ganz schön sauer sein, wenn sie aufwacht. Und dann wird sie dir garantiert alles sagen.

Ich hab wohl nicht allzu klar gedacht, schätze ich. Hab mich an den Tisch gesetzt. Mir 'nen Wodka eingegossen. Den Wodka gekippt. Beim Saufen hab ich schon immer die besten Einfälle bekommen. Ich hab Mr. Park hier angerufen. Hab ihm 'ne Nachricht und meine Handynummer hinterlassen.

Noch 'nen Wodka getrunken. Langsamer diesmal. Ruth hat sich nicht gerührt. Sie sah total friedlich aus, die Gute.

Mr. Park hat mich innerhalb von fünf Minuten zurückgerufen, ich hab ihm die Situation erklärt. Er wusste schon, was zu tun war, bevor ich ihm die ganze Geschichte zu Ende erzählt hatte. Es war, als würde man zu Gott sprechen, ich schwör's dir.«

Park hob die Augenbrauen.

»Was war's, das ich nicht erfahren sollte?«, sagte Joe.

»Geduld ist eine Tugend, verdammt noch mal, Joe.« Cooper stach mit der Pistole in die Luft. »Alles klar?« Nach einem langen Schweigen senkte er die Pistole und hielt sie an seiner Seite. »Wie gesagt, wenn ich mit meiner Geschichte jetzt fortfahren dürfte, ich hatte also den Wodka getrunken, als Mr. Park kam. Er ging vor, um zu prüfen, ob die Luft rein war. Ich bin ihm mit Ruth über der Schulter gefolgt. Deine Autoschlüssel hab ich in ihrer Handtasche gefunden. Im Haus hat uns niemand gesehen, und wenn uns draußen jemand gesehen hat, hat er's nicht der Polizei gemeldet. Jedenfalls hab ich sie neben mir hergeschleppt, du weißt schon, ihren Arm um meine Schulter gelegt. Sah wahrscheinlich so aus, als hätte sie zu viel getrunken.«

»Wann hast du gemerkt, dass sie tot war?«, sagte Joe.

»Ach, ich hab gewusst, dass sie nicht tot war«, sagte Cooper. »Sie hat geatmet. Genau genommen, ist sie aufgewacht, kurz bevor wir am Auto ankamen. Hätte'n Problem werden können. Zum Glück hab ich deinen Baseballschläger gesehen, und da kam mir 'ne Idee.«

»Himmel«, flüsterte Adam.

Cooper zielte mit der Pistole auf Adam. »Wenn du mich noch mal unterbrichst, dann sorg ich dafür, dass du da oben als Erster'n gutes Wort für mich einlegen kannst. Zum besten Teil komm ich gerade.«

Joe stützte die Hände auf den Fußboden. Park kam auf ihn zu.

Cooper schwenkte den Arm auf Joe. »Bleib, wo du bist.«

Joe drehte Cooper seine Hände zu, sodass er sie sehen konnte, und beugte sich nach hinten.

»Ich hab's satt, dich zu ermahnen, Joe. Willst du den Rest nicht hören?«

Joe sagte nichts.

»Na?«

Er nickte.

»Sag's.«

»Ich will den Rest hören.«

»Wie sagt man?«

»Bitte.«

»Okay«, sagte Cooper. »Jetzt bleib einfach ruhig, verdammt noch eins, und halt still. Ist das zu viel verlangt? Du hörst mich ja auch nicht plärren, und dabei hab ich'n kaputtes Bein, das wehtut wie der Teufel, und 'nen Ellbogen, dem's nicht viel besser geht.«

»Ich bin still.«

»Gut. Mr. Park, ich selber und Ruth sind ins Auto gestiegen. Mr. Park meinte, er wüsste 'ne passende Stelle, wo wir Ruth loswerden könnten. Ohne Überwachungskameras. Sie hat ein bisschen gestöhnt. Sie hatte 'ne Gehirnerschütterung, schätze ich. Bekam nicht groß mit, was passierte. Wir sind zu 'nem kleinen Industriegelände gefahren. Schön abgelegen. Keine Kameras. Wir haben nachgesehen. Haben Ruth aus dem Auto gezogen. Sie konnte nicht alleine stehen. Mr. Park hat versucht, sie aufrecht zu halten, aber ich konnte nicht richtig ausholen. Am Ende haben wir sie auf die Erde fallen lassen, und ich hab ihr so ein paar Dutzend Schläge mit deinem Baseballschläger verpasst. Hab mich echt reingekniet. Als wir sicher waren, dass sie tot war, haben wir sie in den Kofferraum gelegt und das Auto zurück zu dir nach Hause gefahren.«

Es herrschte Totenstille in der kleinen Kirche. Niemand rührte sich. Sogar Adam hörte auf zu zittern. Wenn Cooper Stille wollte, dann hatte er sie jetzt.

»Was hatte sie mir sagen wollen?«, fragte Joe leise.

»Ich bin noch nicht fertig mit meiner Geschichte. Am nächsten Tag hab ich dafür gesorgt, dass Mr. Park dich verfolgt. Er hat mir gesagt, du bist am Flughafen, da bin ich rausgefahren. Ich hatte ja noch Ruths Autoschlüssel. Mr. Park kam auf die grandiose Idee, jemanden vom Flughafenpersonal deine Flugnummer aufschreiben zu lassen. Ich hab dann den Zettel ins Handschuhfach gelegt. Hab 'ne Spritztour mit deinem Auto gemacht und es an 'ner verdächtigen Stelle mit offenem Kofferraum stehen lassen. Dann hab ich von 'ner Telefonzelle aus der Polizei von dem Auto mit dem offenen Kofferraum und der Leiche drin erzählt und hab aufgelegt. Mr. Park hat mich nach Hause gefahren. Und seitdem hab ich keine Nacht mehr gut geschlafen.«

»Wirklich traurig«, sagte Tina. »Das tut mir echt leid für Sie.«

»Was war es, das Ruth mir nicht sagen sollte?«, sagte Joe.

»Genau genommen, zwei Dinge«, sagte Cooper. »Zuerst mal, dass ich und Ruth seit der Uni regelmäßig miteinander gevögelt haben.«

Stahlharte Finger krallten sich fest um Joes Schläfen. Trotzdem war er erstaunt, wie wenig es ihn überraschte. »Und das andere?«

»Ja«, sagte Cooper, »das wird echt wehtun.« Er lächelte. »Bist du bereit?«

»Sag's schon. So schlimm kann's nicht sein.«

»Ist es aber, Joe. Es ist verdammt scheißschlimm.«

»Sag's mir.«

Cooper verzog das Gesicht, als er sein Gewicht von der einen auf die andere Seite verlagerte. »Du hast mir echt das Knie kaputtgemacht, Joe. Das war nicht nett.« Er starrte Joe an.

»Sagst du's mir jetzt?«, sagte Joe. »Oder willst du nur über dein Bein jammern?«

Cooper nickte langsam. »Es geht um Gemma«, sagte er. »Sie ist nicht deine Tochter.« Er hielt inne. »Sie ist meine.«

Joe stürzte sich nach vorn.

»Bleib, wo du bist«, sagte Cooper. Er zielte mit ausgestrecktem Arm, die Pistole war nur Zentimeter von Joes Stirn entfernt.

Joe starrte den Mann vor sich an. Er erkannte ihn nicht wieder.

»Du hast gedacht, du hättest nichts mehr zu verlieren«, sagte Cooper. »Na, da warst du auf dem beschissenen Holzweg.« Er lachte heiser. »Okay, Joe. Kommen wir endlich zur Sache. Welche Kniescheibe soll's als Erste sein?«

Joe hörte jemanden an seiner Seite aufbrüllen und sah Adam, der den Baseballschläger schwang. Cooper drehte sich um. Ein Schuss fiel, der Adams Schwung nach vorn stoppte. Der Schläger fiel ihm aus der Hand, Joe stürzte sich darauf und erwischte ihn im Fall. Noch in der Bewegung drehte er sich auf dem Knie und holte weit mit dem Schläger aus. Für den Bruchteil einer Sekunde blitzte es in Coopers Augen ungläubig auf, dann traf der Schläger ihn seitlich am Kopf. Die Wucht des Schlags warf ihn zu Boden. Die Pistole fiel ihm aus der Hand. Park bückte sich, um sie aufzuheben, doch Tina traf ihn mit einem Fußtritt am Kinn. Sein Kopf prallte zurück, und Blut spritzte aus seinem Mund. Tina schubste die Pistole mit dem Fuß Joe zu. Dann trat sie Park noch einmal ins Gesicht.

Mit einer Hand auf die Bank gestützt, versuchte Cooper sich aufzurappeln.

Joe beugte sich über ihn und schlug ihm auf den Hinterkopf. Durch die angeknacksten Rippen in seiner Seite schoss ein brennender Schmerz.

Cooper brach zusammen.

Parks Blicke zuckten hin und her. Er hielt sich Mund und Kinn mit beiden Händen. Zwischen seinen Fingern quoll Blut hervor. Ein weiterer Fußtritt von Tina brach ihm die Nase.

Vorsichtig bückte Joe sich nach der Pistole und richtete sie auf Park. »Fessle ihn«, sagte er zu Tina. Sie benutzte den Streifen der Decke, der bei Sally als Knebel gedient hatte, und band Park damit die Hände auf den Rücken.

Joe wandte sich Cooper zu. »Sag mir einen guten Grund, weshalb ich dich nicht kaltmachen sollte.«

Cooper sagte nichts. Joe fragte sich, ob er tot war.

Hinter ihm hielt sich Adam mit den Fingern einen immer größer werdenden roten Kreis auf dem Oberschenkel zu. »Was er gesagt hat, stimmt nicht. Er lügt«, sagte er.

Joe stieß Cooper mit dem Fuß an. »Hast du gelogen?«

Cooper war doch nicht tot. Seine Stimme klang, als hätte er eine ganze Flasche Bunnahabhain ausgetrunken. »Jedes Wort, das ich gesagt hab, ist wahr. Damit musst du jetzt eben klarkommen, Joe.«

Damit klarkommen? Joe blickte auf die Pistole in seiner Hand und hob sie direkt vor seine Augen. Er konnte das Kordit riechen. Er fragte sich, wie es wohl schmecken würde.

»Tu's bloß nicht«, sagte Tina.

»Glaub ihm nicht, Joe«, sagte Adam. »Du kannst einen DNS-Test machen lassen.«

Joe kniete nieder und drückte Cooper den Pistolenlauf in den Mund. Cooper presste die Lippen aufeinander. Joe zog die Pistole zurück und rammte sie ihm voll in den Mund. Er hörte etwas knacken. Er packte Cooper am Kopf und drückte die Waffe weiter gegen seinen Mund. Nach nur wenigen Sekunden riss Cooper brüllend den Mund auf. Als die Pistole zwischen seine geöffneten Lippen drang, schloss er die Augen und fing an zu wimmern.

Joe fragte sich, ob er eine Ansprache halten solle. Er fand nicht, dass Cooper sie verdient hatte. *Drück ab. Bring's hinter dich. Blas dem Wichser'n sauberes Loch durch den Schädel. Drück ab, verflucht noch mal.* Worauf wartete er noch? Sein Finger krümmte sich am Abzug.

Draußen vor der Kirche zerriss eine Stimme die nächtliche Stille. »Legen Sie die Waffen nieder und treten Sie mit erhobenen Händen heraus.« Hörte sich an wie dieser Polizist, Grove. Wo war der so schnell hergekommen? Scheißegal. Das spielte kaum noch eine Rolle.

Die Tür zum Vorraum wurde aufgerissen. Brewer sagte:

»Lassen Sie die Pistole fallen, Joe. Lassen Sie sie um Himmels willen fallen.«

Joe dachte darüber nach. Anscheinend gab es Leute, die nicht wollten, dass er Cooper umbrachte. Was machte es denen schon aus, ob Cooper lebte oder nicht? Was erwarteten die von Joe? Sollte er Cooper noch 'ne Weile auf diesem Scheißhaufen von Planeten herumlungern lassen? Damit er noch ein Kind mit Sally machen konnte? Vielleicht würde sie ja mit 'nem anderen schlafen. Vielleicht würde Cooper mit seinem Kind schlafen. Vielleicht würde sich ja herausstellen, dass sein Kind von einem anderen Mann war.

»Gemma wusste, wer ihr Vater war«, sagte Adam. »Du solltest wissen, wer deine Tochter war.«

Joes Blick verschwamm. *Reiß dich am Riemen.* Er musste nur abdrücken. Nur ein kleines bisschen Druck. *Peng!*

»Gemma war deine Tochter«, sagte Tina. »Egal, was ein DNS-Test ergibt.«

Joes Wangen waren nass. Die Pistole klapperte gegen Coopers Zähne. Seine Tochter? War sie wirklich seine Tochter?

Coopers Gesicht war verzerrt vor Angst, er schaute sich verzweifelt nach allen Seiten um. Aus seinem Mundwinkel quoll Blut.

»Panikblinzeln«, sagte Joe. »Denkst du, du kannst stillhalten, Cooper? Mit dem Gezittere aufhören? Meinst du, du wirst damit klarkommen?«

»Nimm die Pistole aus seinem Mund, Joe«, sagte Adam.

Joe schaute zu Ronald, und der Anwalt nickte.

»Eins«, sagte Joe. Cooper gab ein erbärmliches Stöhnen von sich. »Zwei«, sagte Joe. Ein widerlicher Geruch drang Joe in die Nase. Coopers linke Hand krallte sich in Joes Hose. »Was ist, Cooper? Willst du was sagen? Nein, ich glaub, wir haben schon genug von dir gehört.« Cooper kniff die Augen zusammen. »Ich versprech's dir, Cooper. Es wird überhaupt nicht wehtun.«

Joe dachte darüber nach, wie leicht es wäre, abzudrücken. Es fühlte sich überhaupt nicht so an, als würde er jemanden umbringen. Dieses kriechende, stinkende Etwas da zu seinen Füßen konnte man nicht als menschlich bezeichnen. Wenn er abdrückte, tat er der Welt einen Gefallen. Joes Hand zitterte. Sein Finger zuckte.

Langsam zog er die Pistole aus Coopers Mund. Der Lauf war mit Speichel und Blut beschmiert. Cooper brach zuckend zusammen und spuckte Bruchstücke von Zähnen aus.

»Wo haben Sie gesteckt, Ronald?«, sagte Joe. »Adam braucht einen Krankenwagen.«

42

Neben Adams Bett saß eine attraktive junge Frau und hielt ihm die Hand. Joe vermutete, dass es sich um Dotty handelte. Adam hatte sie oft genug erwähnt, als sie auf die Ankunft des Krankenwagens gewartet hatten.

Sie sei ein wenig schüchtern, hatte er gesagt. Ob Joe ihr wohl sagen könne, dass er sie liebte?

»Sag's ihr selber«, hatte Joe gesagt.

Joe machte kehrt und ging durch den Flur zurück. Er wollte Dotty nicht in Verlegenheit bringen.

Adam hatte es überlebt. Eine Menge Blut verloren, aber er würde wieder gesund werden. Joe hatte nur vorbeikommen und sich bedanken wollen, mehr nicht. Er wollte Adam danken, dass er ihm das Leben gerettet hatte. Hätte Adam keine Kugel abbekommen, gäbe es vielleicht keinen Joe Hope mehr.

Aber es gab einen, dank der Hilfe Gottes und eines fetten Kerls von den Orkneys. Er würde später mit Adam sprechen.

Draußen ging er gemächlich zu Brewers Auto hinüber.

»Wie geht es ihm?«, fragte der Anwalt.

»Sieht ganz gut aus.«

Am Abend vorher war Ronald allen voran in die Kirche gestürmt. Ihm war eine Handvoll Polizisten nachgekommen. Zwei von ihnen kannte Joe bereits. Grove, der seine Brille zurechtrückte, spazierte herein wie zum sonntäglichen Gottesdienst. Monkman, der gleich hinter ihm kam, zupfte an den Ärmeln seines Jacketts.

»Sie haben's die ganze Zeit gewusst, stimmt's?«, fragte Joe den Anwalt.

»Ich habe mit Grove darüber gesprochen. Unter vier Augen hat er zugegeben, dass er Sie nicht für den Täter hält.«

»Er hat gewusst, dass Monkman mitmacht?«

»Alles war von Grove abgesegnet.« Ronald wandte sich direkt Joe zu. »Monkman ist kein Mitglieder der hiesigen Polizei. Er hätte keinesfalls so kurzfristig ein Abhörgerät erhalten. Grove hat darauf vertraut, dass Sie die Sache hinkriegen. Die Polizei wollte ein Geständnis von Cooper. Wir dachten, dass nur Sie es von ihm bekommen könnten.«

»Aber Sie haben nicht gewusst, dass ich nicht im Pub auftauchen würde.«

»Ich war bei Grove im Wagen und habe mir die Unterhaltung zwischen Tina und Cooper angehört. Als die Leitung plötzlich tot war, war mir klar, dass wir ein Problem hatten. Grove hatte in weiser Voraussicht in der gleichen Straße wie Cooper geparkt, als Cooper mit Tina rauskam, sind wir ihrem Wagen gefolgt. Monkman haben wir gesagt, wo sie waren. Wir haben Cooper bis zu der Kirche verfolgt. Parkten ein Stück weiter. Wir ließen ihnen ein paar Minuten Vorsprung, dann sind wir ihnen gefolgt. Wir standen vor dem zerbrochenen Kirchenfenster und hörten, was drinnen vorging.

Mit Park hatten wir nicht gerechnet. Er muss sehr leise hergefahren sein und war schon auf dem Weg in die Kirche, bevor wir ihn überhaupt bemerkten. Monkman sah ihn den Weg hochkommen, und wir haben uns flach auf den Boden geworfen. Er hat uns nicht gesehen, aber es muss ziemlich knapp gewesen sein. Der Schuss fiel, und Grove rief auf der Stelle das Einsatzkommando. Aber als es eintraf, war alles schon vorbei.«

»Das war total bescheuert, einfach so reinzuplatzen«, sagte Joe. »Sie hätten getötet werden können.«

»Ich habe auf Sie vertraut.«

»Dann sind Sie ein Idiot.«

»Vielleicht weiß ich einfach nur, wem ich trauen kann.«

»Am besten traut man keinem.«

»Sie sind kein Mörder, Joe.«

»Kann sein, dass ich das für den Rest meines Lebens bedauere.«

»Das ist Cooper nicht wert«, sagte Ronald. »Konzentrieren Sie sich auf das, was Ihnen wichtig ist.«

»Ich muss mir was zum Anziehen kaufen«, sagte Joe. Einen schwarzen Anzug für die Beerdigung morgen. Endlich konnte er von seiner Tochter Abschied nehmen.

THE END